鴻池の猫合わせ

浮世奉行と三悪人

田中啓文

集英社文庫

本書はｗｅｂ集英社文庫で二〇一八年三月から五月まで連載された作品に、書き下ろしの「出入りの毎日の巻」を加えたオリジナル文庫です。

目次

本文デザイン／木村典子（Balcony）
本文イラスト／林　幸

鴻池の猫合わせ　浮世奉行と三悪人

ご開帳は大乱調の巻

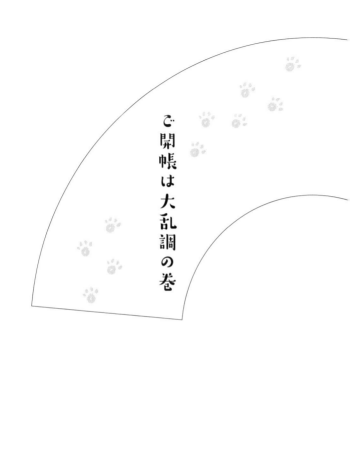

一

十徳《じっとく》を着た総髪の若者が西国路《さいごくじ》を歩いている。腰には短い脇差《わきざし》を差し、手には薬箱を持っているから、おそらく医者であろう。供も連れず、急ぎ足で闊歩《かっぽ》している。途上に寺があり、紅《べに》摺《ず》り提灯《ちょうちん》などが掲げられ、ぶっちゃけ商人《あきんど》が店を並べて賑《にぎ》わっている。

「ほう……団子か」

腹が減ったのか、若者はそのなかの団子屋に目をとめ、門をくぐった。米の屑《くず》で拵《こしら》えたような餅に焼き目をつけ、甘くもなさそうな醬油餡《しょうゆあん》をかけたしろものだが、

「一本くれ」

「へえ、どうぞ……」

煮しめたような色の手拭いで頬かむりをした親爺《おやじ》は、熱そうに団子を手渡した。若者は串《くし》団子を頬張ると、

「なんだ、このひと出は。秋祭りにはまだ早いだろう」

「へえ、お江戸の名高いお寺のご本尊の出開帳《でがいちょう》だす。霊験《れいげん》あらたかな観音さまだそうですわ」

「なんだ、開帳か。高い拝観料を取るのだろうな」

「そらまあ、ありがたーいお仏像らしいからしかたないわな。せっかくやからあんたも拝んだらどうじゃ」

「ふん、木でできたものになんの力があるか。くだらぬ迷信だ」

「あ、あんた……ここでそんなこと言うたらどつかれるで。ここだけの話じゃが、ほんまにご利益があるらしい」

「馬鹿馬鹿しい。十文か二十文の賽銭《さいせん》と引き換えにご利益をもらえるはずがなかろう」

親爺はまわりをきょろきょろと見回し、声を低めると、

「そらそうじゃ。うどんも買えんような十文ぐらいのはした金ではご利益はない。けどな……ほんまに信心する気があって、それなりの金を積んだらな、夜中にその観音さんが……」

そこまで言ったとき、

「おっさん、団子くれ」

男の子が握り締めた銭を親爺に示した。それをきっかけに若者は団子屋に背を向けた。後ろから、

「あ、あんた、ほんまじゃで。わしは聞いたんじゃ」

「ははは、聞いただけか。俺は、おのれが見たことしか信じぬ。それに、高い金を払えばご利益をくれるような神仏はクソではないか」

「な、なんじゃ、この罰当たりが！」

罵声を背中で受け流すと、若者は寺を去った。空にはそろそろ鰯雲《いわしぐも》が連なりだしていた。

◇

「えらいこっちゃ、喧嘩《けんか》や喧嘩や！」

どこかで怒鳴り声がする。鬼御前《おにごぜん》は布団のなかでうっすらと目を開けた。天王寺《てんのうじ》の口《くち》縄坂《なわざか》に一家を構えているため「口縄の鬼御前」の異名がある女侠客《おんなきょうかく》だ。昨夜は遅くまで近くの居酒屋で腰を据えて飲んだ。二升を空けたところまでは覚えているが、そのあとがあいまいである。生来の酒好きで、大酒ではだれにも負けたことがないため、「うわばみの鬼御前」の二つ名もちょうだいしているほどだが、

（さすがに昨日は飲み過ぎたな……）

だれとどうやって家に帰ったかも覚えていないし、そもそも布団に入った記憶がない。布団を剥いでみると、普段の浴衣《ゆかた》を着て、幅広の帯を締め、腰に長脇差を差したままだ。

浴衣はほとんどはだけているし、脇差も半ば鞘《さや》から抜けかかっていた。おそらく顔の化粧もそのままだろう。

布団のうえにあぐらをかく。やや太り肉《じし》で色白、腕も太股《ふともも》も太い。その太い腕を伸ばして、煙管《キセル》で一服吸いつけた。頭が痛い。ふと見ると、足に血がついている。

（まさかだれぞと斬り合いでもしたんやろか……）

血の出ている箇所を探ると、足の裏からだった。古釘《ふるくぎ》を踏み抜いたらしい。履いていた高下駄《たかげた》も脱げて裸足《はだし》だったようだ。

「あてとしたことが……」

こんな無様なところを子方《こかた》連中に見られたら、親方としての沽券《こけん》にかかわる。鬼御前はあわてて足の血を拭った。

（ああ……なんや心持ちが悪いなあ。迎え酒といこか……）

そんなことを考えていると、またしても叫び声が聞こえてきた。

「喧嘩や、喧嘩や！　八百屋と大工の大喧嘩やで！　だれかとめたってくれ！」

声は外から聞こえてくるのだ。飯より好きな喧嘩だ。いつもならだれがとめようと脇差を摑《つか》んで飛んでいくのに、今朝はそんな気分にならない。もう一服、鉈豆《なたまめ》煙管で煙草《たばこ》を吸ったとき、

「姉《あね》さん、よろしか」

豆太《まめた》という子方の声だ。

「ええで」

唐紙障子がするすると開き、狸《たぬき》に似た若い衆が顔を出した。鬼御前はいつもの威厳を見せようと落ち着いた声を出した。

「なんや。朝っぱらから騒がしいなあ」

「隣の長屋で、大工の久助《きゆうすけ》の野郎が担ぎの八百屋と喧嘩してまんねん」

「喧嘩のわけはなんや」

「なんでも青菜の値が高いさかいもっと負けろ、それやったら買《こ》うていらん、なんやとこのガキ……ゆうて久助が八百屋の荷を皆ひっくり返した、ゆうことらしいですわ」

「しょうもない。ほっといたらええ」

「いやあ、そうもいきまへん。気がうわずってしもた八百屋がめちゃくちゃに枴《おうこ》振り回して、長屋の連中もえらい困っとりまんねん。うちのそばやさかい、近所のやつらも、鬼御前さんがなんとかしてくれるんちゃうか……みたいな顔しとりますし、姉さん、ちょっと仲裁したっとくなはれ」

「はあ？　素人《しろうと》の喧嘩に玄人《くろうと》が出ていけるかい。あんたがなんとかしとき」

「わてでは無理ですわ。兄貴たちも留守ですねん。すんまへんけど、姉さん、ご出馬お願いします。姉さんやったらぼろんちょんだっしゃろ」

「あたりまえや」

しかたなく鬼御前は、はだけた浴衣を整え、帯を締め直すと、「鬼」という文字と蛇の絵が染め抜かれた暖簾《のれん》を頭で分け、表へ出た。高下駄で地面を踏ん張ったとき、なぜか視界がぐらりと揺れた。釘を踏み抜いたところに痛みが走り、それをかばおうとすると頭が激しく痛んだ。それでも、豆太の手前、胸を張って歩き出した。本当はすぐにでも横になりたいぐらい気分が悪かったのだ。

「こらあ、出て来い！　朝商いおじゃんにしてしまいよって、こらあ、この棒で頭叩《たた》き割ったる！」

八百屋らしき若者が朸を振りかざし、長屋の奥に向かって怒鳴りまくっている。大工の久助は、あまりの権幕に恐れをなして、どこかに逃げ込んでしまったのだろう。あたりには一面に青菜が散乱しているが、もう商品価値はなさそうだ。怒るのも無理はないが、いつまでも一家の近くで吠《ほ》えられるとしめしがつかない。鬼御前は一発かますことにした。

「おい、こら、おのれ、朝っぱらからなにをほたえとんねん。近所迷惑やねん。大のおとなが荷ぃひっくり返されたぐらいでわあわあ抜かすな」

八百屋は、般若《はんにゃ》の顔を一面にちらした柄の浴衣を着、顔に歌舞伎のような隈取《くまど》りをして、腰に派手な拵えの脇差をぶちこんだ女が突然現れて啖呵《たんか》を切ったので、ぎょっとし

たようだが、

「な、な、なに言うとんねん。荷ぃひっくり返されたぐらいやと？　わてはこれが商売や。損を取り戻すまでは帰れんのじゃ」

「犬みたいにぎゃあぎゃあ言うな。ほな、あてが償《まど》うたるわ。全部でなんぼや」

「なんやと。女のくせにえらそうなこと抜かすな。ひっこんどれ」

「ほほう、この長屋に商いに来てるくせに、あてがだれか知らんようやな」

「知らんわい。ずいぶんと肥えた姉ちゃんやさかい、女相撲の力士か」

「な、なんやて！」

カッとした。近頃、肥えていると言われるのがいちばんこたえるのだ。飯も三杯から二杯に減らしているし、おかずもなるべく少なく摂《と》るようにしている。それでも痩せないのは、酒のせいかと……。

「あては、口縄坂で一家を構える鬼御前ゆうもんや」

「えっ……あ、あんたが鬼御前さ……」

八百屋の顔に狼狽《ろうばい》の色が走った。

「あんたなあ……言うたらあかんことを言うてしもたな。堅気の衆でも許すわけにはいかん。さあ、八百屋、あんたの素《そ》っ首《くび》、もらいうけたで」

「なななな名高いお方とは知らずご無礼申しました。堪忍しとくなはれ」

八百屋は棒を放り出して土下座した。

「やかましいわい！　だれが女相撲やねん。このか細い柳腰が見えんのか！」
二、三歩進み、脅すつもりで脇差に手をかけたとき、
（あれ……？）

視界が半回転した。踏み込む足が体重を支えきれず、ぐらり、と地面に向かって身体《からだ》が揺らいだ。あたりが黄色くなり、鬼御前は前のめりにゆっくりと倒れていった。

「姉さん！　姉さん！　しっかりしとくなはれ！」

豆太の声が耳の近くで聞こえていたが、それもすぐに遠のいていった。

◇

八月も終わりに近づき、大坂の町もそろそろ秋の色に染まりはじめていた。残暑もやわらぎ、過ごしやすくなって、夏の盛りは夕涼みの時刻まで屋内で汗を垂らしていた連中も、日のあるうちから外出するようになる。

竹光《たけみつ》屋雀《やすずめ》丸《まる》は、園《その》とふたりで、順慶町《じゅんけいまち》の夜店に来ていた。まだ夕暮れには間があったが、夜店といっても早くから開いている店もあるから、十分楽しめるのだ。しかし、これが黄昏《たそがれ》から夜半ともなると、道の両側にびっしりと店が並び、それぞれに工夫を凝らした行灯《あんどん》の列が新町橋《しんまちばし》のうえにまで延々と灯《とも》る様子はさながら真昼のような明るさと

なる。雀丸がそう説明すると、

「では、つぎは夜に来たいです」

園はうきうき顔でそう言ったが、それはむずかしいだろう、と雀丸は思った。園の父親は東町奉行所定町廻《じょうまちまわ》り同心皐月親兵衛《さつきしんべえ》だが、彼が雀丸のことをなぜかたいへんに嫌っており、夜にふたりで出かけるなどと聞いたら烈火のごとく怒ることは必定《ひつじょう》なのである。

順慶町の夜店には、呉服、木綿、袋物、髪飾り、所帯道具……などといった女性が好みそうなものを扱う店が多いため、客も半数は女である。神棚屋、仏具屋、傘屋、履物屋……とたいがいの調度類はここでそろうほか、焼き魚、立ち食い寿司《ずし》、八百屋、菓子屋など腹の減った客がつい足をとめてしまうような店もある。

「あっ、雀丸さま、饅頭《まんじゅう》屋がありますよ。食べませんか」

「いいですね」

雀丸は、布袋《ほてい》饅頭というのをふたつ買い、園とひとつずつ食べた。餡は粗悪なものだったが、熱々だったので案外美味《うま》かった。美味《おい》しいものを食べると、顔がほころびる。

「うふふ……」

雀丸が思わず笑うと、

「おほほ……」

園も笑った。

雀丸は二十四歳。かつては藤堂丸之助《とうどうまるのすけ》という大坂弓奉行付き与力《よりき》だったが、ある事情で城勤めを辞め、そのまま侍も辞めてしまった。どういうわけか本物そっくりの竹光を拵える技に長《た》けていたため、祖母の加似江《かにえ》とふたりどうにかこうにか暮らしているが、儲《もう》けは少なく、いつもぴーぴーしている。徳川の御世《みよ》になって以来二百数十年も泰平が続くと、武士が刀を持っている意味がなくなってきている。生涯一度も抜刀しないで死んでいく侍も多かろう。ひとまえで刀を抜いただけで処罰されるのだからあたりまえだ。浪人だけでなく、宮仕えをしている武士であっても、

「もう、刀は売ってしまうか……」

という気持ちにもなるというものだ。しかも、雀丸はもとの刀となにからなにまで瓜《うり》二《ふた》つに仕上げてくれるのだから、バレる気遣いもない。

「さあさあ、搗《つ》き立ての餅やでえ。腰があるさかい、伸ばしたら一町ほども伸びるでえ」

「縁起物の人形だす。神功《じんぐう》皇后さんから金太郎さん、干支《えと》の人形《にんぎょ》もおまっせ」

「冷たい冷たいところてんはどないだす。黒蜜かけて甘い甘い、酢ぅかけて酸っぱい酸っぱい……」

ひとごみのなかをふたりはつるりつるりと抜けていく。雀丸はもうすっかり侍の世界から足を洗っているので、つるつるの印半纏《しるしばんてん》に腹掛け、継ぎの当たった股引《ももひき》という身

なりでどこへでも出かける。いわゆる「侍臭」はまるで感じられない。雀丸をよく知るものは皆、「雀《じゃく》さん」と気軽に話しかける。

色白で、目も眉も細く、鼻筋もすっきりとして、唇も小さい。「雀」という名前がぴったりだ。肩幅も狭く、腕も細く、ひょろっとした身体つきだが、じつはそこその腕前なのである。亡くなった父親から武芸を叩き込まれたのだ。しかし、とにかく「勝敗をつける」というのが苦手で、すぐに「参った!」と刀を放り出してしまう。ひどいときは敵に後ろを見せて一目散に逃げる。

「だってそれで、向こうは気持ち良くなるし、私は怪我《けが》をしないですみます。みんなが得するでしょう」

と言って恥じないのだ。当人は、他人を打ち据えたり、おのれが打ち据えられたりする稽古が嫌で嫌でしかたなかったようだが、今になってそれが役立つこともたまにある。

「そーれそれ、ふかした芋やでえ。金時《きんとき》芋や。食《く》たらでかい屁《へ》が出て、腹のなかの掃除にもなりまっせ。さあさあ、買うた買うた」

こんな下品な売り声でも、若い女の子が争って買い求めている。ほくほくした黄金色の芋を見ているといかにも美味そうだ。園は大いに心をひかれている様子だが、さすがに今の売り声を聞いてためらっているようだ。そもそも武家の娘は「買い食い」などということはしたない行為をしないものだが、庶民のただなかにおいて働く定町廻り同心の娘だけあって園は普通の武家娘とは違っていた。

「あそこに簪《かんざし》屋がありますよ。見ていきましょうか」

いつまでももじもじとためらっている園に、雀丸がそう言った。立ち去るきっかけを与えたつもりだったが、園はパッと顔を輝かせ、簪屋に小走りで向かった。

「うわあ、よさそうなのがいっぱいある！」

園はしゃがんで、簪を一本ずつ選び出した。

「この犬の簪もかわいいなあ。こっちの猫ちゃんのもいいなあ。あ、この赤い金魚も洒落《しやれ》てますね……」

日にかざしながらじっくりと吟味しているので、帰りの時間が気になった雀丸が、

「目移りしますから、勘でパッと決めたほうがいいかもしれませんよ」

そう言うと、

「そんな……勘でなど決められません。せっかく雀丸さまが買うてくださるのですから……」

えーっ！

そんなことは一言も言っていないのだ。雀丸は、乏しい懐具合を必死に思い浮かべていた。えーと……いくらあったっけ……さっきの饅頭が……。

「これにします。これがいいです」

竹光屋

園が取り上げたのは、美しい色合いの紅葉《もみじ》の簪であった。値が……一朱《しゅ》である。雀丸の財布の中身とほぼ同額である。買って買えぬことはないが、そうすると明日からの暮らしに差し支える。どうやってこの場をうまく乗り切ろう……と雀丸は思案していたが、

「あーっ!」

突然、頓狂な声を出した。彼は、雑踏のなかである人物らしき顔をみとめたのだ。

「どうかしましたか」

園が簪を置いて、雀丸のほうを見た。

「マジか……いかん。——園さん、急いでここを離れましょう」

「なにかあったのですか」

「ヤバいやつがいたのです」

雀丸は園の手を引いてその場からあわてて逃げ出した。園は、手を握られているという状況に一瞬だけ照れたものの、雀丸があまりに引っ張るものだから、そのあとは引きずられるようにして順慶町を出た。この時代、男性がひとまえで女性の手を握るというのはなかなかのことではあったが、雀丸はそういうことに気を回すゆとりもないほど逆上していたのだ。

順慶町三丁目あたりから堺筋《さかいすじ》を北へ北へ……金田町《かなだちょう》、南久宝寺町《みなみきゅうほうじまち》、北久宝寺町、南《みなみ》久太郎町《きゅうたろうまち》、北久太郎町、唐物町《からものまち》、南本町《みなみほんまち》、本町、安土町《あづちまち》、備後町《びんごまち》、瓦町《かわらまち》、淡路町《あわじまち》……

とひたすら無言でひた走り、道修町《どしょうまち》に着いたあたりでようやく足をゆるめた。

「ここらぐらいまで来れば、もういいでしょう。急《せ》かせてすみませんでした」

雀丸はぜいぜいと肩を上下させながら言った。園は息も絶えだえで、

「なにごとでしょう」

「ややこしい男を見かけたのです」

「それは狼藉《ろうぜき》を働くようなお方ですか」

「はい」

「では、町方に報《しら》せたほうが……」

「いえ、それはできません」

「どうしてです」

「城にいたころの朋友《ほうゆう》なのです」

道修町は昔も今も変わらぬ「薬の町」である。享保《きょうほう》七年、徳川吉宗《とくがわよしむね》が薬種問屋百二十四軒に対して株仲間の結成を許可し、和薬種改会所《わやくしゅあらためかいしょ》を設置した。以来、道修町には日本中の和薬のみならず、長崎に入ってきた清《しん》国や阿蘭陀《オランダ》からの輸入薬も一旦集められることとなった。ここで吟味され、値をつけられて、全国へと送り出されていくのだ。

『摂津名所図会大成《せっつめいしょずえたいせい》』によると、「（薬種問屋は）軒をつらね和漢の薬種の真偽を糺《ただ》し、買たくはへ、上品を下品と選わけ、或は洗ひ乾し、塵《ちり》を除くあり、刻むあり、爾《しか》して諸

国の薬店の註文《ちゆうもん》にまかせ、吾妻《あずま》のはてより筑紫《ちくし》がたまで、運送するを活業とせる」とある。道の両側には、これでもかというぐらい薬種問屋や仲買いが建ち並んでおり、そこから漂ってくる和漢洋の薬品が入り混じった独特の匂いの強烈さは、慣れぬものはボーッとしてしまうほどだ。

「その朋友がなにゆえややこしいのです」

「それがまあその……友を誹謗《ひぼう》するようで言いにくいのですが……」

ふたりは、少彦名《すくなひこな》神社の鳥居のまえを通った。

「せっかくですから神農《しんのう》さんにお詣《まい》りしてまいりましょうか」

園が言ったので、雀丸もうなずいた。ここは、日本における医療の祖神である少彦《すくなひこ》名命《なのみこと》を祀《まつ》った神社だが、大坂のものはだれもそんなややこしい、舌を嚙《か》みそうな「本名」など呼ばず、皆、「神農さん」と言う。神農は唐国《からくに》における本草学《ほんぞうがく》の祖神で、薬王大帝とも称されている。毎年十一月には「大坂の祭はえべっさんではじまり神農さんで終わる」という「神農祭」が行われ多数の善男善女で賑わうが、今の時期はひと通りはなく閑散としている。二十数年まえに虎狼痢《コロリ》が流行した際、「虎頭殺鬼雄黄圓《ことうさつきうおうえん》」という丸薬を配布したのだが、そのときだれが言い出したのか、張り子の虎を笹《ささ》にぶら下げると効あり、ということで、張り子の虎が少彦名神社の名物となった。

先年の大塩平八郎《おおしおへいはちろう》の乱の折り株仲間会所が焼失したので、再建の際、会所のなかに祠《し》堂《どう》を造り、神農と少彦名を遷座して今に至っている。

「へえ……ご開帳があるそうですよ」

園が、境内に掲げられた看板を見てそう言った。そこには、「開帳之札」として、「御公儀より江戸内藤新宿《ないとうしんじゅく》涅槃王寺《ねはんのうじ》本尊開帳の許しあり、九月三日より六十日間当社境内にて開帳す。六十年に一度の貴重なる機会なれば霊験あらたかなる秘仏を善男善女こぞって拝むべし」とあった。神社で寺院の秘仏の開帳が行われることは珍しいことではない。いずれも寺社奉行の管轄だからである。

「三日といえば四日後ですね。来てみたいです」

園はそう言ったが、雀丸は咄嗟《とっさ》に返答ができなかった。

(どうせ出開帳ともなると、それを当て込んで物売り店がたくさん出るだろう。ということは簪屋も……)

などと考えたからである。

「雀丸さまは来たくありませんか」

「え？　いえいえ、来たいです。ぜひ来たいなあ」

雀丸と園は賽銭箱に銭を放り込み、手を合わせた。ちゃりん、と音がしたその途端、

「おーい、マルではないか！」

雀丸は思わず、

「どひょっ！」

という声を発した。丸之助だった雀丸を「マル」と呼び捨てにするのはひとりしかいない。おそるおそる振り向くと、やはりそうだった。立っていたのは髪を総髪にし、羽織袴《はかま》に脇差を一本差した若い男……烏瓜諒太郎《からすうりりようたろう》だった。眉宇《びう》が張り出し、目がぎょろりと大きい。鼻梁《びりよう》がやけに高く、まるで天狗《てんぐ》のようだ。顎が角ばっていて、唇は薄い。一度見たら忘れられない面相である。

「おお、やはりマルかあっ。よいところで会《お》うたわい。久し振りだな。そちらの娘さんはなんだなんだ。お主《ぬし》の嫁女か」

「ばばばばば馬鹿を言うな。こちらは東町奉行所同心のお嬢さんで、私とはネトコモなんだ」

「ネトコモ？」

園が口を挟んで、

「ネコトモ……猫友だちのことです」

烏瓜諒太郎はにやりと笑い、

「うわははは、まあ、そういうことにしておこう。——聞いた話ではお主、両刀を捨てたそうではないか」

「だれに聞いたんだ」

「大坂に戻ってきてすぐに山江《やまえ》に会ったら、そう申しておったぞ」

雀丸は園に、

「山江というのは、大坂城京橋口定番《きょうばしぐちじょうばん》の同心をしていた男です。こいつはそのころ、蔵奉行の手代をしていました」

諒太郎は雀丸の風体《ふうてい》を頭のてっぺんからつま先までじっくり見ると、

「町人になったとは聞いたが、印半纏に腹掛けとは思い切ったのう。ひひひ……よう似《に》合《お》うておるぞ」

「皮肉なことを言うな」

「皮肉ではない。まことに似合う。――じつは俺も武士を辞めたのだ」

「そりゃそうだろうな。あれだけのことをしでかしておいて、のうのうと侍面《さむらいづら》をしてはいられないだろう」

「おいおい、お主こそ皮肉ではないか。あの件はもうきれいさっぱりかたをつけた。はるか昔のことだ」

「なんだって？　私はまだ一文も……」

「ぶはははは。細かいことを言うな。そのうち返す」

「細かいだと？　なんだかんだで三十両は用立てて……」

「そんなことはどうでもよいのだ。お主に折り入って頼みがある」

「ダメだ！」

　雀丸は即座に大声で応えた。まわりにいた参拝客が驚いて振り返ったほどだ。

「も、もうだまされないぞ。おまえの『折り入っての頼み』のせいで、幾度も金を貸した。一度も返してもらったことはない」

「嘘《うそ》をつけ。一度ぐらいは返したはずだぞ」

「いや、ただの一度もないのだ」

「そうだったっけな。なにしろ借りられそうな相手からは軒並み借りていたから、最後のほうはもうわけがわからなくなっていたのだ。すまんな」

　諒太郎は、どう見てもすまなさそうではない態度で頭も下げずにそう言った。

「諒太郎、私は忙しいのだ。今日はこれで失礼する」

　雀丸がその場を去ろうとすると、諒太郎は彼の袖を摑み、

「待ーて待て待て待て。お主、俺の頼みというのは金の無心だと思ってるのではないか？」

「もちろん思っているとも。おまえの頼みが借銭《しやくせん》の申し込みでなかったことなどあったためしがない」

「ところが此度《こたび》はちがうのだ」

「信じられない」

「信じてくれ。――マル、お主、横町《よこまち》奉行になったそうだな」

雀丸は諒太郎の顔を見た。

「だれにきいた……山江か」

「そうだ。お主に向いている役どころだと思うぞ」

横町奉行は、「奉行」と名前がついているが武士による公の務めではない。大坂町奉行所に所属する与力・同心は東西合わせても百六十人しかおらず、その人数で大坂全域と摂津、河内《かわち》、和泉《いずみ》、播磨《はりま》の四カ国における司法・行政・警察を一手に引き受けていたのだから、当然、業務は滞る。なかでも「公事《くじ》ごと」つまり町人からの訴えごとについては、「公事三年」という言葉があるとおり何年も待たされる。イラチな大坂人には耐え難いことである。

公事の裁きが行われる「御用日」はひと月に何回と決まっているので、田舎《いなか》からそのために出てきたひとたちは番が回ってくるまで「用達《ようたし》」という御用宿にずっと連泊しなければならない。宿泊費もかかるし、仲介役の「公事師」という連中のカモにされることもある。

だが、町奉行所の役人にとってはどうでもよいことだ。先例どおり、ゆっくりゆっくり処理していけばよい。それで先祖代々の禄《ろく》をもらえるのだ。

商いのうえの揉《も》めごとは即断・即決が要求される。町奉行の裁きを呑気《のんき》に待っていられない。大坂の町のものがそういうときに公事ごとを持ち込んだのが「横町奉行」である。横町奉行は、大坂の商人たちによって作られた民間の役目であり、お上《かみ》とはなんの関係もない。ある書物には「商売の道に明るいのはもちろん、諸学問にも造詣が深く、人情の機微によく通じ、利害に動じることのない徳望のある老人が、乞われてこの地位に就いた」とあるように、横町奉行は訴えの当事者双方の話を聞いたうえでただちに裁きをくだす。その裁断が不服でも文句を言うことは許されなかった。それを承知で横町奉行のところに持ち込むのだ。そして、代々の横町奉行の裁きには、勝者も敗者も納得させるだけの力があったという。

そんな横町奉行に、こともあろうに若造で世間知らずで商いの道にも疎く貫禄も経験も乏しい雀丸が就任することになってしまった。前任者の松本屋甲右衛門《まつもとやこうえもん》に丸め込まれたのだ。大坂を、そして日本をめぐる状況は大きく変化しようとしている。島原《しまばら》の乱以来の大乱である大塩の乱が勃発し、ロシア、イギリス、アメリカ、フランス……といった諸外国の船が頻々《ひんぴん》と現れ、「泰平」という言葉がもはや通じなくなりつつある。そんな時代の横町奉行には、身体が達者で、頭脳明晰《めいせき》な若者のほうがふさわしい……甲右衛門はそう考えたのである。

「横町奉行とは、天職を見つけたものだ。せいぜい大坂の町の衆のために励んでくれ」

「お世辞を言っても金は貸せない」

「だからー、金の無心ではないのだ。住まいはどこだ」

雀丸は口ごもったが、どうせ「横町奉行はどこに住んでいる」と訪ね歩けばすぐに家など突きとめられてしまうだろうから、

「浮世小路《うきよしょうじ》の西詰めだ。竹光屋雀丸と屋号が出ている」

「お、おまえ、ここから目と鼻の先ではないか。それは上々だ」

「お、おまえ、まさか今から来るつもりでは……」

「そうしたいところだが、これから道修町でちょっと用事があるのだ。明日にでも伺おう。歓待してくれ」

雀丸は露骨に嫌な顔をした。

「そう、嫌がるな。われらは旧友ではないか」

諒太郎は右目をつむると、そのまま行ってしまった。雀丸は、ふうーっとそれまで溜《た》めていた息をすべて吐いた。

「大丈夫ですか」

園が心配して雀丸の顔を覗《のぞ》き込む。

「大丈夫です。——金の無心ではない、と言っていましたが、間違いなく金の無心なのです」

「では、嘘をついたと」

「あいつはそういうやつなのです。今日のところは向こうに用事があってよかった。で

も、明日が気がかりです」

「お友だちなのでしょう？　お金は貸せない、とはっきりお断りすればよいではありませんか」

「それが……あいつはあの手この手……あらゆる手を使って金を借りていくのです。はじめは、今日は貸すものか、と思っていても、いつのまにかむしりとられている。南蛮《なんばん》手妻《てづま》使いのようなやつなのです」

雀丸は浮世小路へは向かわず、高麗橋《こうらいばし》から天神橋《てんじんばし》を渡り、同心町に園を送っていくことにした。

「あの男は、以前は蔵奉行の手代として先祖代々の勤めを果たしておりました。算盤《そろばん》が得意で、和算の術に優れ、城でも重く用いられていたのですが、あるとき朋輩《ほうばい》とともに新町に足を踏み入れたのがきっかけで身を持ち崩したのです。鈴音《すずね》という芸子に入れ揚げて、城の金蔵の金を使い込み、その穴埋めにと知り合いから金を借りまくりました」

「まあ、ひどい……」

「私も、十回ぐらいにわけて三十両は用立てています。金がないと鈴音と心中するしかない、いついつにどこそこから金が入る、そのときに必ず返すから、と言うので、少しだけ貸して、その日になって催促すると、返すどころかなんだかんだと言い訳して、また少し借りていく……その繰り返しです。私も当時は、俸禄をもらっていたので多少のたくわえがあり、頼まれると嫌とは言えず、それを取り崩して貸していたのですが、とうとう山のような借金を抱えたまま逐電しました」

「…………」

「当然、蔵奉行付き手代は辞めさせられましたが、行方はわからず……今日何年振りかで見かけたのです。でも、また借金を申し込まれたらと思うと怖くて怖くて……」

「雀丸さまが毅然《きぜん》としておればなにも怖《おそ》れることはありません」

園は「毅然」という、雀丸からもっとも遠い言葉を使った。

「はあ……」

「雀丸さまは、ひとに甘いところがあります。それがまた良いところでもあるのですが、あまり他人を甘やかすとそのひとにとっても害となります」

なんとも正論で、雀丸はたじたじとなったが、

「園さんはあの男のやり口を知らないからそんなことが言えるのです。とにかくその……しつっこいのです。一度こうと思い込むととことん突き進むやつで、五両貸してくれ、五両はない、と言うと、じゃあ三両、三両もない、じゃあ一両、二分《ぶ》、一分、二朱……こちらが音を上げて、わかった、貸すと言うまで離れないのです」

「借金はきれいにかたをつけた、とおっしゃっておいででしたけど……」

「大口の話でしょう。全部で五百両ほどの借金を踏み倒して逃げたのですから、それを

返さなければ浪花《なにわ》の地に戻ってこられるはずがありません。私の分もそのうち返してほしいところですが、それより新たな借金を申し込まれるのが怖いのです」

ふたりは天神橋を渡り、天満《てんま》へと入った。

「では、そろそろこのあたりでおいとまします」

同心町の手前あたりで雀丸が言うと、

「せっかくですから、おあがりください。母も喜びますし、ヒナも会いたがっております」

ヒナというのは園の愛猫である。

「いえ……お父上に見つかるとまたややこしいことになりますから」

「そうですか。では、本日はありがとうございました。またお誘いください」

「では、神農さんのご開帳にでも参りましょうか」

雀丸は半分冗談でそう言ったのだが、そのときはおのれがその「ご開帳」に深く関わることになろうとは思ってもいなかった。

同心町から足早に引き返し、大川端までやってきたとき、

「おい、貴様……」

びくっ……。

「ここで、なにをしておる」

ぎょっとして顔を上げると、そこに立っていたのは馬面を憎悪で歪《ゆが》めた武士だった。園の父、皐月親兵衛である。

「あ、馬……」

「だれが馬だ！」

「ではなくて、その……ウマいうどんの店を知っているのでご一緒しませんか」

「ごまかすな！　貴様が天満に用事のあるはずがない。どうせ園をたぶらかしに来たのであろう」

「とととんでもない。私もこのあたりに用事で来ることもありますって。そもそも用事があろうとなかろうと私がどこの往来を歩こうと勝手でしょう」

「なにい？　竹光屋風情《ふぜい》が『勝手』などと聞いた風なことを抜かすな。貴様ら町人は、天満どこへ行くにも侍の顔をうかがって壁際をこそこそ歩いておれ。とにかく貴様は、天満に足を踏み入れることは相成らん。天神橋も天満橋も高麗橋も今橋《いまばし》も葭屋橋《よしやばし》も渡るな。浮世小路から一歩も出るな。わかったか！」

「あははは……そんな無茶な……」

「なにが無茶だ。園に指一本でも触れてみろ。槍《やり》で串刺しにしてやる！」

「え？　指一本で串刺しですか。さっき手を摑んでしまいましたが……」

「なななななにい？　貴様、語るに落ちたな。やはり園と逢《お》うておったか！」

「し、しまった。でも、これはけっして逢い引きとかそういうものではなく、ただの……」

「あ、逢い引きだと？　許さん！」

皐月同心が刀の柄《つか》に手をかけようとしたので、

「それは槍じゃないですよ！」

そう言い捨てて雀丸は全速力で逃げ出した。

「卑怯《ひきょう》もの！」

卑怯と言われようが、斬られるよりましだ。まさか本当に斬るとは思わないが、はずみということもある。雀丸は高麗橋を振り返り、皐月が追ってこないのを確かめてから、橋のたもとに座り込んだ。どっと汗が噴き出た。

（あのひとの気持ちもわかるよなあ……）

向こうはお歴々の娘で、こちらは武士ですらないしがない職人だ。身分ちがいといえばそれまでである。しかし、大坂は元来、武士なにするものぞ、という気運の高い土地柄だ。実質的に天下を動かしているのは侍ではなく商人だ、という気概を皆が持っているのだ。雀丸も、おのれが「元武士」であるということになんの値打ちも見出《みいだ》していなかった。今は職人なのだ。それでいいのだ。

「遅くなりました」

おのれの家の暖簾をくぐったとき、

「さきほど地雷屋《じらいや》が参ったぞ。留守だと言うと、明日また来ると申しておった」

隠居の加似江が奥から野太い声を発した。背丈はやたら低いが、横幅は相撲取りほどもある。近頃では体重増加のせいで足もとがおぼつかないようだ。顔だけではなく、額から喉にいたるまで縮緬皺《ちりめんじわ》が寄っており、そのなかにぎょろりとした眼《まなこ》がある。眉が吊《つ》り上がっているため、二六時中怒っているようだ。しかし、顔全体は「蟹《かに》」に似ている。名は体を表す、というが、加似江の場合は「そんなつもりはなかったのにたまたま名が体を表してしまった」例だろう。なかには「蟹ではなく、イセエビを裏返したところに似ている」という説を唱えるものもいたが、やはり名前に引っ張られるのか、現状は蟹に軍配が挙がっていた。茹《ゆ》で上げたばかりの真っ赤な蟹にそっくりのこの老婆が、よく食らい、よく飲むのだ。この家の家計の半分は加似江の飲食費だと言ってもいいだろう。しかし、雀丸が、少しは飲み食いを控えてください、とでも言おうものなら爆裂弾のごとく怒ることは目に見えているので、言い出せぬ。

「地雷屋さんが？　なんの用件です」

「なんでも『開帳』のことだとか申しておったな。それより夕飯の支度をしてくれ」

「まだ時刻が早いですよ」

「よい。腹が減った」

加似江は、年がら年中腹を減らしている。雀丸は台所に入り、水瓶《みずがめ》の水で手を洗うと、湯を沸かし、てきぱきと夕食を調えた。飯は昼間炊いたものの残りだから、あとは汁と菜《さい》を作ればよい。梅干し、里芋の味噌汁《みそしる》、蕪《かぶ》の葉っぱの即席漬け、それに、昨日、戻り鰹《がつお》が安かったので買ったやつを半分残してヅケにしてあるので、それをぶつ切りにして、ゴマをかけて出した。梅干しで冷や酒を湯呑《ゆの》み一杯、くーっとあおったあと、加似江は美味い美味いと言って、飯を雀丸の分まで平らげた。

「お祖母《ばあ》さまは、烏瓜諒太郎を覚えておいでですか」

雀丸がそう言うと、

「ああ、忘れるはずがない。あの男はひとでなしじゃ」

「ひとでなしとはひどい言い方ですね」

「ひとでなしが悪ければ外道《げどう》じゃ。わしから、倍にして返すからと言うて一朱だましとりよった。それだけではないぞ。おまえの父親からもたしか金を借りていたはずじゃ」

うひー。

「あのようなやつ、生きておるのか死んでおるのかは知らぬが、もし万が一生きていたとしても、あの金を返すまではこの家の敷居は一歩たりともまたがせぬぞ」

「明日、参りますよ」

「な、なにいっ！」

その声があまりに大きかったので、雀丸は茶碗《ちゃわん》を落としそうになった。

「なにをしに来るのじゃ。金を返しにか」

「そうではないようです。横町奉行に頼みごとがある、とか言うておりました」

「頼みごと？　きいてはならぬぞ。どうせ金の無心じゃ。あの男ならそれしかない」

「ちがうようなことを申しておりましたが……」

「わかるものか！　とにかくあの男をここに入れることはわしが許さぬからな」

困ったことになった、と雀丸は思った。この家では加似江が「法」なのである。しかし、一方では、そのほうがいいかとも思っていた。あいつに関わると、たしかに碌《ろく》なことにはならないのだ。

「地雷屋さんも来るんですね。鉢合わせにならなければよいのですが……」

「わしは知らぬ」

でしょうとも。

雀丸は、残り少ない飯に湯をかけて、蕪の葉の即席漬けでさらさらと流し込むと、食事を終えた。食器を片づけようとしていると、加似江が言った。

「腰が痛い。揉んでくれ」

「はいはい」

雀丸は重ねた食器を脇に置いた。

「明々後日から、いよいよ少彦名神社境内にて開帳が行われる。六十日のあいだは日頃に数倍したひと出が見込まれるゆえ、われら定町廻りはどの組も一日に一度は少彦名神社を訪れるようにせよ。月当番の西町からも四組が出る。開帳と申しても信心と申すより、つまりは遊山《ゆさん》ごとだ。酒に酔うての喧嘩口論、掏摸《ちぼ》、引ったくりなども多いと思われるゆえ、心して勤めてくれい。お頭《かしら》もさきほどそう申しておられた」

泊番《とまりばん》と明番《あけばん》の入れ替わり時の早朝、東町奉行所の小書院で、定町廻りに所属する与力、同心一同をまえにして、古参与力の南原卯兵衛《なんばらうへえ》が皆に訓示を垂れていた。定町廻りの一員である皐月親兵衛も神妙に頭を下げて聞いていた。南原は、皐月同心の直属の上司でもある。

「此度の開帳は、江戸は内藤新宿にある涅槃王寺と申す寺院の秘仏不空羂索観音《ふくうけんさくかんのん》の六十年ぶりの出開帳で、大坂で行うのはこれがはじめてだそうだ。当然、江戸から坊主どもが観音に随身して大勢やってくる。一部はもう道修町に着いていて、小屋の設営に当たっている。大坂城代と町奉行所のほうにもつまびらかな絵図面などが出されてはいるが、貴重な秘仏になにかあってからでは遅い。よって、少し早いが我々は本日より少彦名神社の出役に当たるゆえ、さよう心得よ」

◇

一同は頭を下げた。

「なにかききたいことがあるものは申し出よ」

南原が言うと、皆は顔を見合わせていたが、ひとりの同心が挙手をした。

「南原さま、不空羂索観音とはどのようなものなのでしょうか」

南原は苦笑いをして、

「わしもようわからぬが、お頭に見せてもろうた涅槃王寺からの開帳願書によると、七観音のひとつで霊験あらたかだそうだ。おまえたちも一度は拝んで、賽銭をあげておけ。でないと、バチが当たるぞ」

一同は笑って退出となった。皐月親兵衛も部屋を出ようとしたのだが、

「皐月、おまえは残れ」

南原に言われて、皐月は首を傾《かし》げながら書院に居残った。

「障子をぴしゃりと閉めよ」

「はい」

言われたとおりにすると、南原与力が近づいてきて、

「皐月、わしはおまえを見損なったぞ」

「え？　どういうことでございます」

「先日、こどもかどわかしの件が片づいたな」

「はい……」

「あの折り、おまえは胴を取って目覚ましい働きをした。お頭もほめておられたし、ご城代の耳にも届いたと聞いている。わしも鼻が高かった」

「それはようござ……」

「よろしくない！　あの一件で一番功を挙げたのは、横町奉行の蜂蜜屋雀丸とかいう男だと申すではないか」

「蜂蜜屋ではございません。竹光屋で……」

「同じようなものだ。わしは意気揚々とお頭に、わが手下《てか》の功労を自慢すると、お頭はどこからか横町奉行の手柄を耳にしていて、『町奉行所としても、横町奉行の手腕をお上の御用に役立てることを考えねばならぬのう』……などと申されてな、その男を町奉行所に迎え入れんばかりの賞賛であった」

「…………」

「わしはそれが許せぬのだ」

「…………」

「皐月、お頭のご嫡男が重い病に伏せっていることは存じておろう」

「はい、うすうすは……」

「名医と評判のお城のご典医にも診《み》てもらうと、治るかどうか半々だと言われたらしい。

お頭はそのことで今、ご心痛だ。それゆえ弱気になっておられるのだろう。町奉行所が横町奉行に頼るなど恥でしかない。そうは思わぬか。え、どうじゃ！　どうじゃ！」

「は、はい……」

「大坂の地に横町奉行などいらぬ。武士が司るこの世のなかには邪魔な役割だ。考えてもみよ。横町奉行が賞賛されるということは、町奉行所などいらぬ、と言われておるに等しいのだぞ」

「いえ、それは考えすぎで……」

「町人は武士の言うことを聞いておればよい。——よいか、皐月、諸外国がわが国に押し寄せ、下手をすると日本が滅ぶるやもしれぬこのご時世、武士が庶人のうえに立ち、皆をしっかり導き、率いていくことこそがわが朝存続の唯一の道である。横町奉行は、これからのこの国の歩みにとってよろしからざる瘤《こぶ》のようなもの。瘤はただちにのぞかねばならぬ。わかるな、皐月」

「は、はあ……」

「そこでだ……」

南原は皐月親兵衛ににじりよった。

「おまえは、少彦名神社の見回りから外す。横町奉行を……陥れるのだ」

「えっ……！」

「どんな手を使《つこ》うてもよい。横町奉行が大坂の地にいるかぎり、町奉行所に平穏はない。よいか、皐月……雀丸などというふざけた名前のその男を罠《わな》にかけ、横町奉行の座から追い落とすのだ」

「わ、私がでございますか」

「そうだ。おまえは雀丸と親しいというではないか」

「親しいわけではございませぬ。御用のうえで顔見知りというだけで……」

娘のネコトモだなどと知れたら、なにを言われるかわからない。

「好都合ではないか。うまくだまして、罪人にしてしまえ。召し捕ってしまったらこちらのものだ。牢《ろう》のなかでは横町奉行などと申してもなにもできまい」

「それは……冤罪《えんざい》ということでしょうか」

「ひと聞きの悪いことを申すな。お上に盾突いたことそのものが罪ではないか」

「あの男がお上に盾突きましたか。どちらかというと御用に手を貸してくれているというか……」

「馬鹿もの！　横町奉行というもののありようがお上に盾突いていることになるではないか。町人だけの法度《はっと》を勝手に定め、それに基づいて裁きを行うなど、町奉行所を……いや、公儀をないがしろにし、侍をかろんじた振る舞いだ。わしは……そういうことが……大嫌いなのだ！」

南原の声の調子が次第に上ずっていき、しまいには金物を引っ掻《か》いたようになったので、皐月は怖くなってきた。

「よいな、皐月！　横町奉行を引きずりおろせ！　よいな、皐月！　よいな、よいな……よいな！」

吠える南原のまえで、皐月親兵衛は頭を下げ続けた。

◇

「ごめんなはれや」

朝餉《あさげ》を食べ終え、暖簾をかけた途端、それを見澄ましたように入ってきたのは、廻船《かいせん》問屋地雷屋の主《あるじ》、蟇五郎《ひきごろう》だ。日頃、よほど美味いものばかり食うているのだろう、便々《べんべん》たる腹は会うたびにまえに迫《せ》り出しているように思える。頬にも顎にも、額にも贅肉《ぜいにく》がたっぷりついており、目はまん丸で、目と目の間隔が離れている。口がやたら大きく、唇が薄いため、一筆書きの「へ」の字に見える。その容貌は、これも「名は体を表す」の例えどおり、蟇蛙《ひきがえる》そっくりである。

樽《たる》廻船を多数所有し、株仲間の肝煎《きもい》りも務めていて、鴻池《こうのいけ》や住友《すみとも》といった大豪商には及ばぬものの、なかなかたいそうな羽振りである。しかし、その商売のやり方は汚く、こすい。ときには法に触れるぎりぎりのあこぎな振る舞いも辞さないので、浪花の地で

はすっかり「悪徳商人」という印象が定着していた。当人も否定はせず、

「金はなんぼでもある。使わな損や」

と豪語して馬鹿馬鹿しい遊興やくだらぬ贅沢に注《つ》ぎ込むものだから、大勢の庶民から羨望の裏返しとしての恨みを買っていたが、蟇五郎はまるで頓着せず、

「世の中は金や」

とつねに言い切っていた。

「金がないと心が荒《すさ》む。金があれば、その金で他人を救うこともできるのや」

そんな地雷屋蟇五郎は、雀丸が前任の横町奉行で今は引退した松本屋甲右衛門から引き継いだ「三すくみ」のひとりである。横町奉行は、いくら人脈や知識、経験があろうと、ただの一個人である。町奉行所のように多くの人数が集まっているわけではない。そこで、横町奉行の手足となって働く協力者が不可欠となる。それが現在はこの地雷屋蟇五郎と、天王寺の口縄坂に一家を構える女侠客、口縄の鬼御前、そして、下寺町《したでらまち》にある要久寺《ようきゅうじ》というボロ寺の住職、大尊和尚《だいそんおしょう》という三人がその任に当たっているのだが、彼らは見返りを求めているわけではなく、横町奉行という大坂の地に必要な役目への協力をみずから進んで申し出ているのだ。しかし、互いに仲が悪く、会えば大喧嘩をはじめるため、一度にひとりしか使えない。だから「三すくみ」なのである。ただし、三人とも年齢は雀丸よりずっとうえなので、皆、横町奉行に対してうえからものを言うこと

は共通している。そんな三人に翻弄されながらもうまく使い分けて、雀丸はなんとかこのなんぎなお勤めを果たしているのだ。

「ああ、地雷屋さん。昨日は行き違いで失礼しました。なんのご用事でしょう」

「それがやな……」

蟇五郎は勝手知ったる他人の家とばかりずかずか入り込み、上《あ》がり框《がまち》に腰を下ろすと、雀丸が茶を淹《い》れているあいだに話しはじめた。

「明々後日から、神農さんでご開帳があるやろ」

「はい、聞いています。昨日、たまたまお詣りしたら、高札《こうさつ》が立っていました」

「なんでも江戸の内藤新宿にある涅槃王寺とかいう寺の秘仏でな、六十年ぶりのご開帳、しかも上方《かみがた》に持ってくるのは今度がはじめてやそうや。不空羂索観音……とか言うとったな」

寺院の本尊などの仏像には、日頃いつでも拝めるものと、仏堂や厨子《ずし》の奥にしまい込まれてひとに見せぬ秘仏とがある。そういう秘仏を、何十年に一度、世間に公開するのが「ご開帳」である。「衆生《しゆじよう》に結縁《けちえん》の機会を与えるため」というのは表向きの理由であり、実際には寺院の改修費に当てるため、つまり、金儲けを目的として行われることが多い。なにしろ数十年に一度しか拝めない仏さまなのだ。見逃すとつぎはまた何十年も待たねばならない。拝まにゃ損だ、というわけで、希少価値も手伝って大勢が押し寄せた。「大仏は見るものにして尊ばず」と言うが、それに近い感覚だろう。拝みにいく、というより、珍しいものを見にいく、ぐらいの気分なのだ。もちろん拝むには拝観料を支払わねばならない。開帳のとき、境内には物売り店が出る、見世物小屋が出る、酒肴《しゅこう》や甘いものを売る店が出る、大道芸人が出る……というわけで完全にひとつの娯楽場だが、それらの上がりのうちのいくばくかは開帳の主催者のふところに入るわけだ。つまり、六十日間これを続けると莫大《ばくだい》な金が動くことになる。

「わしは道修町の薬種問屋には知り合いが多てな、というのもほれ、日本中の薬がいっぺん道修町に集まって、そこからあちこちに運ばれるやろ。そのとき、うちの船を使てくれるわけや」

「ああ、なるほど」

「そんな縁で、神農さんの宮司とも懇意でな、飲み仲間でもある。今度のご開帳のことはなから相談を受けとったんや。神農さんもなにかと物入りやさかい、なんぼか金を出してくれ、儲かったら返す……とまあ、そういうこっちゃ。わしは信心深いさかい、すぐに寄進させてもろた」

「はあ……」

信心ごととはもっとも縁遠そうな人物である。要は、商売上の付き合いということだろう。

「神農さんはな、文政《ぶんせい》五年に大坂で虎狼痢《コロリ》がえろう流行《はや》ったときに、道修町の薬種株仲間が虎狼痢除《よ》けになるちゅうて『虎頭殺鬼雄黄圓《ことうさつきうおうえん》』ゆう丸薬を、張り子の虎と一緒に配ったらこれがよう効いたんや。それで、大坂中はおろか日本中から丸薬と張り子の虎の註文が殺到した。それをあちこちに運ぶのにも、わしとこの船がずいぶんと役立っとる」

虎狼痢の大流行の話は父や祖母などから聞かされていた雀丸だったが、なにしろ生まれるまえの話でピンとは来ていなかった。しかし、三日コロリとも呼ばれ、なすすべもなく死んでいく大勢の患者について父が語っていたのは強く印象に残っていた。

「大塩の乱で、あの神社もかなり焼けた。本殿も会所も焼けてしもたさかい、小さい祠《ほこら》を建ててそこに仮遷宮しとる。宮司としても、この開帳で大儲けして、まえのように社を立派に建て直したいところやろな」

「そうだったんですか」

大塩の乱は、大坂の庶民を救うためのものだったはずだが、あれから十年以上経《た》った今でもあちこちに深い傷跡を残していた。

「宮司の言うには、久々の大きな開帳やさかい、いろいろごたごたもあるやろ、と。近頃は寺に忍び込んで本尊を持っていくような罰当たりな盗人《ぬすっと》もおるらしい。もし、大事な秘仏を盗《と》られたらそれこそ取り返しがつかん」

「仏像なんか盗んでどうするんです。有名な仏像ほど、どこの古道具屋も買わないでしょう。すぐに足がつきます」

「ところが、仏像を人質にして、返してほしかったら金を寄越《よこ》せ、と脅しをかけてくるそうや。寺のほうでも、本尊を盗まれたとあったら大恥やし、檀家《だんか》にも寺社方にも聞こえが悪い。しかたなく大金を渡して取り戻す……そういうことも横行しとるそうや」

「はあ……」

たしかに罰当たりである。

「なんのかんのと難癖をつけにくる地回りやらヤクザもんやらも開帳にはつきもんやそうな。それに、仏像に火ぃつける、とか、小便かける、とか無茶言うてきて金を巻き上げる連中やら、そういうやつらから守ったるさかい金を出せ、て言う連中がグルになってたり……まあ、たいへんらしいのや。宮司によると、神社のほうで金を出して、何人か用心棒の侍を雇たほうがええんちゃうか、という話も出たそうやが、もともと金がないから江戸の秘仏の開帳を引き受けたのやから、それはとうてい無理ということらしい。秘仏に付き添うて下向して来る涅槃王寺の連中の宿代やら食事代やらもごっつうかかるらしい」

「神社のなかに泊めてやればいいじゃないですか」

「神社に坊さんを泊めるのはまずいやろ」

「そういうものですか」

開帳には、「居開帳《いがいちょう》」と「出開帳」がある。普段は秘仏にしてある仏像をその寺で公開するのが「居開帳」で、その仏像を他所に持っていき、その土地のものに見せるのが「出開帳」である。今回のように江戸からわざわざ出張しての出開帳も京・大坂ではときどき行われた。まさに千載一遇の機会ゆえ、大勢の善男善女が日々押しかけることはまちがいないだろう。

「町奉行所にはもちろん届け出てあるから、定町廻りが見回りをしてはくれるやろけど、それだけでは心もとない。なにかあったとき、涅槃王寺に弁済せなあかんことになったらえらいこっちゃ。あんたのほうから、横町奉行のほうにも報せといてくれ……て言われたんや。すまんが、わしの顔を立てて、毎日とは言わん、二日にいっぺんでもええさかい、ちょこっと境内をうろうろしてくれたらありがたい」

「でも、私がうろつくぐらいではなんにもならないでしょう」

「そんなことない。町方も朝から晩までおる、というわけにはいかんやろうし、あんたがいてる、というだけで、お、横町奉行が来てる、と気づくやつはけっこうおるはずやで」

いつのまにそんな有名人になっていたのだろう。まるっきり実感がない。

「まあ、どうせ屁の突っ張りにもならんやろけどな。枯れ木も山の賑わいや」

なんだ、それは。

「承知しました。ここから近いですから毎日伺います」

「そないしてくれ。それとな……これはちょっと言いにくいのやがなあ……」

「なんでしょう」

「見回りの件、鬼御前と大尊和尚にも声かけといてもらえるとありがたい。けど、わしが頼んだ、というのは内緒にしといてほしいのや」

どうやらそれが話の本題のようだ。おのれが頭を下げるのはけたくそ悪いから、雀丸に言わせようという腹なのだ。

「いいですよ、これは横町奉行の務めでもありますから、私からお願いしておきます」

蟇五郎はホッとしたような顔つきになり、

「すまんな。できればあんなやつらの手は借りとうないんやが、宮司とは長年の付き合いや。今度の開帳しくじったら、この地雷屋蟇五郎生涯の恥やからな」

公儀は、開帳について厳しい許可制を取っていた。前回の開帳との間隔が三十三年以上あいていること、一季における開帳の数を五つまでとすることなどを基本に、開帳願書《ねがいがき》という寺社奉行への届に内容の詳細をこまごまと記させ、それを一カ月ほどかけて吟味したあとで、ようやく「開帳差し許し」となる。それも、当番の寺社奉行がひとりで決めるのではなく、全寺社奉行が月番の屋敷に赴き、内寄り合いを行って決するのである。

それほど許認可に慎重なのは、「開帳は儲かる」という事実があったからだろう。寺社側も、「開帳差し許し」をもらおうと寺社奉行の接待に必死になるし、許可をもらったからには一文でも多く稼がなければ、とこれまた必死になる。いずれにしても「信心」とはかけ離れたものではあるが、それでも仕事に疲れたひとびとに一時の娯楽を提供する催しとして喜ばれたのはたしかである。

「ほな、わしは去《い》ぬわ。あんじょう頼んだで」

茶を飲み干した蟇五郎が立ち上がろうとしたとき、

「ここか、マルの家というのは！」

あまり耳にしたくない声が表から聞こえてきた。蟇五郎が出ていこうとするより先にずかずかと入り込んできたのは烏瓜諒太郎だった。

「おお、やはりこの家か。探したぞ。もっとでかい看板を上げておけ。狭い家だな。もっとも俺のところよりはましか。ぶはははは。朝から長く歩いたので喉が渇いた。茶をくれ。いや、酒のほうがよいかもな。旧交を温めるために一献行くか。ぶっはははは」

よくしゃべる。雀丸は、呆《あき》れ顔で諒太郎を見ている蟇五郎に、

「彼は私が城勤めのころに朋輩だった烏瓜諒太郎という男です。今は、私同様町人ですから、お気遣いなく」

諒太郎は蟇五郎に気づき、

「丸之助の悪友です。お見知りおきください」

「地雷屋蟇五郎と申します。雀丸さんにはなにかと世話になっております」

諒太郎は蟇五郎に数歩近づくと、その顔をまじまじと穴の開くほど見つめ、

「あんた……蟇蛙に似てるな。だから蟇五郎にしたのか？」

蟇五郎は顔をしかめ、

「失敬な！　それを言うならあんたも天狗に似ているだろう」

「ぶはははは！　蟇蛙似と天狗似ならば、天狗似の勝ちだろう」

「勝手に勝ち負けを決めるな！」

諒太郎はふと気づいたように、

「地雷屋とは聞いたことのある名だな。大きな廻船問屋で、たしか先日、抜け荷の罪で捕まった極悪な商人だとか……」

「あれは濡《ぬ》れ衣《ぎぬ》や。お上の目も曇ることがある。ちゃんとこうしてお解き放ちになったわい！」

「いやいや、もしあんたが抜け荷をしているなら折り入ってお願いがあるのだが……」

「あ、あ、アホなことを……！　わしは抜け荷なんぞここから先もしたことはない！」

諒太郎は雀丸に、

「まことか？」

「はい。地雷屋さんはこう見えて、法を犯すことはありません。手が後ろに回るすれすれでとめるのです。もちろんお上に賄賂《わいろ》、賂《まいない》、袖の下はたっぷり使ってのことではありますが、見つかったらすぐお縄……というような危ない橋は渡らないのです。それがまた卑怯なところで……」

　蟇五郎は雀丸をにらみすえ、

「そういう冗談《てんご》を言うと、知らんお方はほんまやと思うやないか。やめてもらおか」

「え？　冗談のつもりじゃないんですけど」

「やかましい！　とにかくわしは抜け荷なんぞはしとらん。このお手々はきれいなもんや」

　それを聞いて諒太郎は蟇五郎への興味を失ったらしく、

「まあ、そんなことはよい。俺が今日ここに来たのは横町奉行としてのお主に頼みごとがあるからなのだ」

「昨日もそんなことを言ってましたね」

「ああ。話をひととおり聞いてもらいたいのだが……」

　諒太郎が、蟇五郎をちらと見たので、

「この御仁は、横町奉行としてのお務めを補佐してくれておられるのです。なにをしゃべってもらっても大丈夫です」

「そ、そうか。ならば包み隠さず申すとしよう。——お主は道修町の薬種問屋に知り合いはおるか」

「いや……いないなあ」

「そうか。俺は今、ある薬を手に入れたいと思っている。先日からずっとあちこちの薬種問屋に掛け合ってきたのだが、どこも相手にしてくれぬ。唐物《とうぶつ》（輸入品）の薬は、公儀の沙汰により、決まったものしか取り扱えぬらしい。俺が欲しいのは、道修町では扱《あつこ》うておらぬものなのだ」

まくしたてる諒太郎に、雀丸は目をくるくる回した。

「ちょ、ちょっと待ってくれ。どうしておまえがそんな珍しい薬を欲しがる。医者でもあるまいに……」

「知らなかったのか？　俺は、医者になったのだ」

「えーっ！」

これにはさすがの雀丸も仰天した。

「お、おまえが医者に？」

「そうだ。お主が大刀を捨ててこんなみすぼらしい竹光屋の主になったのと同じだ。俺も城勤めを辞めたあと、長崎に行き、蘭方医《らんぽうい》になった。シーボルト先生の弟子だった内《ない》藤厳馬《とうげんま》先生に入門し、一から阿蘭陀語と阿蘭陀医学を学んだのだ」

「でたらめを言いまくって大勢から金を借りまくり、それを踏み倒して恥じることのなかったおまえが、仁術である医学を学んだだって？　笑い話としか思えないな」

「そう言うな。あの金も、長崎に渡るための費用だったのだ」

「嘘つけ。鈴音とかいう芸子に入れ揚げていたくせに」

「ぶはははは。そんな話になっているのか。そりゃお主、ただの風聞だ」

「そうは思えないけど」

「ほかのことは知らぬが、こればかりは間違いない。なぜなら、鈴音は俺の妹だからだ」

「ぶはっ」

　雀丸は飲んでいた茶を噴き出した。茶はすべて蟇五郎にかかった。

「す、すみません……」

　蟇五郎はむっつりとして手拭いで顔を拭いた。

「俺の身持ちが悪くて借金ができたのはまことのことだ。うちの親父が博打《ばくち》好きでな、賭場に義理の悪い借金をたくさん拵えたあげくぽっくり死んでしまった。俺は城勤めが馬鹿馬鹿しくなって、毎日酒浸りだ。でたらめを言いまくってなないとこ借りを繰り返したので借金は膨れ上がり、にっちもさっちもいかぬようになって、蔵奉行付き手代の株を売らねばならぬところまで追い詰められたが、俺はなるようにしかならぬとうそぶいていた。ところが、妹はそれではすまなかったようだな。俺に相談もせず、鈴音という名で芸子になった。俺は、しまった、と思ったが、妹を取り戻すすべはなかった」

「そうだったのか。知らなかった……」

「ところが妹は生来病弱でな、すぐに身体を壊して寝込んでしまった。俺は、有り金を掻き集めて置屋の主に渡し、これで看病をしてくれるよう頼んだ。さいわい置屋の主は親切な仁でな、よい医者に診せてくれたのだが、その医者によると妹の病は重く、並の治療では治らぬというのだ。蘭方のほうなら、もしかしたらなにかやり方があるかもしれない、という言葉を聞いて、俺は大金を積んで大坂の名高い蘭方医でシーボルト先生の弟子でもあった高良斎《こうりようさい》先生に診てもらった。高先生は、シーボルト先生が作った西洋の薬の目録を大坂で翻訳、出版した方で、新しい薬や治療にも詳しいお方で、自分では無理だが、長崎でもっとも新しい医術を学んだものならば治せるかも……とのことだった」

「…………」

「だが、病人を長崎まで連れていくことはできない。俺は思い切って武士を辞め、長崎に行ってみずから医術を学ぶことにしたのだ。そのためと割り切って、あとは口八丁で返すあてのかけらもない金を借りまくり、それを持って長崎に向かった」

いい話なのかひどい話なのかわからない。

「内藤厳馬という先生が、たいそう評判がよく、知識も豊富だと聞いたので入門を乞うた。はじめは門前払いを食わされたが、お主も知ってのとおり、俺はしつこい。こうだと思ったらテコでも動かぬ。しまいには内藤先生も俺の熱意を本物だと認めてくれてな、入門を許された。あとはひたすら学問をした。しつこくしつこくしつこくしつこく蘭学に邁進《まいしん》した。おかげで、一年半ほどで阿蘭陀語の読み書きができるようになった。阿蘭陀商館のカピタンや通詞《つうじ》もほめてくれたほどだ。同時に医学を学んだ。俺に合っていたのだろうな、みるみる医者としての腕が上がり、三年目には先生の代脈をさせてもらうようになった」

「おまえがか……信じられないな」

「かつての俺を知るものがそう思うのも無理はないが、まことのことだ。——俺はもっともっと長崎で修業を積みたかったが、大坂の置屋の主から、妹の具合が悪いという手紙が来た。しかたなく俺は長崎滞在を切り上げることにした」

そのとき諒太郎ははじめて内藤巌馬に、妹の病について打ち明けた。すると、思ってもいなかった返事があった。彼の妹の病は難病ではあるが、治せないことはない。ただし、そのためには特殊な薬が必要不可欠だというのだ。

「その薬はどこに行けば手に入りますか」

勢い込んでたずねた諒太郎に師はかぶりを振り、

「烏瓜、この薬はないのだ、今の日本にはな……」

内藤の言うには、日本に輸入される海外の薬品はすべて長崎の出島《でじま》が窓口になっている。輸入先は清と阿蘭陀である。中身や分量にいたるまで長崎奉行の手によって細かい検閲がなされ、目録に記載のない勝手な取り引きは厳禁である。なにを輸入するかは、公儀によって事前に決められており、それ以外の薬は入手したくともできない仕組みになっている。

「シーボルト先生は、阿蘭陀からの医薬の輸入品目数を増やすよう阿蘭陀国政府から命じられていた。そこで『薬品応手録《やくひんおうしゅろく》』という目録を拵えてあちこちに配り、喧伝《けんでん》に相勤めておられた。その甲斐《かい》あって、公儀も輸入薬の見直しを考えはじめていたのだが、それも例の鳴滝《なるたき》事件で水泡に帰した。しかも、今は蛮社《ばんしゃ》の獄によってわれら蘭学の徒に対する風当たりもきつくなっているうえ、蘭書を翻訳することもままならぬようになっている」

そのことは烏瓜も知っていた。公儀は、蘭書翻訳取締令をつぎつぎと発布し、高良斎が訳した『駆梅要方《くばいようほう》』も出版を禁じられた。

「それにな、西洋医学は阿蘭陀だけのものではない。独逸《ドイツ》国や英吉利《イギリス》国のほうが医術は発達しているという説もある。シーボルト先生もじつは独逸のお方なのだ。今後の蘭学医はそれらの国々にも目配りをするべきだが……今のこの国の様子ではむずかしいだろうな」

これまで輸入品目録に載っていなかった薬を新たに輸入するには、いろいろな道筋があるだろうが、そのひとつは道修町の薬種問屋株仲間から公儀に「これこれの薬が必要なので輸入を許可してほしい」という申請をするやり方だ。まずその薬の効能について公儀に文書を提出し、それが認められれば、老中が長崎奉行にカピタンとの交渉を行うよう命ずる。価格の折り合いがつけば、阿蘭陀に発注……というのが流れだ。

つまり、諒太郎が彼の妹を治す薬を手に入れるには、道修町を動かす必要があるのだ。

「今、俺は立売堀《いたちぼり》で蘭方医を開業しているのだが、こちらに戻ってきたとき、俺は甘く考えていた。なんといっても道修町は日本一の薬の町だ。なんとかなるだろう、とな。長崎で稼いだ金で借金をすべて返し、きれいな身体になったうえで……」

「おい、私はまだ返してもらっていないぞ」

「話の腰を折るなよ。あんな小口はあとでおいおい返すから……」

「小口だと？　三十両が小口だと言うのか」

「だまって聞け。——道修町に乗り込んだ俺は、大手から小さな店まで薬種問屋とみれば片っ端から飛びこんでいきさつを話し、薬が欲しいと頼んだのだが、大坂では無名の俺がいくら掛け合っても相手にしてくれぬ。お主も横町奉行ならだれか道修町につながりの深い御仁を引き合わせてもらえぬか。それが俺の頼みだ」

てっきり金の無心だと思っていた雀丸は安堵《あんど》した。安堵のあまり、顔の筋肉がゆるみ、だらしない表情になったほどだ。

「それなら話が早い。ここにいる地雷屋さんは、商売柄、道修町の薬種問屋の株仲間の方々とも親しいし、今度神農さんで開かれる江戸からの出開帳にも深く関わっておられるのだ」

諒太郎は蟇五郎をまじまじと見つめ、

「えっ？　このガマ……いや、ガマん強そうなお方が道修町とつながりが……」

諒太郎はその場にひざまずき、頭《こうべ》を垂れた。

「お願いだ。俺を薬種問屋に紹介してくれ」

「それはかまへんけど、薬がどうなるかは知らんで」

「ああ、顔さえつないでくれれば、そこからあとは俺がなんとかする。できるならば、今から俺と一緒に道修町に行ってもらえぬか。そのほうが手っ取り早い」

諒太郎がそう言ったとき、奥から荒々しい足音が近づいてきて、

「こらあ、烏瓜！　ようもこの家に上がり込めたものじゃ。金を返せ！」

拳を振りかざした加似江が現れた。諒太郎は蒼白《そうはく》になり、土間に飛び降りて雀丸の仕事場を逃げまどった。

「お、おい、マル！　お祖母殿をとめてくれ！」

雀丸は座ったまま、

「どうしてとめなければならん。私もお金は返してもらいたいのだ」

「今はない！　今度払う！」

加似江がその場にあった土瓶を諒太郎に投げつけようとしたので、さすがにこれはいかんと雀丸は祖母に向き直り、

「諒太郎が借金をしていたのは、病の妹のためだったそうです。長崎で修業して蘭方医になったとのことなので、しばらく返済を待ってやってください」

「そんなことは知らぬ！」

「もし、お祖母さまが病になられたとしてもタダで診てくれると思いますよ。——なあ、烏瓜」

「む、無論だ」

加似江は土瓶を持った手を下げると、

「わしは病になどならぬ。ならぬが……まあ、しばらくは待ってやってもよい。ただし、かならず返すのじゃぞ」

「わかっております」

頭を下げた諒太郎に覆いかぶせるように、

「もちろん貸した金と同額を返す、というような真似《まね》はすまいな」

「どういうことです」

「借金には利子というものがつく。相応の利を添えて持ってくるように」

諒太郎はなにか言い返そうとしたようだが、その言葉を呑み込み、

「承知いたしました。——では、地雷屋殿、参ろうか」

そう言うと、竹光屋を出ていった。加似江が顔をしかめて、

「同じく城勤めを辞めたものが片方は修業して立派に医者となり、片方は売れもせぬ竹光屋か。横町奉行もよいが、ちいとは精を出して本業のほうの仕事を取ってきてもらいたいものじゃわい」

などとぶつぶつ言い出したので、諒太郎に続こうとしていた蟇五郎に雀丸は、

「あ、私もご一緒させてください。神農さんの宮司さんに挨拶しておきたいので……」

そう言って麻裏草履をつっかけた。

二

雀丸たち三人はまず、少彦名神社へと赴いた。二日続けてくることになろうとは、と思いながら雀丸が境内を歩いていると、昨日はまだ影も形もなかった開帳小屋が半ばできあがっていたので驚いた。小屋といっても雀丸が思っていたような葭簀《よしず》囲いのいいかげんなものではなく、ちょっとしたお堂のような立派な建物である。どこかよその場所

である程度まで作っていたのを運び込み、組み立てたのだろう。「奉納　涅槃王寺」という幟《のぼり》が風にはためくもとで、大勢の大工が忙しそうに働いている。その仕事ぶりを見守っている神官たちのなかのひとりに蟇五郎は近づいていった。それが宮司の向井《むかい》鉦水《しょうすい》だった。狩衣《かりぎぬ》に烏帽子《えぼし》といういでたちで、手には笏《しゃく》を持っている。ひとの好さそうな、にこやかな顔つきの人物だが、なぜか目が真っ赤である。

「向井さん……」

と蟇五郎が声をかけると、

「おお、地雷屋さん。此度はいろいろ骨を折っていただき、また、過分な寄進もちょうだいして……」

「なんのなんの。——横町奉行を連れてきましたで」

「それはありがたい」

雀丸が挨拶をすると、

「あんたが今の横町奉行かいな。えろう若返ったもんやな。先代にはずいぶんとお世話になりましたのやが、若いほうがたのもしいわ。今度のご開帳はどうあっても首尾よう運ばなならん。ひとつ、手を貸しとくなはれ」

「なにもできませんが、お手伝いさせていただきます」

「よろしゅう頼んます」

「江戸の涅槃王寺というお寺さんとはどういうお知り合いですか」

「いや、まるでわしも知らんかったのやが、向こうから言うてきはったのや。霊験あらたかな秘仏不空羂索観音《ふくうけんさくかんのん》のことをもっと世間の善男善女に知ってもらいたいので出開帳をしたいけど、大坂になじみがない。この神社を使わせてもらえんやろか、となうちも、開帳なんぞ引き受けたことはこれまでないけれど、大塩焼けでえらい目に遭《お》うたんで、これは渡りに船やな、と。一も二もなく承知したら、えろう喜んでくれて、それからひと月ばかりしてから寺社方の『開帳差し許し』が届きましたんや。わしらもあわてて大坂ご城代へ書面を調えて、そのあとはバタバタといろいろなことが決まっていって、今日に至る、ゆうことですわ」

宮司はうれしそうに言った。

「だんどりよういったら坊主ならぬ神主丸儲けやな」

蟇五郎が言うと、

「だんどりよういったら、て怖いこと言わんといてんか。いってもらわな困るのや。この小屋かて、ちゃんとした宮大工に来てもろとるさかい百五十両もかかっとる。どえらい物入りりや」

「え？　そういう費用は涅槃王寺がかぶるのとちがうのか。あんたとこは場所を貸して、その地代をもらうだけやと思とった」

「それがやな……」

宮司は声を低くして、

「これはうちの神社の修繕費を出すための開帳やさかい、なにもかもこっちでだんどり調えて、逆に向こうに払わなあかんのや。はじめからそういう申し合わせになっとるさかいしゃあない」

「ほな、向こうは仏像を持ってくるだけかいな」

「そや。その旅費もわしとこでかぶらなあかん。あんたとこに寄進を願《ねご》うたのも、恥ずかしながら先立つものがないのでな……」

「なるほどなあ」

「よその寺では、開帳のあいだだけ仏像をよそに移して、そこに安置する、ゆうやり方で出費を抑えることもあるらしいけど、うちは神社やさかいそうもいかんわ」

そこへ青い直綴《じきとつ》に金襴《きんらん》の袈裟《けさ》を着けた中年の僧侶がやってきた。日に焼けて色黒く、引き締まった顔立ちである。ふたりの若い僧を左右に従えており、ぎょろりとした目を宮司に向け、

「かなりできあがってまいりましたな」

「なんとか間に合いそうですわ」

「お渡しした絵図面通りになっとるでしょうな」

「はい、それはもう棟梁《とうりょう》がしっかりやってくれとるはずだす。夜《よ》さりでも裏から出入りできるようにするとか、お指図にしたがってこまごまと……」

「それならよろしい」

「ああ、ご住持にも引き合わせとかなあかん。こちらは廻船問屋の地雷屋蟇五郎さん、それでこちらが横町奉行の竹光屋雀丸さん」

僧は雀丸を不審げに見て、

「横町奉行？　大坂の町奉行は西と東と聞いたが、そのほかにもそのような役目がござるのか」

「あはははは……江戸のお方はご存知おまへんわな。横町奉行というのは町人による町人のための町人のお奉行さまだすのや。イラチな浪花っ子にはお上のお裁きはまどろっこしいて待ってられん。それを即断即決するのがこの横町奉行でな、大坂という土地にはなくてはならんお役目だすわ」

「ほう、それをこの御仁が……」

僧は雀丸をじろじろと無遠慮に見つめると、

「江戸は内藤新宿の涅槃王寺の住職をしております慧轟《けいごう》と申します。以後ご昵懇《じっこん》にお願いいたします」

「あ、はい。こちらこそ」

　そのとき鳥居のほうから定町廻りらしき七、八名の一行がやってくるのが見えた。綿服に博多帯《はかたおび》を締めた若いものが先頭で、その後ろにいる羽織を着た男が長吏《ちょうり》だろう。与力はふたりいるので、ひとりは盗賊吟味役だろうと思われた。雀丸は、皐月同心がいるのではないかと目を皿のようにしたが、同心は園の父ではなかった。

「お役人や。ほな、また……」

　宮司は袖をひるがえして定町廻りたちのほうに走っていった。慧轟も一礼して去っていった。三人は神社から出ると、道修町の通りを南へと歩いた。

「開帳というのもたいへんそうだな」

　諒太郎が言うと、蟇五郎が、

「あの宮司、ここ十日ほどほとんど寝てない、て言うとったわ。当分はあんな具合やろ」

「慧轟という坊主は、したたかな面構えだったな。左右にいた若い坊主も、こすっからそうな目つきをしておった」

「へえ、そうだったかな……」

　雀丸はそんなところまで見ていなかった。諒太郎が歩きながらなにやら考え込んでいるので、

「どうした」

「同じような観音の名前をどこかで聞いたことがあるような気がしたんだが……思い出

せんのだ」

「江戸じゃないかな」

「いや……ちがう」

蟇五郎が腕組みをして、

「さて、だれに引き合わせるか、やが、今、薬種仲買仲間の肝煎りをしとるのが黒若屋《くろわかや》の万右衛門《まんえもん》はんや。万右衛門はんでええやろかいな」

「おお、肝煎りに紹介してもらえるとはありがたい。よろしゅう頼む」

三人は、目抜き通りに店を構える黒若屋の暖簾をくぐった。大店《おおだな》である。薬の材料を積んだべか車《ぐるま》がひっきりなしに往来し、荷を積み降ろししている。道修町全体に充満している生薬《しょうやく》の匂いだが、店のなかではそれが何倍にも感じられる。丁稚《でっち》や手代たちが忙しそうに薬の材料を選《え》り分け、紙に包み、帳面と照らし合わせながら棚にしまっている。石臼《いしうす》や薬研《やげん》でそれらをすりつぶしているものもいる。鹿の角や妙なキノコ、なにかの根っこ、乾燥した魚などもある。

家からほど近い場所ではあるが、薬種問屋のなかに入るのははじめてであった雀丸には、なにもかも珍しく、へー、とか、ほー、とか声を上げてしまったが、烏瓜諒太郎はさすがに慣れているらしく、そういったものには目をくれない。帳場で書きものをしていた番頭らしき男が蟇五郎に目をとめてあわてて立ち上がると、

「これはこれは地雷屋の旦さん、ようお越しでございます。今日はまた、なんのご用事だっしゃろ」

「主《あるじ》さんはいてはるかいな」

「奥で帳合いしとりますわ。呼んでまいりまひょか」

「いや、勝手知ったるよその家や。上がらせてもろてもかまへんか」

「ああ、旦さんやったらかましまへん。どうぞ」

丁稚がひとり案内に立ち、三人は奥の一室に入った。部屋も贅を尽くした造りで、道修町の薬種問屋のなかでも一、二を争う大店だけのことはある、と雀丸は思った。黒若屋万右衛門は六十歳を超しているそうだが、血色も良く、壮健そうな人物だった。

「地雷屋はん、宮司から聞きました。このたびは神農さんのご開帳に協力いただいたとかで……」

「早耳だすな。ちいとばかり寄進もさせてもらいました」

「地雷屋はんの『ちいと』はどえらい『ちいと』だっしゃろ」

「なんの。黒若屋はんにはかないまへんわ」

「あはははは」

「うはははは」

「それにしても地雷屋はんはいつもお元気そうでなによりだすな。わてはもうあきまへんわ」

「そんなことおまへんやろ。毎晩新町に通うてはるんとちがいますか」

「あはははは」

「うははは」

なかなか話が進まないので苛立《いらだ》ったらしい諒太郎がまえににじり出ると、

「すみませんが、用向きを話させていただけませんか」

万右衛門は諒太郎をじろりと見、

「せっかちな若い衆やな。じきにお茶持《ぶ》ってくるさかい、口を湿らせるまで待ちなはれ」

その言のとおり、女中が茶を運んできた。万右衛門はゆっくりとそれを啜《すす》ってから、
諒太郎に向き直り、

「あんた、見たところ医者のようやが、わてに用事というのはどういう件ですねん」

待ちかねていた諒太郎は、勢い込んでこれまでのいきさつを説明した。

「ほう、お城勤めを辞めて長崎に医術を習いになあ。それも内藤厳馬先生の門下に入るやなんてたいしたもんや。妹さん思いのところも感心した」

「恐縮です」

「で、妹さんのために西洋薬を取り寄せたい、とこない言うのやな」

「さようです。道修町といえばこの国の薬のすべてが集まり、散っていく場所。そこの

頂におられる黒若屋さんならば、どんな薬も自在に輸入できるはず。なにとぞ妹のためにお力をお貸しくだされ」

　万右衛門はじっと諒太郎の顔を見つめていたが、やがてかぶりを振り、

「残念ながら、むずかしいな」

「えっ……？」

「たしかにこの道修町には、百軒を超す薬種問屋がある。和薬に関しても日本の半分以上が集まってきよるが、清国や阿蘭陀から入ってくる唐薬《とうやく》はそのすべてが道修町の唐薬問屋を通る仕組みになっとる。和薬は和薬の問屋、唐薬は唐薬の問屋があって、うちは唐薬問屋から唐薬だけを専門に買い付ける薬種仲買でおます」

「それなら、どんな唐薬でも仕入れることができるでしょう」

「ところが、薬というものはお上の許しがないと発注ができへん。ええかげんな薬を売ったり買ったりしたら、ひとの生き死にに関わるからな。ことに和薬は偽物《ぎぶつ》が多いさかい、昔は取り扱う薬をいちいち淡路町の和薬種改会所ゆうお役所に出して真贋《しんがん》を検《あらた》めとったのや。けど、外国から入ってくる唐薬については、買い付ける窓口は長崎の出島しかないし、その全部を道修町に持ってくるから、まがいものが出回ることはほとんどないのや。その分、新しい薬を仕入れるのはむずかしい」

　万右衛門によると、新しい薬について、本当に効くのか、危険はないか、などと効能

を調べるのは困難なため、西洋の新薬はなかなか認可されない。そもそも長崎奉行は薬について詳しい知識もないので、商館との交渉は地役人に任せきりであり、地役人は先例を守るほうが楽なので変更を望まない。公儀も、奥医師の蘭方使用を禁じたばかりでもあり、唐薬の扱いにはきわめて慎重だったし、そもそも新薬の輸入が妥当かどうかを見極められるような人材が和方・漢方べったりの今のお上にはいないのだ。なにかあったときの責任を取りたくないため、老中も若年寄も唐薬の認可を出そうとはしない。

「昔からある和薬や漢方薬があればよいではないか。唐薬を輸入すると貴重な金銀がどんどん流出してしまう。それを抑えるためにも唐薬をこれ以上増やさぬほうがよい」

というのが表向きの理由だが、実際には、蘭学を敵視していた林家《りんけ》や、蘭方医排斥を企んでいた公儀の漢方医たちが、蘭学は危険思想であり、取り締まるべきだと主張していたことが大きい。公儀も、シーボルト事件や蛮社の獄などによって神経を尖《とが》らせていた時期で、それに賛同した。

そんななかで一介の蘭方医が新薬の輸入を望んだとしてもそれがかなえられるわけがない、と万右衛門は言うのだ。雀丸が思わず横合いから、

「では、烏瓜が、妹さんを治す薬を手に入れるのは……」

「まずもって無理やろな」

諒太郎は万右衛門に、

「黒若屋から注文を出してもらえれば……。効能については俺が上申書を書く。かならず医学館の連中の気持ちを動かしてみせる」

「握りつぶされるだけや。うちも、お上ににらまれるようなことはしとうない。その薬がどうしてもいる、という『なにか』が起きたらべつやけどな」

「なにか？　なにかとは？」

万右衛門は言いにくそうに、

「願わんこっちゃけど、たとえば疫病の流行や。コロリみたいなもんが流行って大勢が亡くなったら、公儀も腰を上げるやろ。言うたらなんやけど、お上はいつも後手後手や。病が流行ってひとが死んだらはじめて薬のことを考える。異国船がやってきてはじめて国防のことを考える。それでは盗人捕まえて縄をなうで遅いのや。そこへいくと……」

彼は雀丸に視線を向けると、

「横町奉行はいつも即断即決や。今、この国にとっての横町奉行がいるのやが……」

そんな人材が存在するのだろうか、と雀丸は思った。万右衛門は続けて、

「あとは、阿蘭陀商館に来とる西洋人医者が私《わたくし》に持ってきている薬を分けてもらうか、や な。その医者と親しくなれば、馬尼刺《マニラ》あたりから持ってきてもらえるかもしれんが、これも今はむずかしいな」

シーボルトは、例外的に出島以外での診療を認められて、長崎郊外に鳴滝塾という私

塾を設けて大勢の塾生を指導したが、帰国に当たって海外持ち出し禁止の日本地図を所持していたことがわかり、長崎奉行所によって取り調べを受け、一年間出島に軟禁されたあと国外追放となった。彼に地図を贈った高橋景保《たかはしかげやす》は召し捕られて獄死し、役人、弟子、通詞など五十人以上が遠島などの処罰を受けた。それ以降、公儀の蘭学者に対する取り締まりは厳しくなり、阿蘭陀商館付きの西洋人医者が出島の外に出ることもほとんど不可能になった。

「今、出島にいるのはオットー・モーニッケという独逸人の医者だが、俺も会うたことがない。シーボルト先生の件で懲りた長崎奉行が出入りを見張っているんだ」

諒太郎はそう言った。

「あきらめるほかないようやな」

蟇五郎が言った。

「神農さんにお詣りしなはれ。万右衛門も、一心が通じたら、ひょっとしたら治るかもしれん」

諒太郎は苦々しい顔で、

「信心で病は治らん。正しい薬と治療をせねば、な。神農だと？　ただの迷信だ」

万右衛門が嫌そうな顔をして、

「聞き捨てならんな。薬や養生も大事やけど、気持ちも大切やで」

「俺は長崎で西洋の新しい医術を学んだ。はっきり断言しよう。迷信は病を悪化させるだけだ。そして、この国の医術は迷信だらけだ」

「なんやと？　あんた、わてらの商いにケチつけるんか」

「効きもしない薬を高い値で売りつけるのは感心せん」

蟇五郎が困り顔で、

「まあまあ、ふたりとも気を鎮めなはれ」

諒太郎は蟇五郎に向き直り、

「地雷屋殿、あなたに折り入って頼みがある」

「な、なんや、やぶからぼうやな」

「阿蘭陀船か清国の船から、俺が言う薬を仕入れてもらいたい。金はなんとか工面する」

「それは……わしに抜け荷をせえ、ということやな」

「そういうことだ。海上ならば見つかるまい」

「アホか」

蟇五郎は吐き捨てた。

「言うたはずやで。わしは、お上の決めた法を犯すつもりはない。汚いやり口の商いはしても、手は汚さん。それに、こないだも抜け荷の濡れ衣をきせられて召し捕られたところや。今度そうなったらなんぼ言い訳してもあかん。たとえ薬一斤でも打ち首になるやろ」

「妹の命を救いたいのだ」

「それは……そうかもしらんけど、わしも信心せえとしか言えんな」

「ふん、地雷屋蟇五郎というのは、聞いていたよりずいぶんと肝の小さな男だな」

「なんとでも言え。抜け荷の片棒は担げん」

諒太郎はつぎに黒若屋万右衛門のほうを向き、

「黒若屋……」

「なんだす」

なんと、諒太郎は脇差の柄に手をかけた。雀丸は仰天したが、あることに気づいて心が落ち着いた。

「死にたくなかったら、薬を輸入しろ……と言ったらどうする」

万右衛門は動ずることなく、

「どうにもなりまへんなあ。黒若屋は道修町でも一番の大店だす。わての家族だけやのうて、ぎょうさんの奉公人も使うとります。その連中にも親がおり、家族がおる。出入り先やお得意さんのことも考えなあかん。わてがあんたの脅しに負けて、たとえどんな立派な思惑のためであろうと、悪事に手を染めるようなことをしたら、数えきれんほど大勢の方々に迷惑をかけることになりまんのや」

「そりゃそうだな。――冗談だ。許せ」

台光屋
台光屋

そう言って諒太郎は柄から手を放した。

「冗談で斬り殺されたらたまったもんやおまへんで。あんた、武士を辞めて医者になった、と言うてはったけど、性根はまだまだお侍やな。命を奪《と》るのは武士の役目、命を救うのが医者の役目だっせ」

雀丸が、

「いや、この男は昔から冗談がきついんです。——おい、その脇差抜いて、黒岩屋さんに見せてさしあげろ」

諒太郎は雀丸に言われるがまま、脇差を抜いた。それは、こどものおもちゃよりも稚拙な竹光だった。竹を刀の形に削っただけで、銀箔《ぎんぱく》はおろか紙も貼っていない。万右衛門は笑い声をあげ、

「あはははは、ほんまやな。なんや、冗談だしたんか、あんたもひとが悪いわ」

冗談だったことにしてやろう、という笑い方だった。その場の空気がややなごみ、三人はなんとか無事に黒若屋を辞することができた。

道に出たとき、蟇五郎が諒太郎に言った。

「あんたも無茶やな。下手したら、わしら三人とも袋叩きになってるで」

「ぶはははは。無茶は承知だ。無茶だから長崎まで行けたのだ」

歩きながら雀丸が、

「これからどうするつもりだ」

「べつのやり方を探す」

「そんなものはない……と思う」

「いや……俺には考えがある」

しかし、諒太郎はその「考え」がどういうものかを口にしなかった。

「今日はつきあってもらってかたじけなく思っている」

彼は一礼して、去っていった。雀丸は、諒太郎がなにかをしでかすのではないか、と心配になってきた。

◇

翌日、竹光屋には大尊和尚がいた。下寺町にある要久寺という臨済《りんざい》宗の寺の住職だが、その寺は老朽化がひどく、風が吹いただけでも潰れそうなボロ寺である。本堂の床が斜めになっていて、歩くのも一苦労だ。屋根もところどころ穴が開いていて、雨漏りがひどい。檀家もいることはいるのだが、皆貧乏人ばかりでお布施《ふせ》を持ってこない。本来ならば真っ先に開帳でもして儲けなければならないはずの寺であるが、大尊は修繕する気はまったくないらしい。

「見かけを繕うのは禅の心に反する」

などとうそぶいて、日々、大酒を飲んでいる。気楽な境涯である。額がやけに縦に長く、まるで福禄寿《ふくろくじゅ》のような面相である。眉毛も口髭《くちひげ》も顎鬚《あごひげ》も白いが、ことに顎鬚は地面に着くほど長く伸ばしている。ときどき大きな寺院の僧や寺侍などに難癖をつけては金をせびり取って小遣い稼ぎをするので、下寺町でも悪名が高く、近隣の僧侶たちは大尊を見かけるとそっぽを向く。乏しい稼ぎはすべて酒代に消えるので身体は痩せ細り、骸骨が袈裟を着たようだが、いつも元気はつらつだ。

からくり仕掛けを作るのが好きで、これまでにも常人の理解を超えたようなものをいくつも拵えてきた。質問すると頓智《とんち》で即答するからくり頓智小坊主や、銭を放り込むと水がぴゅーっと出るからくり賽銭箱、お経を書いた巻物を勝手に巻き取ってくれるからくり経典など、あまり役に立たない仕掛けばかりである。

「なるほど。つまりは開帳があるからわしにたまに見回ってくれ、というのじゃな」

「そうなんです。和尚さんなら寺のことにも詳しいでしょうし、どうせ暇でしょう?」

「暇は暇じゃが……断る」

「え?　どうしてです」

「ぶぁっかもーん!」

大尊は骨と皮の身体のどこにそんな力があるのかと思えるほどの大喝を発した。

「このたわけめが!　開帳で客を集めて金を儲けるというのは、仏を見世物にするも同然ではないか。まことに善男善女に秘仏を拝ませたいならば、タダで行うのが筋であろう」

「そりゃあまあそうですが、社殿の修繕のためだそうで……」

「ただの口実じゃ。社殿の荒廃が神や仏の気に食わぬならば、霊力・法力でなんとかしておるはずじゃ。それをせぬのは、屋根が破れようが床が抜けようが神仏は気にしておらぬという証《あかし》であろう。わしもそう思うて、寺は荒れたままにしておる」

ほんまかいな。

「とにかく開帳などくだらぬことに関わるのはやめることじゃ。地雷屋に言われて手伝うというのも面白うない。あの男が噛んでいるならばどうせ欲にからんだことであろう。わしなどの手を借りずともよかろう」

「はあ……」

「あの女には頼んだのか」

「鬼御前さんですか。もちろん使いを出してお願いしました。まだ返事はありませんが……」

そのとき、表に足音が聞こえてきたので雀丸は腰を浮かし、

「どうやら鬼御前さんが来たようですよ」

「いや、違うな。あの足音はおそらく……」

大尊和尚が正しかった。暖簾を頭ではねのけて飛び込んできたのは、鬼御前の子方の豆太という男だった。小柄で狸のような顔をしている。喧嘩はからきし弱いが、鬼御前への忠義心は人一倍だ。全身に汗をかいているので、よほど必死に駆けてきたのだろう。

「どうしました、豆太さん」

「雀さん、えらいこってすわ。姉《あね》さんが倒れました」

「えっ?」

思ってもいないことだった。鬼御前はいくら酒を飲もうと乱れないし、どんな強い相手にも負けない……そんな気がしていたのだ。

「はじめは悪い風邪でももろたんか、と近所の医者に診せましたんやが、処方された風邪薬を飲んでも熱が下がらん。それどころかどんどん悪うなっていく。しかたないので道隆《どうりゆう》先生にわざわざ来てもらいましたんや」

能勢《のせ》道隆は樋《ひ》ノ上橋《うえばし》の近くに住む医者で、雀丸たちとも懇意にしていた。もとは馬医者だが腕はよく、診立てもたしかだし、貧乏人からは薬代を取らない。酒好きで、たまに金が入っても飲み代に消えてしまうのは、大尊和尚同様である。道隆の住むところから口縄坂まではかなり遠いのだが、鬼御前がどうしてもと言うので駕籠《かご》を用意して往診を頼んだのだという。鬼御前をざっと診察した道隆は、

「どうしてもっと早く診せんのだ。風邪などであろうはずがない。手おくれになったら

どうする」

「す、すんまへん」

「高い熱が続いており、身体がガタガタ震えている。強い吐き気があり、息苦しく、頭《つむり》に激しい痛みがある。風邪薬を飲ませても、かえって熱が上がっておるということは……」

「先生、なんでおまっしゃろ」

「もう少し様子を見ぬとわからぬが……」

道隆は、鬼御前を肌脱ぎにさせた。いつもは白い肌が高熱で真っ赤に染まっている。息をするのもつらそうだ。道隆は足裏の怪我に目を止め、

「釘を踏み抜いた跡があるな。酔うていてあまり痛みを感じなかったのかもしれぬが、うーむ……」

唸《うな》って言葉を濁した。

「先生、はっきり言うとくなはれ。病の名はなんだっしゃろ」

「まだ、しかとは言えぬが……瘧《おこり》かもしれぬ。それならば麻黄《まおう》や紫陽花《あじさい》の根、地竜《みみず》、防風、葛根《かっこん》などを使うことになる。灸《きゅう》も効くだろう。わしのところにはないが、西洋の薬でよう効くものもあるらしい。長引くことになるかもしれぬが、治らぬことはない。だが……」

「だが？」

「もし、金創《きんそう》が風に当たっているとしたら、これはちと……」

「金創が風に当たる」とは破傷風のことである。

「命に関わりまんのか」

道隆はうなずいた。

「薬の盛りようがない。熱を下げる薬を飲ませながら、身体が病を克服するのを信じて待つしかないのじゃ」

道隆は当座の解熱薬を渡すと、毎日往診に来る、と言って帰っていったそうだ。破傷風に特効薬はない。全身が焼けるような高熱や、骨が曲がるほどの激痛が続き、罹患《りかん》したものの多くは死に至る。豆太は涙を流しながら、

「わてにでけることは神さん仏さんに願掛けるぐらいでおます。今から神農さんに行ってお百度踏むつもりですねん」

「それはいいな」

そう言うしかない。

「私も、すぐお見舞いに参上します」

「そうしたっとくなはれ。姉さんは雀さんが大好きだすさかい、顔見たらちょっとでも元気になると思います。もし、姉さんになんぞあったらうちの一家はおしまいだすわ」

ふたりに頭を下げて出ていこうとした豆太に、大尊和尚が言った。

「明後日から神農さんでご開帳があるらしいぞ。なんでも江戸から来た霊験あらたかな秘仏を六十年ぶりに披露するそうじゃ。ひとつ信心してみるがよい」

さっきとは言っていることがまるでちがう。雀丸には、少しでも豆太の気を軽くしてやろうという和尚の思いが感じられた。

「へえ、おおきに……」

豆太が行ってしまうと、大尊はため息をつき、

「鬼御前が病を得るとは……鬼の霍乱《かくらん》じゃな」

◇

雀丸はその足で玉子を手みやげに買い求めると、天王寺の鬼御前一家に向かった。少しでも滋養のあるものを、と思ってのことだ。途中、長堀橋《ながほりばし》を渡り、南米屋町《みなみこめやまち》にさしかかったとき、聞き覚えのある賑やかな声が聞こえてきた。

ちゃんかちゃかちゃりりりん
ちゃかちゃかちゃりん
ちゃらからかちゃか

ちゃからかちりん
鈴振って鉦《かね》叩いてちゃん
三味弾いて太鼓叩いてちゃんちゃん
酒飲んで踊り踊ってちゃんちゃんちゃん
夢はうつつか　うつつは夢か
なにがほんまかわからない

女ものの振袖のような派手な着物を着て、真っ赤な羽織に烏帽子をかぶり、横笛をひゃらら……と吹きながら、同時に太鼓を叩き、手足をひょうきんに動かして歩いてくる若い男がいる。「しゃべりの夢八《ゆめはち》」だ。着物の裾には鈴などが下げられていて、それらがぶつかってやかましく音を立てる。夢八の仕事は「嘘つき」だ。性癖ではなく職業が「嘘つき」なのだ。色街のお座敷などで芸子の踊りや歌に飽きた旦那が、

「ちょっと嘘つきでも呼んでくれ」

と言い出す。

「ほな、今、そこを夢八さんが流してましたさかい、声かけまひょか」

「おお、夢八か。おもろいやつや。呼んでくれ呼んでくれ」

「嘘つき」は、あることないことを言いまくって一座を盛り上げる。幇間《ほうかん》のように多種

な芸はなく、ただひたすらしゃべるだけだ。でたらめな話、面白い話、怖い話などを片っ端から並べ立てて祝儀をもらうのだ。噺家《はなしか》にも似ているが、伝統的なネタがあるわけではなく、ほとんどおのれが見聞きしたことやその場での即興である。稼ぎ時はもっぱら夜中なので、昼間の暇なときはこうして宣伝広告に相勤めているのだ。しかし、この夢八という男、ただの芸人ではなさそうで……。

ほんまだっか、そうだっか
あんたの言うことそうだっか
嘘です嘘です真っ赤な嘘です
嘘は楽しやおもしろや
嘘はうれしやはずかしや
嘘つきゃ幸せ、嘘つきゃご機嫌
嘘つきの頭《こうべ》に神宿る
この世のなかに
ほんまのことなんかおまへんで
ほんまだっか、そうだっか
ほんまだっか、そうだっか

「おーい、夢八さん」

「おや、雀さん。お久し振り。みやげぶら下げてどこ行きまんのや。お園さんのとこ……にしては道が違いまんな」

雀丸の話を聞いて夢八は目を丸くした。

「鬼御前さんが……えらいことだんな。わたいも折り見て見舞いに行きまっさ」

「そうしてください」

「ところで雀さん、近頃、妙な噂《うわさ》を聞きましたんや。――わたいの知り合いが備中《びっちゅう》のほうを旅してるときに耳にしましたんやが、光焔教《こうえん》とかいう怪しい教えが流行っとるらしいんだす」

「光焔教？」

「光焔観音とかゆう仏像をひそかに拝観させて、信者からどえらい額のお布施を巻き上げよるらしゅうおます。大商人《おおあきんど》の息子やら庄屋の娘やらといった金持ちを、それも病が重かったり、悩みがあったりする連中を狙って近寄り、信心を勧めてるそうですねん」

「でも、そんないいかげんな教えはだれも信じないでしょう」

「ところが、なんでかわからんけど、普段は疑《うたぐ》り深いものでも、コロッとだまされてしまうらしい。財産を丸ごと寄進して一文無しになった大百姓もおるそうです」

「病人が藁《わら》にもすがりたいと思う気になるのはわかりますが、そうたやすく信じてしまうもんですかね」

「そのあたりのからくりがどうなっているのかを知りたいと思って、わたいの知り合いも光焔教に潜り込もうとしたらしいんだすけど……」

「え？　夢八さんの知り合いがどうしてそんなことを？」

「どうしてって、わたいの知り合いは隠し……あ、いやいや、なんでもおまへんのや」

「はあ」

「信者になるのはなかなかむずかしゅうて、そこまでしかわからなんだそうです。なんでも安芸《あき》の浅野《あさの》さまのご側室のひとりが、お殿さまのご寵愛《ちょうあい》を独り占めしたいからちゅうて光焔教にはまってしもて、身の回りのもんから実家の財産からみな寄進したあげく、お城のなかのものまで渡してたことが発覚しまして、浅野さまではそのご側室を内々に里帰りさせたそうだす」

「光焔教一味を召し捕ろうとはしなかったのでしょうか」

「家の恥が明るみに出ると公儀への覚えもあるので、ひそかに城下から立ち退《の》かせたらしい」

「ふーん……」

「その光焔教のひとりを、大坂で見かけた……とわたいの知り合いが昨日言うてましたんや」

「えっ……」

「横町奉行としても気になるところだっしゃろ」

「はい。よく知らせてくれました」

　夢八と別れ、ふたたび歩き出した雀丸は考え込んだ。善男善女を導くちゃんとした寺社もあれば、ひとをだまして金を巻き上げるインチキ宗教もある。

（病やひとの弱みにつけ込むなんてひどいな……）

　そう思うと、神農さんのご開帳など良心的なほうではないか。少なくとも社殿の修理費に当てるというしっかりした目的があるし、寺社奉行の許しも得ているのだから素性もはっきりしている……。

　ようやく口縄坂に着いた。子方の金作《きんさく》という男にみやげの玉子を渡したが、鬼御前の病はかなり重く、とてものを食べられるような状態にはなかった。

「病が良くなったら、粥《かゆ》か味噌汁にでも入れて食べさせてあげてください」

　雀丸はそう言うと、鬼御前の脇にぺたりと座った。熱がかなり高く、布団のなかで身体をぶるぶる震わせながら、

「熱い……熱い……」

　とうわ言のように繰り返す。雀丸がなにかしゃべりかけても、聞こえているのかどう

かもわからない。額に絞った手拭いを載せてもすぐに乾いてしまう。しまいには布団をはねのけ、浴衣のまえをはだけ、苦しそうに身体をくねらせはじめた。まるでうわばみだ。全身に滝のような大汗をかいており、浴衣は水に投げ込んだようにぐっしょりしている。雀丸は悲しくなってきた。

「お、雀さん、来てくれてはったんか」

ちょうど豆太が戻ってきた。

「お百度参りご苦労さまです。きっと豆太さんの一心が神仏に伝わりますよ」

「そやねん。道修町の神社だけあって、おんなじようにお百度踏んでるひとが多いさかい驚いたわ。いかに病で苦しんどるお方がおるか、ゆうこっちゃなあ」

「そうですね」

「――そや、わてがお百度踏んでたら、金襴の袈裟を着た、立派な身なりの坊《ぼん》さんが近づいてきてな、どなたか身内の方がお悪いのか、とききはるさかい、そうでんねん、うちの姉さんがこれこれこう……と言うたら、それはご心配でしょう、明後日からご開帳がはじまりますゆえ、お詣りなさいませ、と言うてくれはった。聞いてみたら、その涅槃王寺ゆう江戸の寺のご住持やったのや」

雀丸は、慧轟《はろ》という色黒の僧を思い浮かべた。

「拝観料を払てお詣りするだけでもご利益があるけど、病がことに重いお方には、また、違うやりようがある、ちゅうて、そのご住持がおんみずからやな……」

そこまで言って、豆太は口を押さえた。

「ご住持がどうしました」

「あ、いや、なんでもない。――ほな、雀さん、おおきに。わて、姉さんが寝てはるあいだは名代としていろいろ忙しいさかい、これで失礼するわ」

豆太は行ってしまった。雀丸は苦しげに顔を歪める鬼御前に向かって、

「また来ます」

そう声をかけ、部屋を出た。

鬼御前一家のまえの坂を降りていくと、中途で薬箱を持った能勢道隆と会った。毎日往診に来ると言っていたとおりだ。

「先生！」

道隆は苦渋に満ちた顔つきで、

「おお、雀さん。鬼御前の見舞いかな」

「はい。えーと……いかがでしょうか、先生のお診立ては」

「む……芳しくはないいな」

「やはり……」

「わしも手は尽くしておるが、あとは運を天に任せるしかない。あのものが治る運命《さだめ》な

らば治るだろうし治らぬ運命ならば治るまい」

「そんな……」

「そういうものだ。少彦名命がこの国に医薬をもたらしてから久しいが、いまだわれら医術でできることはしれておる。あとは神仏に祈るよりほかないのだ」

そう言うと道隆は坂を上がっていった。そのとき雀丸はふと思いついたことがあり、立売堀に向かうことにした。天王寺から立売堀はかなり遠い。着いたときにはすでに昼七つ（午後四時頃）を過ぎていた。

（腹が減ったな……）

そう言えば昼飯を食べていない。だが、今は用件のほうを優先すべきときだったので我慢した。あちらでたずね、こちらでたずねてようやく探し当てて驚いたのは、目指す長屋が夢八が二階に間借りしている煙草屋のすぐ近所だったことだ。雀丸がその家のまえに立ったとき、

「ほな、また来るさかいな、先生、それまでにはよろしゅう頼むで」

「わしらかて、もらうもんもらわんと動けんからな」

「まあ、金の世の中っちゅうこっちゃ。金さえあったらなんでも手に入る。魚心あれば水心や。――ほな行こか」

なかからそんな声が聞こえたかと思うと、戸が開き、三人の男が出てきた。いずれも

人相の悪い、ヤクザ風の身なりをした破落戸《ごろつき》のような連中だった。

「ふふん、ちょろいもんやな」

一番後ろの男ががさついた声でそう言うと、その場にぺっと唾を吐き、そのあと目のまえの雀丸に気づいて、

「なんじゃおまえ」

「私ですか？　竹光屋の雀丸と申します」

男たちは懐手をしたまま一斉に雀丸をにらみつけ、

「けっ」

そう言うと去っていった。雀丸は幾度も入り口に掲げられている看板を見直した。

「長崎流蘭方治療　諒庵《りようあん》」と書かれている。

（ここだよな……）

雀丸が、

「ごめーん」

そう声をかけてなかに入ると、狭い家のなかには所狭しと薬の袋が置かれ、それぞれに雀丸にはまるで読めない阿蘭陀語（であるかどうかもわからない）が書かれていた。また、洋書とおぼしき書物やその写しなどが天井近くまで積み上げられていた。主の烏瓜諒太郎は奥の火鉢のまえに座り、心ここにあらずという様子でぼんやりしていたが、

雀丸に気づいて、

「なんだ、お主か」

「お主かとはごあいさつだな。せっかく訪ねてきてやったのに……」

「どうせ金を返せと言うのだろう。今はないぞ。ない袖は振れぬ」

「今日はその話じゃないんだ。まあ、上がらせてもらうよ」

「俺は忙しいのだ。またにしてくれ」

「そう言うな。私も急ぐんだ」

雀丸は強引に上がり込むと、家のなかを見回した。

「こんな狭いところでよく治療ができるな」

「長屋だから仕方あるまい。そのうち大儲けして、表通りに大きな医院を開くさ」

「そうなればいいけど……」

「なんの用だ。手短に話せ。俺は今から出かけるところなんだ」

「そのまえに……今出て行った連中だが、あいつらは何ものだ。どうもならずもののようだったが、ああいうやつらと付き合っているのか」

諒太郎は顔をしかめ、

「あいつらの素性がどうであろうと、お主には関わりあるまい。やつらは俺の友だ。それともなにか？　横町奉行というのは、ひとの私《わたくし》の付き合いにまで口を出すのか」

「いや……そうじゃないけど……」

「ならば放っておいてくれ」

「わかった。――じゃあ用件を言うけど、私の知り合いの女が病に伏せっているんだ。腕のいい医者に診せたんだが、かなり危ないらしい。おまえに一度、診てもらえないかと思ってな」

「その女はお主のなんだ」

「なんだ、と言われても……」

「血のつながりはあるのか？　もしくは、想《おも》いびとか」

「ちがう。日頃から世話になっている女侠客だ。口縄の鬼御前という」

「侠客？　お主こそヤクザものと付き合っているではないか」

「侠客だけど、根はいいひとなんだ。なあ、頼む。できれば今から、往診に行ってくれないか」

「断る」

「――え？」

「言っただろう、俺は忙しいのだ」

「出かけるところだと言ったな。どこへ行く？　その女の家は天王寺だ。もし近くなら、ついでに寄って……」

「悪いがそんな暇はないのだ。早く帰ってくれ。出かけるのに支度せねばならぬ」

「なんだ、私に見られては困るような支度なのか」

「うるさい！　つべこべ言うな。ここは俺の家だ。俺の好きにさせてもらう」

「だったら明日でもいい。お願いだ、このとおり……」

　雀丸は擦《す》り切れた畳に頭をつけた。

「すまぬが……俺にも都合がある。出ていってくれ」

「冷たいなあ。ひと助けじゃないか」

「なに？」

　諒太郎は座り直し、

「勝手なことを言うなよ。俺が妹を助けるために薬を手に入れたいから手を貸してほしい、とあれほど頼んだとき、お主らは冷たかったではないか。抜け荷はできない、とか、お上ににらまれたくないとか言い立てて、なにもしようとはしてくれなんだ」

「それはそうだけど……でも、理屈は間違っていない」

「マル、ひとを助けたいというのは理屈ではないのだ。俺は妹を救うためならなんでもする。たとえそれが罪になろうがかまわぬ。それぐらいの覚悟をしているのだ。お主も知り合いを助けたいならお得意の『神頼み』をしたらどうだ。一文、二文の賽銭では動かぬ神仏も、千両も積めば動いてくれるのではないか？」

返す言葉がなかった。

「わかった。帰るよ」

「そうしてくれ。大坂の蘭方医なら、高名な適塾《てきじゅく》の緒方洪庵《おがたこうあん》先生はじめ幾人もいらっしゃる」

「その女俠客は私にとって大事なひとなのだが、おまえがおまえの妹を大事に思っていることはよくわかった。——じゃあな」

諒太郎はなにか言おうとしたようだが、結局、

「すまぬ」

一言だけ言うと顔をそむけた。

雀丸は落胆して諒太郎の家を出た。長屋の木戸のあたりまで来たとき、

「雀さん……」

小声で呼ぶものがいた。そちらを見ると、煙草屋の陰から夢八が手招いている。

「夢八さん、またお会いしましたね」

「鬼御前さんの様子はいかがでおましたか」

雀丸がかぶりを振ると、

「そうだっか……。ところで、雀さん、あんた、そこの家の蘭方医と知り合いだっか」

「はい、城勤めをしていたころの同輩です。鬼御前さんの具合が思っていたよりもずい

ぶんと悪くて、道隆先生にも運を天に任せるしかない、と言われてしまいました。和方、漢方がだめなら蘭方にすがろうと思って来てみたのですが、忙しいからと往診を断られてしまったところです」

「そうでしたか。ちょ、ちょっとこっちに……」

夢八は雀丸を通りまで連れていくと、

「あの御仁とはなるべく関わりにならんほうがよろしいで」

「どうしてです」

「どうも町方に見張られてるみたいですわ」

「――ええっ」

「わたいは近所やさかい、ようわかりまんねん。あのお方が引っ越してきてすぐに、おかしげなやつらが長屋のまわりをうろちょろしだしたんだす。気ぃつけて見てたら、そいつらは『猿』でおました」

猿、とは江戸でいう目明しのことだ。面の割れる町廻りには加わらず、もっぱら下聞《したぎき》を仕事にしている。

「なにかしでかしたのでしょうか」

「たぶん……お上が蘭学の取り締まりを厳しゅうするようになったのと関わりがあるんとちがいますか」

シーボルト事件や蛮社の獄以降、多くの蘭学者が蘭学者だというだけで公儀から目をつけられるようになった。顔を酸で焼き、逃亡を続けていた高野長英《たかのちょうえい》が捕縛され、死去したのも記憶に新しい。公儀は蘭学や蘭学者に対して慎重な姿勢を取り続けているが、一方では海外の情報や知識を入手したいという気持ちもあった。しかし、町奉行所の与力・同心たちはそのようなことはわかろうはずもなく、大坂にあらたに蘭学者が越してきた、というだけで色めきたって警戒し、身辺を見張るようになる。なにかあったら、真っ先に町奉行所が槍玉にあげられるのだ。

「ヤクザものの出入りもちょいちょいあるみたいやし、なにか後ろ暗いところがあるのかもしれまへん。探り、入れときまひょか」

雀丸はさっきの三人組のことを思い出して嫌な気持ちになった。

「お願いします。あの男……烏瓜にはいろいろひどい目にも遭っているのですが、妹さんが重い病らしくて難渋しているようなのです。城勤めを辞めて蘭方医になったのも妹さんのためだとか……。なので、あまり悪い道に入ってほしくないのです」

「承知いたしました」

夢八はそっと離れていった。雀丸は暗澹《あんたん》たる気持ちになった。

家に戻るころにはすでに夕暮れが迫っていた。暖簾をくぐると土間に加似江が血相変えて立っていた。いつもはていねいに撫《な》でつけている鬢《びん》がほつれて、ますます蟹に似てしまっている。

「どこをほっつき歩いておったのじゃ、このたわけが！」

「鬼御前さんが病気だと聞いてお見舞いに行ってきたのです。——なにかあったのですか」

「盗人が入りよったのじゃ」

「えーっ！」

雀丸は飛び上がった。踏んだり蹴ったりではないか。くわしくきいてみると、雀丸が帰ってこないのでしかたなく加似江は昼飯に店屋ものを取ることにした。浮世小路には食べもの屋も多い。加似江はすぐ近くにあるなじみのうどん屋に入ると、天ぷらうどんを持ってくるよう命じて、ふたたび家に戻った。線香二本燃え尽きるぐらいのごく短い間だったという。家に入ると、奥から頬かむりをした男がちょうど出てきたところに鉢合わせしたらしい。最初、加似江はその男を雀丸かと思い、

「なにをしておった。天ぷらうどんを頼んでしもたわい。おまえの分はないぞ」

応《いら》えはない。きょろきょろと左右を忙《せわ》しなく見ている。そこではじめて相手が孫ではないと気づいたのだ。

「だれじゃ、おまえさん」

やはり応えはない。

「盗人じゃな」

「み、道をたずねようと思うたのや。ほれ、なにも持ってへんやろ」

「阿呆《あほ》め。道きくのに奥に入り込むかや。――わしが成敗してくれる。それへ直れ」

加似江は壁に立てかけてあった竹の一本を摑み、風車のごとく振り回すと、

「若いころ鍛えに鍛えた薙刀《なぎなた》の腕、味わうがよい。ええええいっ！」

男の胸目がけて繰り出した。男は尻餅を搗《つ》いたがなんとかかわし、土間に転がってい
た竹割り用の鉈《なた》を拾い上げて、反撃に出た。

「ババア、死にとうなかったらそこをどけ！」

そう叫ぶと鉈を振りかざして飛びかかってきた。だが、武家育ちの加似江は毫《ごう》も動じ
ず、竹を大きく半回転させて男の横面にぶちかました。

「ぎゃうえっ！」

男は悲鳴を上げ、家から飛び出していった。

「待て！　待たぬか！」

加似江は竹を小脇にかいこんであとを追ったが、表に出るとすでに男の姿はどこにも
見えなかった。

「ちっ、命 冥加《いのちみようが》な盗人めが」

それから加似江は家のあちこちを調べてみたが、盗られたものはなさそうだった。加

似江がすぐに戻ってきたので、盗る暇がなかったのだろう。

「では、鉈のほかにはなにも盗まれていない、と……」

「それが、鉈も道に放り出してあったゆえ、取り戻してきたわい」

つまり、被害はなしということだ。雀丸は胸を撫で下ろした。

「町奉行所に届けようかとも思うたが、町役《ちょうやく》にきいてみると、なにも盗まれておらぬなら、お取り上げにはなるまい、とのことであったし、横町奉行が盗人に遭うたことを町奉行に届け出るというのも情けない、と思い、そのままにしてある」

「わかりました。お祖母さまおひとりの折りはなにとぞ戸締まりにお気をつけを……」

「ふん、早《はよ》う夕餉の支度をせよ」

「はいはい」

雀丸は、朝の残りの冷や飯を大根とともに雑炊にすると、今が旬の秋茄子《あきなす》を使った焼き茄子におろし生姜《しょうが》を添えたものと、サンマの塩焼きを手早く作った。

「ふうむ……これは酒が欲しゅうなるの」

舌が焼けるように熱い雑炊を食べながら加似江が冷や酒を飲みはじめたので、雀丸もご相伴にあずかることにした。そのまま盗人騒ぎについてはすっかり忘れていた。

◇

「卒爾《そつじ》ながらおたずね申す。さきほどからお百度参りをなさっておられるが、お身内になにかお困りのお方でもおられるのかな」

「あ、いえ……うちの嬢《いと》が先月からえらいあげくだしが続いとりまして……」

「それはご心配じゃな」

「お医者も見放した病人、なんとか助けたいと思うて神頼みに通うとります。明後日からここで涅槃王寺というお寺のご本尊のご開帳があるそうで、それにも参りたいと思うておりますが……」

「わしがその涅槃王寺の住職、慧轟じゃ」

「ええっ、それはええとこでお会いできました。わしは船場《せんば》の『宝楽屋《ほうらくや》』という乾物屋の主で嘉平《かへい》というもんでおます」

「ほほう……船場の宝楽屋さんといえば江戸まで名が聞こえておりますぞ。たいへんな大店だとか」

「いえいえ、そんな……」

「たしかにわが寺の本尊は、ただ見るだけでもありがたいにはちがいないが、決めの拝観料を払うただけでは重い病は治らぬぞ」

「やはり……」

「だが、ひとつ手立てがある」

「そ、それはなんだすやろ」

「このことはだれにも……たとえおまえさんの店のものやこの少彦名神社の宮司にも漏らしてはならぬ。約束できるか。約束できるならばお聞かせいたそう」

「や、約束します」

「裏開帳というものがある。夜中に観音さまをお祀りしてある小屋の裏側からなかに入り、ごく限られた人数だけでお詣りするのじゃ。一日に何千人という善男善女が崇《あが》める霊験あらたかなる不空羂索観音さまをわずかなものだけで独り占めできる。これを二度、三度と繰り返せばかならずご利益あらん」

「あ、ありがたいことで……」

「ただし、お布施はたんとかかるぞ」

「いかほどでおまっしゃろ」

「一度につき、これこれこれじゃ」

「――えっ、そんなに」

「いやならやめるがいい。おまえさんを不憫《ふびん》と思うたによって話してさしあげたのじゃ」

「いえ、やります。やらせていただきます」

「さようか。もし、一度だけ試してみて、これならご利益がきっとあると思えたら二度目のお詣りをなさるがよい」

「それならけっこうでおます」

「開帳は明後日の朝からじゃが、裏開帳はそのまえの晩から行う」

「かならず参ります」

「このことくれぐれも他言無用。おまえさんひとりで来るようにな。よろしいな」

三

翌日、雀丸が昼まえに家を出ようとすると、夢八と鉢合わせした。

「わかりましたで。烏瓜さんのところに出入りしてたヤクザみたいな連中だすけどな……」

「もうわかったんですか。さすが仕事が速い」

「『養魂堂《ようこんどう》』ゆう唐薬問屋の番頭と手代ですわ」

「あれがですか?」

雀丸は呆れた。どう見ても破落戸《ごろつき》にしか思えなかった。

「まあ、唐薬問屋いうたかて、まともな素性の薬は扱うてまへん。仕入れ先を内緒にせなあかんようなもんばかり、どえらい値ぇで売っとるらしい」

「仕入れ先を内緒、ということは……」

「たとえば長崎奉行の配下の侍が小遣い稼ぎにこそっと数をごまかして輸入したような薬とか、長崎の商人が異国船と直取《じか》り引きしたもん、あとは盗品だっしゃろな」

「うーん……」

「『山前屋《やままえや》』ゆう廻船問屋とつるんでるそうだすが、ここも評判が悪い。暴風で積み荷が海に落ちた、とか言うて、勝手に荷を売ったりするらしい。抜け荷をしとる、ゆう噂もおます。――ほな、わたいはこれで」

雀丸はため息をついた。どうやら心配していたとおり、諒太郎は危ないことに手を出そうとしているようだ。

少彦名神社に行くと、すでに開帳小屋はできあがっており、あとは拝観を待つばかりになっていた。宮司によると、

「楽しみなような、怖いような気分」

とのことで、神事も手につかないらしい。神職が仏像開帳のことでそんなに舞い上がっていてよいのか、と思ったが、口には出さなかった。

「ああ、明日が待たれますわい。雀丸殿もぜひ拝観にお越しくだされ」

「わかりました」

雀丸は天王寺に向かった。鬼御前を見舞うためである。金作という子方が言うには、

「まだ熱が高《たこ》うおます。布団のなかでぶるぶるがたがたしてはるのを見ると、わてらも

つろうて……」

「豆太さんはどちらですか」

「あ……豆太の兄貴はその……出かけとります」

雀丸は妙な気がした。豆太なら、朝から夜まで、いや、夜中までも鬼御前のそばを離れず看病すると思っていたのだ。そして、もう一点気になることがあった。家のなかの屋財家財がめっきり減っているように思われたからだ。

（たしか昨日まではあそこに大きな箪笥《たんす》や長火鉢、衣装掛けなんかが並んでいたように思ったけど……）

なにもない。壁には、調度が置いてあった跡が付いているので勘違いではない。しかし、なんとなく理由ありげだったので、雀丸はそのことには触れず、病間に入った。枕《ちん》頭《とう》に座り、

「おかげんはいかがですか」

と声をかけたが、呻《うめ》くような声が返ってくるばかりである。高熱のせいだろう、顔は真っ赤で、歯を食いしばっているが全身が痙攣《けいれん》するように震えている。だんだん弱ってきているようにも見える。どうすることもできず、じっと見つめていると、突然、鬼御前が、

「苦しい……えらい……雀さん、なんとかして……」

目のまえに雀丸がいることがわかっているわけではないようだ。幻の雀丸に向かって鬼御前は助けを求めている。金作が、

「こないしてうなされたみたいにときどき雀さんの名を呼びまんねん。あの強かった姉《あね》さんがこんなことになるやなんて、わては……わては……」

居ても立ってもいられなくなった雀丸は、そのまま立ち上がると、鬼御前一家を飛び出して走り出した。どこをどう走ったのか記憶にないが、気がついたときには立売堀に着いていた。烏瓜諒太郎に土下座して、鬼御前の往診を頼もうと思ったのだ。何度断られても、引き受けてくれるまで懇願し続けるつもりだった。彼にできることはそれしかないのだ。諒太郎の家のまえまで行くと、心配そうになかを覗き込んでいた同じ長屋の住人たちがさっと道をあけた。なにかあったのか、と雀丸が戸に手をかけようとしたとき、

「貴様ら、俺をたばかったな!」

という諒太郎の声が聞こえた。

「今ごろ気ぃついたか。このボケが」

「許さぬ。その金を置いていけ」

「あははは、アホか。金のために仕組んだ芝居や。金置いていくわけないやろ」

なにか揉めごとが起こっているようだ。

「くそっ、貴様ら皆、叩っ斬ってやる」

「このガキ、いつまで侍気取りやねん。おのれの刀が竹光やゆうこともとうに承知じゃ」

雀丸は戸を押し倒すように開けると、なかに入った。諒太郎が三人のヤクザっぽい男と相対していた。夢八に聞いていなかったら、とても唐薬問屋の使用人とは思えなかっただろう。諒太郎はすでにかなりの痛手を負ったらしく、こめかみや腕から血を流していた。幾度も殴られたとみえ、顔には青あざができ、唇が切れて血が出ている。男たちは手に手に匕首《あいくち》を持っており、飛び込んできた雀丸をじろりとにらみ、

「兄ちゃん、怪我しとうなかったらどかんかい」

「怪我はしたくないですけど、どくわけにはいきませんね」

「なんでや」

「その男は私の友だちですから」

「ほほう……ほな、わしらに手向かいするちゅうのやな」

「しますね」

雀丸はすたすたと諒太郎に近寄ると、その腰から脇差を鞘ごと抜いた。

「やめとけやめとけ。その刀、竹光やろ。わしら、知っとんねん」

「私も知ってますよ」

雀丸が抜刀した。竹を粗削りにしただけの代物である。

「けけけけ、そんなおもちゃでなにができ……痛っ！」

雀丸はいきなり、一番まえにいた男のこめかみを竹光で殴った。男が思わず頭に手をやった瞬間、右腕を掻い込むようにして匕首を奪った。

「ほい、諒太郎！」

その匕首を諒太郎に放る。空中でうまく摑んだ諒太郎は、

「貴様ら……ようもやってくれたな。たっぷりお返しししてやる」

「やかましい、腐れ医者！」

べつのひとりが匕首を構えて突っかかっていった。諒太郎は足でその男の脛《すね》を蹴飛ばし、前のめりになったところを腕を摑んで投げ飛ばした。男は一回転して壁に激突した。長屋の壁は薄い。大穴が開き、隣の夫婦ものが飯を食っているのが見えた。残りのひとりは、

「か、か、金は返す。それやったら文句はないやろ」

そう言って、ふところから金の包みらしきものを出して畳のうえに置いた。

「文句は……ある」

諒太郎は顔面に拳を叩き込んだ。鼻血を流した男は戦意を喪失したらしく、おのれの匕首をそこに捨てると、

「さいならっ」

と叫んで真っ先に家を飛び出した。残るふたりも、

「さいならっ」

「さいならーっ」

とあとを追った。

「諒太郎、大丈夫か」

「ぶはははは。なあに、たいしたことはない」

そう言いながら諒太郎はその場にぺたんとへたり込んだ。強がりを言っても、かなりこたえているようだ。

「あいつら……俺をだましやがった」

「だまされるほうが悪い。どう考えても怪しいだろう」

「そう言うな。その薬なら、金さえ出せば調達してやる、と言われてな、俺も焦っていたから話に飛びついた。唐薬問屋の鑑札を持っていたので信用してしまったのだ。たいへんな額だったが、なんとか掻き集めた」

「どうやって？　だれかに借りたのか？」

「俺に貸す馬鹿は大坂にはいないよ。蘭学書を売り払ったのだ」

言われてみれば、昨日は天井まで積み上げられていた書物の数がやけに減っている。

「今日取り引きすることになっていたが、薬と引き換えでないと金は渡せない、と言う

と、急に向こうの様子が変わってな……匕首を突きつけられた。あとは殴られ、蹴られ……そこへお主が来てくれた、というわけだ。助かった」

「あいつらは道修町でもあくどい商売で名高い連中だそうだ」

「知っていたら教えてくれよ」

「私も今日知ったのだ」

「調べたのか」

「私をなんだと思っている。横町奉行だぞ」

本当は、夢八に聞いただけなのだが。

「でも、薬は手に入らなかったのだな」

「俺はまだあきらめていない。この世にない薬を探しているわけではないのだ。なにか手段があるはずだ」

「私にできることがあれば言ってくれ」

「ありがとうよ。——痛《い》てててて……。折れてはいないと思うが、脚を見ろ」

諒太郎は左脚を雀丸のまえにどんと置いた。右脚の倍以上に腫れ上がっている。

「あの野郎、下駄で何遍も蹴りやがった。当分外出《そとで》はできんな」

「手当てをしてやろうか」

「俺をなんだと思っている。医者だぞ」

雀丸と諒太郎は笑い合った。

「こういうときに一番良い手当てを知っているか」

「さあ……」

「酒を飲んで寝ることだ」

「あのな、諒太郎。こんなときに言い出しにくいのだが……」

雀丸は、鬼御前のことを口にした。熱が一向に引かず、日に日に弱っていくようだ……。

「昨日言っていた女俠客だな。わかった。俺も頑《かたく》なすぎたと思っていたところだ。――脚の腫れが引き次第、見舞ってやろう」

「すまん」

どうもついていない、と雀丸は思った。本当は、今日、診てほしかったのだ。

天王寺から立売堀まで走った反動で、家まではとぼとぼ歩く。浮世小路に出て、西横《にしよこ》堀《ぼり》のほうに曲がる。竹光屋の暖簾が見えてきたとき、

「雀さん、あかん！」

顔見知りのうどん屋の主が声をかけてきた。

「なにがです？」

「あんたとこ、今、お役人が来てる」

「――え？」

「なんやようわからんけど、今さっき、町方の同心が出役の格好で、下聞を大勢連れてやってきてな、あんたの家に入っていきよったわ」

「出役の格好で……？」

出役といえば捕り物である。首を傾げたが、それならなおさらことの次第を確かめねばならない。雀丸が暖簾をくぐると、

「お、帰ってきたぞ！　取り押さえい！」

叫んだのは東町奉行所の皐月同心であった。小者《こもの》たちがばらばらと飛びかかってきたが、雀丸は抗《あらが》わなかった。

「神妙である。縄は打たずともよいぞ」

「皐月さま、私がなにをしたというのです」

加似江が蒼白な顔でこちらを見ていることに気づきながら、雀丸はそう言った。

「おまえがご禁制の蘭学書をひそかに所持しておるという訴えが町奉行所にあったのだ。今からここを取り調べる」

「だれからの訴えでしょうか」

「そ、それは言えぬ」

「もしも出てこなかったときはどうしていただけます」

「かならず出てくるであろう。おまえは近頃、蘭方医とも親しく付き合っておるそうではないか」

夢八が言っていた「あの御仁」が「町方に見張られてる」という言葉が思い出された。

「蘭方医の知り合いはおりますが……」

「探せ！」

皐月同心の下知《げち》で皆が一斉に家探しをはじめた。仕事場に置いてある道具をひっくり返し、へっついや水瓶を覗き込み、しまいには壁を剝がしたり、土間を掘り返しはじめた。やめてくれ、と言いたかったが我慢した。加似江がふるふると震えているのがわかった。自尊心を傷つけられているのだ。

「お祖母さま、案ずることはありません。潔白なのですから」

「あのクソ馬鹿のせいでかかる恥辱を受けようとは……許せぬ」

「いえ、諒太郎もいろいろたいへんなのです」

「クソ馬鹿の肩を持つとは……おまえもクソ馬鹿じゃ！」

しばらくすると、

「皐月さま、ここにはないようです」

「ならば奥を探せ」

一同はぞろぞろと家の奥に入っていった。雀丸と加似江もそれに続いた。皆は傍若無

人に簞笥や水屋を開けて中身をぶちまけたり、押し入れから布団などを引っ張りだしたりしていたが、

「あったぞ！」

下聞のひとりが叫んだ。

「なに？　やはりあったか」

皐月同心がにやりと笑った。下聞が簞笥の奥から取り出したのは一冊の書物だった。雀丸も加似江も見たことのないものである。皐月はその本を受け取るとぱらぱらめくり、

「これは蘭書翻訳禁止令によって禁制となっておる阿蘭陀翻訳の書ではないか。かかるものを所持しておるとは許しがたい」

雀丸は、昨日のなにも盗らずに逃げた盗人のことを思い出した。盗みに入ったのではなく、これを置いていったのだ。

「ちょっと見るだけで、よく阿蘭陀翻訳の書だとわかりましたね」

雀丸が言うと皐月同心は激昂《げっこう》して十手を抜き、

「召し捕れ！」

ふたりの捕り方が左右から雀丸に近づいてきたとき、加似江が火鉢の灰をそのふたりに向かって撒《ま》き散らしながら叫んだ。

「雀丸、逃げよ！」

雀丸
逃げよ

雀丸は弾《はじ》かれたように捕り方たちを突き飛ばして奥の間から抜け出し、土間へ飛び降りると、そのまま表へ走り出た。その途端、だれかに横合いから腕を掴まれた。捕り方か、と身構えたが、なんと園だった。

「こちらへ！」

園に手を引かれるまま雀丸は走った。

（今日は大坂中走り回る日だな……）

などと思いながらとにかく全力で駆けた。

園が連れてきたのは同心町だった。

「ここは……」

一軒の屋敷の門前で雀丸は呆然《ぼうぜん》とした。

「そうです。私の家です。私が雀丸さまをかくまってさしあげます」

そう言うと園は雀丸を押し込むように門のなかに入れた。

「で、でも、それはさすがに……」

などと言いながらも雀丸は結局園の言うとおりにした。

（皐月さまから逃れるのに皐月さまの屋敷に隠れるなんて……）

そう考えるとすこしおかしくなってきた。

「母上、雀丸さまをお連れいたしました」

園が声をかけたので皐月の妻加世《かよ》が現れた。

「まあまあ、これはようお越しくださいました」

あまり「よう」も来ていない。

加世は園に向き直り、

「今日はおまえが急にいなくなったので驚きました。大七《だいしち》も大慌てでしたよ。なにがあったのです」

園は目に涙をためて、

「じつは今朝、父上が私に、『今日はなにがあっても表に出ることはまかりならぬ。よいな』と申されたのです。理由《わけ》をきいても教えてくださいませぬ。しつこくたずねると怒り出して、『なんでもよい。おまえはわしの言うとおりにしておればよいのだ！』と言って、大七に私の見張りをするよう命じたのです」

皐月同心は家僕の大七に、

「園が一歩でもこの屋敷から出たらおまえの落ち度として給金を減らすからな」

と言ったらしい。これはなにかある、と思った園は、父親が出かけたあと、大七の隙をみて、履物を持って窓から抜け出した。東町奉行所の表門のところで身を隠し、じっとしていると、父親が長吏、小頭《こがしら》、役木戸《やくきど》などを従え、ものものしい出役の格好で現れた。どこへ行くのか、とあとをつけていくと、なんと浮世小路に向かうではないか。まさか……と思ったが、そのまさかだった。彼らは竹光屋に入っていったのだ。

「母上……父上は雀丸さまを召し捕ろうとなさったのです」

「まあ、そうでしたか」

「捕り物の場に私が入っていくわけにも参りませんので、表でおろおろしておりますと、ご隠居さまの『雀丸、逃げよ！』という大声が聞こえてまいりました。すぐに雀丸さまが飛び出してこられたので、私は無我夢中で手を引っ張り、ここに連れてきたのです」

「そうですか。園……よいことをなさいましたね」

　加世は雀丸に、

「此度はうちの主人がとんだご無礼をしたそうでまことに申し訳ございませぬ。妻としてお詫《わ》び申し上げます。なにを考えているのでしょうね、あのひとは……」

「さあ……なにを考えているのでしょうか」

「まあ、せっかく来ていただいたのにお茶も出さずに……。しばらくお待ちくださいませ」

　一旦引っ込むとすぐに茶と菓子を盆に載せて戻ってきた。雀丸は、まるでただの客として来たような気分になった。

「ささ、どうぞ、召し上がれ。この家にはいつまでいらっしゃってもかまいませぬ。おのれの家のようなおつもりでくつろいでくださいね」

「そうはいかないでしょう。すぐに皐月さまに見つかってしまうでしょうし……」

園が、

「庭に、以前は町人に貸していた小さな長屋があるのです。今はだれも住んでおりません。三度の食事は私が差し入れます。ご不便をおかけしますが、しばらくご辛抱くださいね」

「わかりました。では、お言葉に甘えることにします」

そう言うしかなかった。加世が、

「まあ、うれしいこと。よかったわね、園」

加世は珍客の到来に単純に喜んでいるようでもある。

（えらいことになった……）

雀丸は途方にくれた。

◇

その夜。

少彦名神社の境内はひっそりと静まり返っていた。開帳の支度はすでに終わっており、あとは明日の初日を待つばかりである。そんな境内の砂利をそろそろ踏みしめながら、五つの影が移動していた。影は、開帳小屋に至ったが、その表ではなく裏に回った。そこにも小さな扉があり、先頭の人物がその鍵を開けた。五人はなかに入る。

「ささ、こちらへ参られよ」

先頭の人物は涅槃王寺の住職慧轟だった。ほかの四人は、それぞれ頬かむりをしたり頭巾を被《かぶ》ったりしている。小屋の内部はかなり広く、大勢の参拝人を収容できそうだ。慧轟は皆を正面に導くと、燭台《しょくだい》に火を入れた。ぼんやりとした明かりが周囲に広がった。

「明かりを灯しても、外からはわからぬようになっております」

灯のなかにほのかに浮かび上がったのは厳かな雰囲気をたたえた観音像であった。頭に大きな宝冠をいただき、額に第三の目が縦についている。手は八本で、そのうち六本はそれぞれ蓮華《れんげ》や魚を採る罠、錫杖《しゃくじょう》、数珠などを持ち、残る二本の手は胸のまえで合掌している。高さは一丈（約三メートル）ほどもあり、大きな光背を背負っている。燭台ふたつだけの薄暗い明かりによる効果も手伝ってなんとも重々しく、四人は感嘆の声を上げた。

「これがわが涅槃王寺の本尊不空羂索観音さまであらせられます。さあ、ご一同、被りものを脱いで、ようお眺めくだされ」

三人はすぐに頬かむりや頭巾を脱いだが、残るひとりはやや逡巡《しゅんじゅん》したすえに宗十郎《そうじゅうろう》頭巾を外した。暗い顔をした武家だった。三人のうちふたりは、鬼御前一家の豆太と宝楽屋の主嘉平だった。

「お布施は持ってこられましたな」

四人はうなずいた。

「ここに来られたること、今から起こることはくれぐれも他言無用にお願いいたします る」

「わてらはここで観音さまにお詣りさせていただくだけやと思とりましたが、なにかが起こりまんのか」

豆太が言うと、

「皆の衆の一心が観音さまに通ずれば、霊験が起こるやもしれませぬ。さあ、目を閉じて願いごとを念じ、ひたすらに祈りなされ」

四人は観音像のまえに立って手を合わせた。

「おん・あもきゃ・びじゃや・うん・はった……」

慧轟が数珠を揉みながら真言《しんごん》を唱えはじめた。そして、どれぐらいの刻《とき》が経ったのか、突然、慧轟が言った。

「ご一同、目を開けられよ！」

四人は目を開けた。そして、見た。観音像の顔の左右に光が見えた。火花だ。ばちばちという音や、ごごう……という重たい音も聞こえてくる。

「な、なんと……！　信じられぬ」

「驚きや。部屋のなかで雷《いかずち》が見られるとは……」

「わしらの一心が観音さまに通じたのや」

「あああ、ありがたやありがたや。この観音さまはほんまもんじゃ」

慧轟はにんまりと笑い、

「ご一同、おわかりいただけたか、不空羂索観音さまの偉大なお力を」

「ようわかりましてございます」

「ならばつぎもまた、お布施を出してくださりましょうな」

「はい、こんな霊験あらたかな観音さまなら喜んで……」

「そうじゃ、きっと嬢《いと》の病も癒してくださるにちがいない」

「医者が見放した病人でもこの観音さんが助けてくれはる」

「ふふふ……じつはこの観音さまには、もうひとつの名がありますのじゃ」

「もうひとつの名？」

「それは……光焔《こうえん》観音と申す。この世でただひとつの観音さまでいらっしゃる」

慧轟の言葉に四人は観音を伏し拝んだ。

◇

いよいよ開帳がはじまった。たいへんな数の善男善女が少彦名神社に集まった。なかには三十石で京や近江《おうみ》から来たものもいた。難波橋《なにわばし》や高麗橋、平野橋《ひらのばし》などがひとで埋まり、一時は通行を制限せねばならぬほどだった。「奉納　涅槃王寺」「奉納　不空羂索観音」などと書かれた幟が翩翻《へんぽん》とはためき、まるで芝居か勧進相撲のような賑わいである。

開帳小屋のまえには長蛇の列ができており、なかなか動かない。ひとりずつ拝観料を払ってなかへ入っていくのだが、待ちくたびれて怒り出す「善男善女」もいた。しかし、ほとんどのものは小屋のまわりに並ぶ屋台で飲み食いしたり、ものを買ったり、また、大道芸を見物したりしているので今のところそれほどの混乱はないようだった。

宮司はほくほく顔で地雷屋蟇五郎に言った。

「案ずるより産むがやすしとはこのことやな。この塩梅《あんばい》なら涅槃王寺に払う金を差っ引いてもどえらい儲けになるわ。屋台店や芸人から入る地代なんぞを加えると、えーと……」

頭のなかで算盤を弾いているようだ。

「こらあ、このガキ！　タダ食いしよったな！」

怒声が聞こえた。見ると、一軒の汁粉屋で店主らしき男と客が揉めているのだ。

「言いがかりつけんな。銭はさっき、払たやないか」

「嘘言え。わしはもろとらん」

「よそ見しとるさかいや。ちゃんとその屋台の端に置いた」

「ないやないか」

「そんなこと知るかい。だれかが盗ったんやろ」

「でたらめ抜かすな。銭払え！」

「なんで二遍も払わなあかんねん。だいたいこんなまずい汁粉、タダでももういらんわ」

「なんやと、こいつ払わんのやったら……」

店主が殴りかかろうとしたとき、

「たわけ！　ありがたき開帳の場で喧嘩口論いたすとはなにごとだ！」

町奉行所の同心が割って入った。

「話は会所で聞こうか」

「あ、いや、もしかしたらわし、食べるのに夢中で金払うの忘れてたかもしらん」

客はふところから銭をその場に放り出し、ひとごみに消えていった。同心は手下たちに向かって、

「ああいう手合いがこれからも増えるはずだ。十分に気をつけるように」

それを見ながら蟇五郎は、

「たったあれだけの人数ではこのひと出は捌《さば》けんわなあ」

宮司も心配そうに、

「せやなあ。町方も一日中おってくれるわけやなし、なにか起きたらえらいこっちゃ。

――横町奉行はどないなったんや」

「さあ……見かけてないなあ」

蟇五郎は雑踏のなか、雀丸の姿を探したが、見つけることはできなかった。

◇

その夜、裏開帳に参加したものは、昨夜よりも増えて七人になっていた。

「皆の衆、お布施はお持ちいただきましたかな」

慧轟の言葉に、昨日はいなかった初老の町人が言った。

「わしには信じられん。あんたの言うようにほんまに霊験があるのやったら、ここで見せてもらいたい。でないと、金を払う気にならんのや」

「信心のないお方はすぐにそうおっしゃるが、そのような疑念があってはご利益ももらえませせぬぞ」

「そうは言うたかて大金やで。なんぼ家内のためでも、無駄金は使いとうない」

「そのお気持ちもわかります。なれど、昨夜もお越しになられた方はすでにご承知でありましょうが、この観音さまのお力はほかにないものでございます」

豆太が、

「病の重かったうちの姉さん、今朝から急に熱が下がりましたんや。光焰観音さまのおかげやと思とります。ありがたいことでおます」

「それは重畳《ちょうじょう》。今後も信心なさいませ」

「へいっ、もちろんそのつもりでおます」

隣にいた武士はため息まじりに、

「うらやましいのう。うちの息子はまだ効験はないようじゃ……」

慧轟が、

「信心が足りませぬぞ。熱心にお詣りを続ければかならずやよき報せが訪れましょう」

「うむ……そうじゃな。そうであってほしい」

「さあさ、ご一同、これより摩訶《まか》不思議なことがここで起こりまする。さあ、祈りなされ……」

真言とともに、皆は目をつむって祈った。

「さあ、目を開けられよ！」

観音像の顔の前後左右に稲妻が走った。皆は、おお……と感嘆の声を発した。

「ああ、ありがたや！」

さっきまで金を出し渋っていた初老の商人は、その場にひざまずき数珠を鳴らしはじめた。

「ほんまに目のまえで霊験を起こしてくれはるとは！　こんな仏さんはじめてや！」

慧轟はほくそえみながら、

「ならばお布施を寄進していただけますかな」

「はいっ……はいっ！　これで家内の病も治るにちがいないわ。ああ、さきほどは疑《うたご》うてすんまへんでした。ありがたやありがたや」

その様子を小屋の天井の梁《はり》のうえでネズミのごとくじっと見つめていたものがいた。しゃべりの夢八である。

「なるほどなあ……こないなことになっとったのか。光焰教は開帳を隠れ蓑《みの》にしとったんやな。昼間は大勢から拝観料を巻き上げ、夜は選ばれた金持ちからお布施を巻き上げる。ぼろい商売や」

夢八は観音像の頭の、火花が散ったあたりを観察した。

「けど……どういう仕掛けになっとんのやろ。わたいにはようわからんな。火薬……いや、ちがう。龕灯《がんどう》でも、ああはならんな。まさかほんまに観音の神通力……」

夢八は梁のうえで思わず笑いそうになった。

「そんなアホなことはない。でも、わからん。大尊和尚にやったら見極めがつくかもしれんな。——でも、あのお武家……」

彼は、人品骨柄のよい武士の顔をうえから見おろし、

「たしか東町奉行の柴田康直《しばたやすなお》やないか」

そうつぶやいた。

◇

「あれを見せられたら、たいがいのもんやったら信じてしまいまっせ」

皐月家の三軒長屋の一室で、夢八は雀丸に言った。夢八は園の報せで雀丸の窮状を知ったのである。雀丸は園が持ってきてくれたイワシの塩焼き、豆腐の生姜餡かけ、香の物、浅蜊《あさり》の味噌汁を食べながら夢八の話を聞いていた。町奉行所の同心といっても献立は質素なものである。

「ふーん、そうでしたか」

「わたいにもあのからくりは解けまへん。大尊和尚さんに見ていただこうかと考えとります。このままでは大坂に光焔教の信者が増えていきまっせ」

「困りましたね。病などで苦しむひとの苦境につけ込むようなことは許せません」

雀丸は飯を熱い味噌汁で飲み下しながらうなずいた。

「東町奉行もだまされとりまんのや。阿呆なやつだすな」

「ご子息が重い病では、どんなえらいひとでも神仏に助けを求めたくなるでしょう。それはしかたありません」

「へえ……」

「ですが、うえに立つものがたぶらかされているようでは下々のものはすっかり信じ込んでしまうでしょうね。しかも、町奉行がそんなことでは、厳しい取り締まりもできかねます」

　雀丸は香の物をバリバリ食べながらそう言った。

「美味いんだすか」

「美味しいですね」

「ひとつだけ良い報せがありまっせ。鬼御前さんの熱は下がったそうです」

「そうですか……」

　雀丸は心底良かった、という顔つきになった。

「ほな、わたいはこれで失礼しますけど……いつまでここにいてまんのや」

「わかりません。皐月さまがあきらめてくださるまで……」

「そのうち見つかりまっせ」

「でしょうね……。うちには見張りはついていますか」

「毎日、猿が一匹張り込んでますわ。ご苦労なこっちゃ」

「猿の隙をみて、お祖母さまに私はここにいる、とこっそり知らせておいていただけませんか。夢八さんならできるでしょう」

「もう知らせとります。灯台下暗しじゃな、言うて大笑いしてはりました」

「ですか……」

加似江らしいな、と雀丸は思った。

◇

翌晩、開帳小屋の裏手に並んだ人数は十二名に増えていた。

「では、参りましょうかな」

慧轟が一同を先導しようとしたとき、

「お待ちなされ」

しゃがれた声が夜気を貫いた。慧轟はぎょっとして目を細めた。ぼろぼろの墨染めの衣を着た坊主が立っていたのだ。

「おまえは……なにものだ」

「わしか。わしは要久寺の住職を務める大尊と申すもの。さるところから涅槃王寺の霊威ある光焰観音のことを聞きましてな……」

「さるところとはどこだ」

「さるところはさるところ。なんでもたいへんな霊験を目の当たりにできるとか……」

慧轟は皆を見渡し、苦い顔で言った。

「困りますな。ここで起きたることはすべて他言無用と申したはず。はてさてどなたが漏らしたのやら……」

　一同はあわててかぶりを振った。豆太は大尊のことを知っているため、一番大仰に否定している。大尊は一歩進み出ると、

「そのような詮索はご無用に願います。じつは、わしの師である赤螺寺の物尊《ぶっそん》禅師がご病気で明日をも知れぬ容態とか。できれば代わって差し上げたいほどじゃが、そうもならず、悶々《もんもん》としているところへ、夜更けの開帳のことを耳にし、思い切ってやってきた次第」

「だれかれでも来てよい、というわけではないのだ」

　慧轟はじろじろと大尊のみすぼらしい身なりをねめつけた。それに気づいた大尊は、ふところから巾着を出し、中身を慧轟に示した。

「このようにお布施はたんと持ってまいりましたるゆえ、なにとぞお仲間にお加えくだされ」

　慧轟は薄笑いを浮かべると、

「さようでございましたか。先例なきことなれど、お困りのご様子。しかも、宗派は異なれど仏門のお方のご病気を救うためとあれば……よろしい、お力をお貸しいたしましょうぞ」

「おお、ありがたい。では、よろしゅうお願いいたす」

皆は裏口からなかへ入った。大尊は、観音像をちらと見て、

「ほう、これか……」

豆太が泣きながら、

「うちの姉さんの熱、また元に戻ってしまいましたんや。まえより高いぐらいだす。観音さん、殺生だっせ。なんとかしとくなはれ！」

慧轟が、

「信心です。信心することです。南無阿弥陀仏《なむあみだぶつ》、南無阿弥陀仏……」

「せやかて、もうお金が続きまへん。家財道具ほとんど質に入れてしもて、すっからかんですねん」

「あと少しの辛抱です。よそから金を借りてでもお布施を作りなされ。ここであきらめたら、姉さんとやらは救えませせぬぞ」

「へ、へえ……」

「では、皆の衆、お祈りくだされ。一心が光焔観音さまに届くよう、ひたすら祈りなされ」

一同は手を合わせ、熱心に祈りはじめた。そして、

「今じゃ、さ、目を開けられよ！」

その言葉に目を開いた大尊は、

（なるほど……これか……）

観音像の顔のあたりを取り囲むように大きな火花が散っている。闇に咲く菊のように美しい光景だった。

（火薬ではないのう。臭いがせぬ。このごうごう……という低い音も気になるが……）

皆がありがたがって数珠をまさぐるなか、大尊はひとりじっとその光輝を見つめながら考え込んでいたが、

（まてよ、なんと言うたかのう……。このような不思議なからくりのことをいずれかで聞いたような気が……）

途端、大尊は思い出した。

「そ、そうじゃ！」

「どうかなされたかな」

慧轟が聞きとがめたので、

「あ、いや……あまりのありがたさに声が出申した」

そう言いながらも心のなかでは、

（思い出したわい。――絲漢堂《しかんどう》じゃ！）

大尊は小躍りしたい気持ちを抑え、真摯《しんし》なふりをして数珠を揉んだ。

◇

書きものをしていた南原与力のこめかみにぴっと青筋が立った。

「まことに申し訳……」

「馬鹿者がっ！」

癇《かん》が起きて文字《もんじ》を書き損じたらしく、南原は紙を丸めて皐月親兵衛に叩きつけた。

「召し捕りには何人で参ったのだ」

「七名でございます」

「それだけの人数がおりながら町人ひとりを逃すとは……失態だ！」

「まことに申し訳……」

「逃亡をはかったならば追いすがって斬り捨ててもよかったのだ。ぐずぐずしておるからそんなへまをする」

「まことに申し訳……」

「大坂中を探せ。どこかに潜り込んでおるのだろうが、あぶり出すのだ。よいな」

「まことに申し訳……」

「お頭はご嫡男ご病気の心労にて今日から公務を休まれておられる。今のあいだに横町奉行を潰してしまうのだ。よいな……！」

「はい。な、なれど……」

「よいか、わしはおまえを高く買うておるのだぞ。わが想いに応えてくれい」

南原は皐月にすり寄り、手を取った。

「まことに申し訳……」

「横町奉行の身内を捕えて仕置きにかけよ。親しきものでもよい。さすれば、横町奉行も隠れ場所から出てくるにちがいない。イタチのようにな……はは……ははは」

身内はあの老婆しかいないし、親しきものというと……。脳裏にわが娘の顔が浮かび、皐月はただただ頭を下げ続けた。

帰宅して玄関をくぐったとき、そこにこもる匂いに皐月は鼻をひくつかせた。

「なんだ、この匂いは……」

「のっぺい汁でございます」

妻の加世の言葉に皐月は顔をしかめ、

「わしは里芋は好かぬと申しておろう」

「たまにはよろしいでしょう」

「ふん……！　わしはお役目で疲れておるのだ。わしの好みの献立にしてもらいたいものだ」

「あなたの身体のためを思うて拵えているのです。嫌なら食べなくてもけっこうでございます」

「いや、食う。——今日は南原さまにいかく叱られた。わしが雀丸を逃したからだ」

「さようでございますか」

「今、大坂中に網を張っておるが行方は知れぬ。南原さまはあやつの身内を捕えておびき出せとおっしゃるが、あの老婆を召し捕って牢に入れるのも、大人げない仕打ちだ。町人どもの恨みを受けよう」

「私もそう思います」

「あのお方はなんでもよいから横町奉行を陥れたいようだ。わしも町奉行所があれば横町奉行などというものはいらぬと思うが、ああまで執着《しゅうじゃく》なされるのはどうかと思う」

「あなたは前任の北岡《きたおか》さまよりも清廉潔白なお方だと申しておられましたが……」

「清廉潔白といえば聞こえはよいが、それでご政道を歪めるのはいかがなものかな。わしは横町奉行も今の大坂の町人には役に立っておるのだろうと思う。お上には清濁あわせ呑む度量がなくてはならぬ」

「でございましょう？　私もそのように思うておりました」

「ほう、おまえもそう思うか」

帯を解きながら皐月同心は、

「もし、南原さまにあてがわれた此度の件をしくじると、わしも定町廻りの職を解かれ、閑職に回されるやもしれぬ。そうなれば当家の所得《しょうとく》も減る。また、畑を作ったり、長屋を町人に貸したりせねばならぬかもしれぬのう……」

「でも……雀丸さんの罪は濡れ衣なのでしょう?」

「しっ。それを申すな。南原さまのご意向なのだ。おまえたちも手助けせねばならぬぞ。雀丸がこの界隈《かいわい》に現れたら、ただちにわしに報せるようにな」

　そこまで言ったとき、皐月はふと、

「そうだ。あの長屋も近頃はまるで手入れをしておらぬゆえ、あちこち朽ちておるかもしれぬ」

「あなた、どちらに参るのです」

「ちょっと長屋を見てくる」

「いけません!」

「なぜいかん。すぐそこに出るだけではないか」

　園も飛び出してきて、

「外は寒うございます。父上が風邪など召されたらお仕事に差し障ります。長屋はどこも朽ちてはおりませぬ」

「なにゆえそれがわかる」

「ちょいちょい覗いてみておりますゆえ……」

「おまえたちにわかるものか。わしがこの目で見届ける」

「おやめください。私が参ります。母上、父上の右脚を摑んでください。私は左を……」

「ええい、うるさい！　どけ！　どかぬか！」

◇

「というわけで、大尊和尚さんにもどういう仕掛けなのかはわからんけど、ああいう火花を飛ばすからくりについて聞いたことはあるそうだす」

「ほほう……」

今夜の献立は、焼き豆腐の煮物、のっぺい汁、茄子もみだった。のっぺい汁は雀丸の好物である里芋の煮え加減もとろみの具合も良く、なかなかのものだった。

「橋本曇斎《はしもとどんさい》ゆうお方をご存知だすか」

雀丸は飯を頰張りながらかぶりを振った。

「わたいも知りまへんけど、大坂の町人で蘭学者やそうだす。先年、亡くなりはったそうだすけど、そのお方が昔、車町で絲漢堂ゆう私塾を開いとりまして、大尊和尚さんはそこで、部屋のなかに火花を散らすという道具を見たらしい。せやさかい、観音さんのまわりに稲妻が走る、ゆうこともできそうだっせ」

「それは手妻ですか」

「れっきとした学問やそうだす。その道具を使えば、手をつないだ百人のこどもを痺《しび》れさせたり、紙で作った人形を踊らせたり、雀やら蛙《かえる》を気絶させたり、焼酎を燃やしたりすることもできるらしい」

「ますます手妻のようですね」

「いずれにせよ、光焰観音はまやかしもの、と思うても見込み違いではなさそうだすな」

雀丸は、醬油とおろし生姜をかけた茄子もみで飯を二杯食べ、三杯目をおひつからよそおうとした。

「よう食べはりますな」

「ここに閉じこもっていると、食べることぐらいしか楽しみがないのです」

「あと、お酒があれば言うことおまへんな」

「そうですね！　明日はお酒を差し入れてもらおうかな……」

そのとき、いきなり戸が開いた。飯を食っている雀丸。それを見下ろす皐月親兵衛。たがいに見交わす顔と顔……。

「な、な、なにゆえ貴様がここにいる……！」

「ああ、すいません。ちょっとお借りしております」

「ゆゆゆ許せぬ！　それへ直れ！」

と言ったものの刀がない。そこに立てかけてあった心張り棒を摑んで振り上げた。その腕を後ろから園が押さえ、加世が羽交い締めにした。

「まあ、あなた、落ち着きなさいませ」

「これが落ち着いていられるか！　わが屋敷の敷地内にわしが追っている咎人《とがにん》がおろうとは……」

「でも、罪はないとあなたも申しておられました」

「それはそうだが、かかること南原さまに知れたらわしは終わりだ。手を離せ！　離せと申すに……」

「いいえ、離しませぬ。——雀丸さん、なにかおっしゃりたいことがあるのではないですか」

「はい。そのとおりです」

雀丸はようやく茶碗を脇に置いて、

「神農さんのご開帳についてお耳に入れたいことがあるのです」

「うるさい、聞く耳持たぬ。わしはあちらの出役からは外されておる。わしは横町奉行を、あ、いや……」

言葉を切った隙に雀丸は畳みかけた。

「開帳を仕切っているのは少彦名神社の宮司ではなくて、江戸内藤新宿にある涅槃王寺

の住職なのですが、こいつが食わせものなのです。昼間、身内に不幸があるひとたちを誘い、裏開帳と称して夜中に参拝させるのです。手妻のようなからくりを見せて信じ込ませ、高いお布施をぼったくります。すでに大勢がだまされているようです」

「坊主が高い布施を取っただけでは罪にはならぬ。それに、此度の開帳は寺社奉行に認可を受けた真っ当なものだ。また、夜中に開帳を行ってはならぬ、という法はない」

皐月はじたばたと暴れながら言った。

「だまされているうちのひとりが、東町奉行さまでもですか」

「な、なに……」

皐月は動きをとめた。横合いから夢八が、

「まちがいおまへん。息子さんのご病気を治すためやゆうて、夜中に観音さんにお詣りしてはりますわ。たぶん、ぎょうさんお布施も渡してはるやろなあ」

「それは……まことか」

「間違いおまへん」

皐月は蒼白になり、

「これは大事《おおごと》になる。早うやめていただかねば町奉行所の威光に傷がつくことにもなりかねぬ……」

雀丸が、

「お奉行さまのお気持ちはわかりますが、神信心に法外なお金を使うより、べつの医者に診せたほうがよいのではないでしょうか。私の知り合いに、長崎で一番新しい医術を学んだ男がおります。そのものに一度診させてもらいたいのですが……」

「長崎というと蘭方医だな」

警戒するように皐月は言った。

「腕はたしかですよ」

しばらく考えたすえ、皐月は言った。

「わかった。その御仁に口を利いてもらいたい」

「じゃあ、家に帰ってもいいですか」

「それはだめだ。もう少しここにおれ」

「わあ、うれしい。雀丸さま、よかったですね」

喜ぶ園を皐月は苦虫を嚙みつぶしたような顔で見つめていた。

◇

「おお、マル。どこに雲隠れしておったのだ。案じていたぞ」

立売堀の長屋をたずねると、烏瓜諒太郎がにこやかな顔つきで言った。

「濡れ衣で召し捕られそうになったので逃げていた。おまえ、脚はもういいのか」

「やっと治ったのだ。——お主の想いびとの女俠客の往診もしておいたぞ」

「想いびとではないが……それはありがたい。で、どうだった？」

「あれは瘧《おこり》だ。わらわやみとも言う。震えが来るほどの高い熱が数日続いたかと思うと一旦下がる。そして、また上がる。これを繰り返す。頭痛、嘔吐《おうと》、身体の痛みなどの症状も出る。放っておくと慢性化する。西洋では麻刺利亜《マラリア》といってな、大勢が難渋している病だ。かつては熱さましを飲み、あとは加持祈禱《かじきとう》で平癒を祈るぐらいしか手はなかったが、さいわい俺のところに良い薬があった」

「それはありがたい！」

「吉那と書いてキーナ、またはキナキナとも言う。麻刺利亜の特効薬だ。これなら高価だが道修町でも手に入る」

「ほほう……」

「たぶん今ごろは少しは回復していると思う」

ほっとした雀丸はしみじみと、

「ありがとう。おまえに感謝する日が来ようとはな……」

「ぶっはははは。ようやく俺の値打ちがわかったか」

「わかった。わかりついでにもう少し頼みがあるのだ」

「金ならまだ返せぬぞ」

「そうじゃない。もうひとり、診てもらいたい患者がいる」

「なーんだ、仕事ではないか。俺は医者だから、患者ならどこのだれでも選り好みはせぬぞ」

諒太郎は胸を叩いた。

◇

「これは……とんでもないことだ」

東町奉行所の書庫で分厚い帳面を検分していた皐月親兵衛は、そうつぶやいた。

「どうしたものか……」

かなりのあいだ逡巡したあげく、彼は書庫を出た。与力溜《だ》まりには向かわず、まっすぐに奥へ向かう。ここは町奉行所のなかで、町奉行とその家族、直属の家臣などが暮らす場である。用人に来意を告げ、しばらく待つ。

「御前のお許しがあった。寝所に通られよ」

がちがちに緊張した皐月が入室すると、東町奉行柴田康直は寝間着に着替え、くつろいだ態度で座っていた。

「どうした。南原を通さず、わしに直に申したいことがあるそうじゃな」

「は……はいっ、申し上げます。少彦名神社にて行われております開帳について、いささか申し上げたき儀これあり……」

「なに？」

柴田の声が棘《とげ》を帯びた。なにか気に障った様子であった。それに気づいた皐月はかしこまって平伏した。

「よいから申せ」

「はっ……あの開帳につき、さる筋より不審の儀ありとの密告あり、それがし私《わたくし》に調べましたるところ……江戸内藤新宿には涅槃王寺なる寺院はございませぬ」

「な、なにいっ！」

「届け出にない裏開帳なる夜中の開帳で善男善女をたばかり、多額の布施を集めておることもわかっておりまするが、寺社方からの開帳差し許しの文面も、大坂ご城代より拝借して閲《けみ》しましたるところ、文言、印章などに疑義あまた見つかり……」

「つ、つまりどういうことじゃ」

「書状は真っ赤な偽ものでございました」

「うーむ……」

町奉行はがっくりと肩を落とし、

「そうであったか……。残念じゃ……」

わが子を救わんとの努力がすべて水泡に帰したと知った親のつらさは、皐月にもよくわかった。

「ご心中、お察しいたします」

「なに？　おまえはわしが裏開帳に加わっていると知っておったのか」

「はは……それもさる筋からの報せにより……」

「そうか。おまえが南原を通さずにわしのところに参ったのは、わしへの心配りじゃな」

「…………」

「助かったぞ、皐月。わしはたしかに藁にもすがる思いで裏開帳に加わっておった。かくなるうえは、その『さる筋』というのを申せ」

「はは……」

皐月はためらった。南原のことを考えたのである。

「よいから申せ。悪いようにはいたさぬ」

「されば……横町奉行竹光屋雀丸なるものからの内々の報せにて……」

「おお、横町奉行か。なれど、そのものは当奉行所が召し捕ることになったと聞いたが……」

「それは……その……冤罪にございます」

「冤罪？　いかなる仕儀じゃ」

「それはお許しくださいませ」

「ふむ……」

なにかあると察した町奉行はそれ以上追及しなかった。

「その横町奉行から、お頭への伝言がございます」

「ほう……なんじゃ」

「ちいとお耳を拝借……」

皐月同心は町奉行の側《そば》へにじり寄った。

◇

道修町に夜が来た。

「今宵も皆の衆お集まりですな。では、参りましょうか」

慧轟はほくほく顔で言った。今日の参加者は十五人を超している。

「これが江戸は内藤新宿から当地に参られたわが涅槃王寺の本尊不空羂索観音さま、またの名を光焔観音さまでございます」

「ありがたや、ありがたや」

「なまんだぶなまんだぶ」

観音像のまえに十五名がずらりと並んで頭を下げている。今夜新しく加わったのは蘭方医で、妹の病気を自分では治すことができず、観音のお慈悲にすがりたい、とのことだった。大金を持ってきていたので、慧轟はただちに参加を許した。

（しばらくは稼げるだろう。まえの土地では、まだまだこれから、というところで殿さまの寵愛を願った側室がやりすぎたがために家中にバレてしまい、追い出されてしまうたが、大坂ではもう少し荒稼ぎさせてもらうぞ……）

慧轟はそんなことを思いながらカモたちを見ていたが、

「では、そろそろお祈りをおはじめくだされ。今の苦界《くがい》から救うてくださるよう心を込めて祈りなされよ」

一同の祈りが最高潮に達したところで、

「今じゃ、さ、目を開けられよ！」

像の周囲に稲妻が飛んだ。

「おお、これは……！」

「やはりすごい！」

「南無阿弥陀仏！」

歓声が上がるなか、ひとりの男が言った。

「やはりそうか」

男は、烏瓜諒太郎だった。

「摩訶不思議な霊験と聞いていたが、これはエレキテルだ。長崎の阿蘭陀商館で見たことがある。どこかに隠してあるのだろうが、さっきのごうごうという音の感じでは……」

諒太郎は、観音像の台座を思い切り蹴り飛ばした。薄い板で作ってあったとみえ、すぐに穴が開いた。諒太郎が幾度も幾度も蹴り続けると、穴は大きくなった。

「な、なにをする！　ここな罰当たりめ。地獄へ落ちるぞ！」

「俺が地獄に落ちるならおまえたちはさだめしそのまた下に落ちるだろうよ。――おーい、もう回さなくてもよいぞ。こちらへ出てこい」

諒太郎は台座に開いた大穴に呼びかけると、なかから三人の僧体の男たちが現れた。

諒太郎は穴を覗き込み、

「当たりだ。馬鹿でかいエレキテルが置いてあるな。そこから銅線を通じて頭のほうにエレキを流しているのだ。そして、頭のなかにはおそらく……」

だれかが刀を諒太郎に渡した。諒太郎はそれを抜き払いながら跳躍し、

「ええいっ……！」

一閃《いっせん》させた。観音像の頭部が真っ二つに斬り裂かれた。見事な腕前である。

「見ろ。頭のなかにライデン瓶が仕込んである。そこにエレキを溜めて火花を出しているのだ」

慧轟は血相を変え、

「許せぬ！　柴田殿……東町奉行所のお力でこの不埒《ふらち》なならずものを召し捕ってくださ

れ！」

　すると、東町奉行は芝居がかった声で笑い出した。

「うはは……うはははは……うっははははは……」

「なにがおかしいのです」

「慧轟和尚、わしがまことにおまえに帰依して毎晩通うていたと思うておったのか。うははははは……浅はかよのう」

「な、なんと……」

「わしは信じたふりをしてこの場に潜入し、おまえたちの悪行を調べておったのじゃ。すっかりだまされおったな、このたわけどもめが！　この御仁に刀を渡したのもわしじゃ」

「くそっ……！」

　そのとき、表の入り口のほうから大声が聞こえてきた。

「東町奉行所のものだ！　御用の筋でこちらに罷《まか》り越した。ここを開けよ！」

　だれも動こうとしない。

「開けぬか。開けぬならば押し破るぞ。――それっ！」

　丸太が何度も打ちつけられ、めりめりと戸が打ち壊された。大勢の捕り方が雪崩《なだ》れ込む。その陣頭にいるのは、顔の長い同心……皐月親兵衛であった。額に鉢鉄《はちがね》をし、鎖《くさり》帷子《かたびら》、鎖籠手《ごて》、鎖脛当をつけ、黒の半纏に黒の股引といういでたちである。

「僧慧轟とその一味のもの、よっく承れ。貴様らがエレキテルを使って信者をたぶらかし、布施をだましとっておること、そこなる東町奉行柴田康直さまの身を挺《てい》した調べによってすでに明らかであるぞ。また、江戸には涅槃王寺なる寺はなく、貴様らが各地で同様の騙《かた》りを行っておることもわかっておる。それに、寺社奉行からの開帳差し許しを偽造したる罪は重いぞ。神妙に縛《ばく》につけ！」

皐月の隣には宮司もいて、

「慧轟さん、あんた、なんちゅうことしてくれたんや。ご開帳がわやになってしもたがな」

「くそっ、なにもかもバレたか。こうなったら……！」

慧轟は観音像の裏に隠してあった刀を抜くと、

「おい、おまえら。俺たちが生き残る道はただひとつ、こいつらを皆殺しにするほかないようだ。——やっちまえ！」

エレキテルを回していた三人の僧のほかに、どこに隠れていたのか、見るからに素性の悪そうな連中が数人現れた。手に手に長脇差や匕首を持った彼らは、捕り方に向かって対峙《たいじ》した。

「手向かいするならば容赦せぬぞ。かかれっ！」

皐月が軍配を振るや、捕り方たちは突棒《つくぼう》、袖搦《そでがらみ》、刺股《さすまた》などを手にして突撃した。慧轟の手下たちもそれを迎え撃つ。深夜の開帳小屋に怒声と剣戟《けんげき》の音が鳴り響き、少彦名神社の宮司は悲鳴を上げて表へ走り出した。

最初こそ、慧轟の手下たちは死にもの狂いで捕り方たちを圧倒したが、多勢に無勢、次第に押し切られてじりじり後退していった。そんななか、慧轟は形勢不利と見て、衣をひるがえしひとり裏口から逃げようとした。だが、そこにひとりの男が立っていた。

「どけ！　死にたいのか！」

「死にたくはないし、その気もありません」

「なにものだ、町奉行所の手のものか！」

「ちがいます。——横町奉行竹光屋雀丸」

「あ、あのときの……」

愕然《がくぜん》とした慧轟の頭部を、雀丸は短い竹筒で叩いた。くわーん！　と鈴《りん》を叩いたような音がして、慧轟は崩れ落ちた。

◇

開帳は中止になった。実際には許可を得ていなかったのだから当然であり、観音像も張りぼての偽物だった。しかし、大工の手間賃、資材費、仏像の運搬費などといったさ

まざまな支払いは慧轟一味が手にした金から行われることになったため、少彦名神社の負担はなくなった。宮司は、

「知らなかったとはいえ、多くの善男善女をだましたことになり、まことに申し訳ない」

と謝ったが、実際はかなり得をしたわけで、地雷屋蟇五郎にこっそりと、

「やっぱり開帳は儲かるなあ」

とささやいた。蟇五郎が、

「わしの出した金はどないなるのや」

「あれは寄進やさかい、ありがたーくちょうだいしときまっさ」

裏開帳に大金をつぎ込んだひとたちにもそれぞれの拠出に応じた額が返金された。

数日後、竹光屋でささやかな宴《うたげ》が催された。名目は、鬼御前の本復祝いだ。普段は仕事場として使っている土間に筵《むしろ》を敷き、皆が車座になって酒や料理を囲む。出席者は鬼御前と豆太、雀丸、加似江、烏瓜諒太郎、地雷屋蟇五郎、大尊和尚、園、夢八の九名である。狭い仕事場は押すな押すなで、

「あんた、ひっつきすぎやで。もっと向こういかんかいな」

鬼御前が蟇五郎に言うと、

「な、なんやと。おまえこそ病み上がりやねんから隅で小そうなっとれ」

大尊和尚が、

「わしは痩せておるから損じゃ。蟇五郎は太っておるゆえ遠慮して座れ」

いつもの喧嘩がはじまったので、雀丸が割って入り、

「まあまあ、今日は鬼御前さんの病が癒えたお祝いのおめでたい席ですから、喧嘩はやめましょう」

蟇五郎が、

「そもそもここの仕事場が狭すぎるのや。どこか料理屋でも貸し切ってやらんかい」

大尊和尚も、

「そうじゃ。横町奉行ともあろうものがケチくさい真似をするな」

矛先《ほこさき》がこちらに向かってきそうだったので、雀丸はあわてて、

「えー、本日は鬼御前さんの本復祝いということで皆さんにお集まりいただきました。鬼御前さん、一言お願いします」

鬼御前はしなをつくり、

「皆さん、ご心配かけましたが烏瓜先生のおかげでようやく娑婆《しゃば》に戻ってこれました。ほんまにおおきに」

豆太が手拭いを目に当てながら、

「姉さん、よろしおましたなあ。わて……おのれのせいで姉さんがあんなことになってしもて、もうどないしたらええかとわけがわからんようになってしもて……それでつい

裏開帳に飛びついてしもたんですわ。すんまへん」

「あんたの気持ちはようわかるけど、目ぇ覚めたら、家のなかの家財道具がすっからかんになっててびっくりしたわ」

「すんまへんすんまへん」

雀丸が、

「では、ここで此度の立役者、長崎帰りの烏瓜諒太郎先生に一言いただきたいと思います」

諒太郎が頭を掻きながら、

「俺の医術が役に立ってよかった。マルに言われて東町奉行の息子も診させてもらったのだが、肺炎を起こしていた。放血と下剤、浣腸《かんちょう》などによって炎症を抑え、ジギタリースやヒヨシヤムス、サーレップなどで体力を保つようにした。今はかなり回復してきているようだ。東町奉行も俺に感謝してくれてな、妹の薬の手配を大坂城代や老中を通じて長崎奉行に働きかけてくれるそうだ」

「それはよかった」

雀丸は心から言った。園が、

「うちの父も、此度のことについては横町奉行の話を聞いてよかった、と漏らしておりました。上司の南原さまは昨日付けでお奉行さまに職を解かれ、家督をご長男にお譲りになられて隠居なさいました。あのまま南原さまに従っていたら、今頃父も同じ目に遭うておりますす」

「皐月さまの捕り物の指図ぶり、なかなか格好良かったですよ」

「ほほほほ……一世一代の晴れ姿だったと申しております。私としては雀丸さまにももう少し長屋にいてほしかったのですが……」

雀丸は赤面して話題を変えた。

「それにしても観音のなかからまことにエレキテルが出てきたので、諒太郎の言うことも法螺《ほら》ばかりじゃないな、と感心した」

「あのな、夢八じゃあるまいし、俺は法螺なんか吹いたことはない。エレキテルというのは平賀源内《ひらがげんない》が拵えたものが名高いが、あれはまあ触ったものをびりっと痺れさせるだけのおもちゃのようなものだ。大尊和尚はよくご存知だろうが、ここ大坂は車町に橋本曇斎こと橋本宗吉《そうきち》という蘭学の大家がおられたのだ」

諒太郎によると、橋本宗吉はもともと傘作りの職人だったが、二十代の後半、単身江戸に行き、蘭学者の大槻玄沢《おおつきげんたく》に師事した。阿蘭陀語の習得に優れた才能を発揮し、帰坂後、医院を開業するかたわら蘭学書の翻訳を精力的に行った。車町に絲漢堂という私塾を設けて、医術をはじめ、地理、天文などを教え、大勢の弟子を育てた。

ところが大塩平八郎が町奉行所の与力だったころに手がけたキリシタンの摘発によっ

て、弟子の藤田顕蔵《ふじたけんぞう》が捕えられ、師の橋本もこれに連座した。厳しい吟味を受け続けたあげくようよう無実とわかって釈放されたが、シーボルト事件で蘭学者への弾圧が強まり、橋本は広島に一時身を隠した。ふたたび帰坂して塾を再開したものの、病の床に就き、天保《てんぽう》七年に息を引き取った。

「その橋本先生に、『阿蘭陀始制エレキテル究理原』というご著書がある。これは、出版を公儀が差し止めたため、写本しかないのだが、エレキテルやライデン瓶のつまびらかな作り方や、使用法が載っているすばらしい本だ。これを読めば、手をつないだひとたちを一気に痺れさせたり、紙人形を踊らせたり、焼酎や火薬を発火させたり、空中に火花を散らしたり……といったことができるとわかる」

慧轟は僧侶ではなく、大坂生まれのからくり好きで、橋本宗吉の遺品のなかからエレキテルとライデン瓶、それに『阿蘭陀始制エレキテル究理原』の写本を見つけ出し、今回のような詐欺を思いついたらしい。江戸には、

「行ったこともない」

そうである。旅から旅を重ね、各地で開帳を行って、裏開帳で金を集める。ヤバいと感じたらさっさとつぎの土地に行く。偽造した寺社奉行の「開帳差し許し」を示せば、ほとんどの場所ではあまり詳しく調べることなく開帳の許可が出たそうである。

「待ちくたびれましたで。そろそろはじめとくなはれ」

夢八が言ったので、雀丸がうなずいて、

「さあ、皆さん……今日はお金がなくてちょっとお酒が少ないのですが、まあちびちびと……」

「待った」

加似江が止めた。

「なんです、お祖母さま」

「そのまえに……」

加似江は諒太郎に向き直り、大きな手のひらを出すと、

「払うものを払うてもらおうか」

諒太郎は顔をひきつらせ、

「いや……薬代やらなにやらの支払いもあって、今はまだ手元不如意だが、近日中に……」

「ならぬ！　それがすまぬうちは宴は……」

そのとき、

「すんまへーん、お届けものだす」

表で声がしたので雀丸が戸を開けると、酒屋の丁稚が大きな酒樽を運び込んできた。

「ここに置かせてもらいまっさ」

丁稚は皆の真ん中にそれをでーんと据えた。

「お邪魔さま」

丁稚が帰ってしまうと、皆は薦被《こもかぶ》りを見た。入山札《いりやまふだ》には「柴田康直」と書かれている。東町奉行からの差し入れだ。居合わせた全員が「うわあっ」と歓声を上げた。すぐに蓋が叩き割られた。樽酒の良い香りがあたりに広がった。皆が升を突き出した。

「飲みましょう！」

雀丸はそれだけ言うと、あとは無言で飲み始めた。加似江もすっかり諒太郎のことを忘れたらしく、笑顔で喉を鳴らしている。病み上がりの鬼御前も愉快そうに升を口に運んでいる。

（よかったなあ……）

雀丸はそう思った。やがて、酔っ払った加似江と諒太郎による「阿蘭陀踊り」が始まった。

鴻池の猫の巻

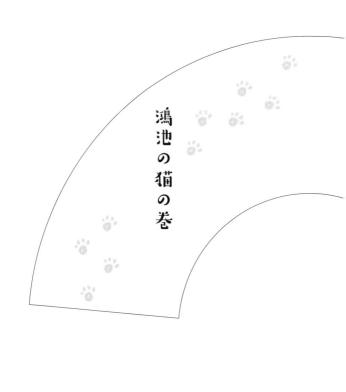

一

夜。

大川を挟んでちょうど桜《さくら》ノ宮《みや》の対岸あたり、源八《げんぱち》の渡しのやや南の土手下に川に沿った細い道がある。

ひとりの男がそのあたりを通りかかった。したたかに酔っている。月はちょうど頭のうえにあり、提灯《ちょうちん》がなくとも歩くに差し支えはなかったが、逆に明るすぎるほど明るいその月が妙に気味悪いのだ。この時刻ではほかに人影はない。足にからみつく雑草も、草むらですだいている秋の虫も、ときどき川のほうから聞こえてくる水音も、今夜はなぜか癇《かん》に障った。

(どうもここち悪いなあ。さっき飲んだ酒が安もんやったからやろか……)

男は、「百物語」に出ての帰りだった。百物語というのは、数人が集まってひとりずつ短い怪談を披露し、話し終えたら蠟燭《ろうそく》を吹き消していく。百本目の蠟燭が消えて部屋が闇になったときに怪異が起こる、という一種の遊びだが、まえもって支度をしてあったわけではない。友だち何人かと飲んでいるときにひとりが、

「暇やさかい、秋の夜長の『百物語』と洒落《しゃれ》ようやないか」

と言い出し、皆も賛成した、という経緯だから、蠟燭なども用意していない。とりあえず飲みながら怖い話を百個していこう、というだけなので、すぐにネタが尽き、途中からは同じような話の繰り返しになってしまった。

「夜中にお城の濠《ほり》から河童《かっぱ》が出た」

とか、

「安治川《あじがわ》に海坊主が出て、ひとを食った」

とか、

「歳《とし》とった母親が生魚を骨ごと食べたので、よく見ると猫が化けていた」

とか、

「寺の庫裏《くり》で毛むくじゃらの化けものに会った」

とか……どこかで聞いたような話ばかりが並ぶ。

「もう飽きたからやめよう」

という声もあったが、途中でやめると祟《たた》りがあるから、とにかく最後まで続けよう、ということになり、なんとか百個目を話し終えたときには全員疲労困憊《こんぱい》していた。

「アホらし。なんでこんなしょうもないことやったんや」

「おまえが言い出したんやないか」

「わしとちがう。おまえやろ」

文句を言い合いながら散会となった。男もふらつく足で表へ出た。皆と別れたあと、急に寒気が背中を走った。そう……男はずっと怖かったのだ。もともと怪談は平気なたちだが、今日は体調のせいか最初からなぜか震えていた。その震えを悟られぬよう、安酒ばかりがぶがぶ飲んでいたのだ。

男はよろよろと歩いた。かさっ、という音がしたので、首を左に向ける。大川の堤から この道へと下る小坂がそこにあった。小坂といってもこのあたりにしては急坂である。正式な名はなく、土地のものは「土《ど》ノ坂」と呼んでいたが、おそらく「土手の坂」が変化したのだろうと思われた。月光に照らされて、坂が白く浮かび上がっていた。

ふたたび歩き出そうとしたとき、がらがらがら……という音が坂のうえから聞こえてきた。男はもう一度首をねじってそちらを見、

「ひっ……」

と声を上げた。なにかが急坂を転がってくる。男が咄嗟《とっさ》に思い浮かべたのは、さっきの百物語でだれかが話した怪談だった。

「坂のうえからころころと、槌《つち》みたいなもんが落ちてくるのや。それは胴の短い蛇でな、ちょろっと短い尻尾《しっぽ》が生えとる。野槌蛇とか槌の子とかいうやっちゃ。マムシより毒が強いさかい、嚙《か》まれたら死ぬらしいで」

男の目のまえに転がってきたのは、黒くて横長の棒のようなものだった。男のすぐそばにあった石にぶつかって止まったが、よく見ようとして屈《かが》み込んだとき、なにかが地面から持ち上がった。それは、鎌首をもたげた一匹の蛇だった。男は悲鳴を上げ、逃げようとしたが、酔っているせいもあって足がもつれ、その場に転倒した。蛇は蛇行しながら近づいてくる。男は気を失った。

◇

夜。

安治川にかかる船津橋《ふなつばし》を男は渡っていた。彼は雑喉場《ざこば》の若いもので、野田《のだ》村で行われていた賭場で遊んでの帰り道である。持ち金をほとんどすってしまったので、気持ちは荒《すさ》んでいた。

「ほんま、今日は負けたなあ。丁と張れば半と出る、半と張れば丁と出る。ケツのけばまでむしられてしもた。あれ、もしかしたら……イカサマやったんとちがうやろな。ああ、情けない。しばらく水飲んで暮らそ」

今夜の月は明るすぎるほど明るい。その明るささえも、嘲笑《あざわら》われているように思えて腹立たしかった。男は橋の真ん中で立ち止まると、立ち小便をはじめた。すっかり出し終えたあと、ふと川のなかを覗《のぞ》き込むと、なにか丸いものが川面《かわも》をすーっと動いていくのが見えた。

（なんじゃ、あれ……）

目を凝らす。月明かりに浮かぶそれは、ひとの頭のようだった。

（土左衛門か……？　けど、泳いどるみたいやな……）

頭のようなものの少し後ろにはこぶのようなものもある。雑喉場で働き出してかなり長い彼だが、こんなものはこれまで見たことはなかった。

（でかい魚やろか。あんなずんぐりむっくりの魚おらんわなあ……）

この世にはよく知られている魚のほかに、驚くほど多種多様な変わった魚がいるのだ、ということは彼も知っていた。

（カワウソか……？　いや、ちがうな……）

カワウソは大きなイタチのようなもので、全身に茶色い毛が生えているし、頭も小さい。水揚げした魚を盗み食らうので、雑喉場のものは日頃から気をつけており、見誤ることはありえなかった。もっとよく見ようとした男は、橋を渡りきると土手を駆け降り、丸い物体が浮いていたあたりを見やった。しかし、藻や浮草、木っ端《こば》などのほかにはなにも見当たらなかった。

「逃げてしもたか……。しょうもな。捕まえて見世物にしたら儲《もう》かると思たんやけどな……」

男が舌打ちをした瞬間、眼前の水面がふたつに割れて、白い坊主のようなものが立ち上がった。

「ひえええええっ！」

男は仰向けにひっくり返り、その拍子に土手から川のなかに滑り落ちた。岸に這《は》い上がろうともがけばもがくほど手がからまわりし、土を摑《つか》んだまま水中に落ち込んでいく。

「たたた助けどくなばれ！　すんまべん、捕ばえて見世物にずるやなんて嘘《うそ》だっざがい……がばごぼがばごぼがばごぼ……」

したたかに水を飲んだ男は、気を失った。

◇

夢八《ゆめはち》はとんだしくじりを犯してしまった。ほんまだっかそうだっか……と得意のコマアサルを歌いながら曽根崎《そねざき》の新地を流していると、

「所望！」

という声が揚屋《あげや》の二階からかかった。見ると、焼き物問屋原西屋《はらにしや》の主《あるじ》、十五郎《じゅうごろう》である。

「ああ、原西屋の旦さん、こんばんは」

「上がってんか。久し振りにあんたの嘘を聞きながら一杯飲みたいのや」

「おおきに！」

女将《おかみ》に話を通してから階段を上がりながら夢八は不安を感じていた。原西屋は怖い話を好み、自分でも言いたがる。そして……夢八は怪談が死ぬほど苦手なのである。「礫《つぶて》の夢八」と異名を取るほどの石投げの名手であり、体術や忍びの技の心得もあり、どんな相手も恐れぬ豪胆な男である夢八の、それがただひとつの弱点なのだ。原西屋は以前、化け猫の話を聞かせ、夢八を震え上がらせたことがある。

「お呼びいただいてありがとう存じます。嘘つきの夢八でございます」

「よおよお、待ってたで。入って入って。皆、そこを空けんかいな。夢八先生のご到来や。さあ、駆けつけ一杯や。注《つ》いで注いで」

芸子を急《せ》かす。夢八が大きいのでぐびぐび飲《や》りながら、なにをしゃべろうかと思案していると、

「ほな、夢八、今日はひとつ、怖い話でもしてもらおか」

来た来た。やっぱりだ。この旦那には、芸人に無理難題をふっかけておろおろするのを楽しむ、というひとの悪い側面がある。

「いやあ、旦さん、わたいはあいにくと怖い話の持ち合わせがのうて……」

「そんなはずないやろ。天下の嘘つき、夢八大先生や。なんぼでもネタはあるはずやで。皆も楽しみにしときや」

「うわあ、わて、怖い話大好きやわ」

「夢八っとん、心の臓がきゅーっとなるようなやつ、お願い」

原西屋への媚《こ》びなのか、それとも本当に怪談に飢えているのか、芸子たちは目を輝かせる。

「夢八、頼むわ。でけたら猫の怪談がええな。まえにおまえの猫の話聞いたときはさっぱり怖いことなかったさかい、今日は捲土重来《けんどちょうらい》といこか」

「ね、猫だすか。承知いたしました……」

こうなったらやらなしゃあない。夢八は残りの酒を飲み干すと、座布団のうえに四角く座り、しゃべりはじめた。

「しゃべりの夢八でございます。お座敷をかけていただきましてありがとうございます。お好みにより、怖い話をさせていただきますが、あまりに怖すぎて厠《かわや》に行けんようでは困りますさかい、そこは手加減して申し上げます。わたいの申し上げます話にちょいちょい、そんなはずないやないか、とか、アホなこと抜かすな、とかおっしゃる向きがございますが、まことそのとおりでございまして、わたいはほんまのことをひとつも申しまへん。なにしろ稼業が『嘘つき』でおますさかいな、地獄へ堕《お》ちて閻魔《えんま》さんに舌抜かれるまでは嘘、偽り、いんちき、でたらめ、そらごと、妄言、作りごとをひたすらしゃべり続ける覚悟でおますさかい、くれぐれもお気をつけあそばしますようお願い申し上げます」

そう前置きして夢八が話し出したのは、猫の怪談である。

「雑喉場にほど近い山田町の話でおます。ある秋の夕暮れ、棒手振《ぼてふ》りの魚屋が盤台を洗《あろ》うておりますと、一匹の猫がやって参りました。腹を減らしとるらしく、足がふらふらしとります。猫は売れ残ったイワシに近づくと、うれしさのあまり、ひょいと後ろ足で立ち上がったのでございます。驚いた魚屋が、『この化け猫!』と叫んで朸《おうこ》を振り上げますと、こちらをきっとにらみつけ、『見たなあ……!』ひとの言葉をしゃべったのです。魚屋は夢中で朸を振り下ろすと、それがちょうど猫の左のこめかみに当たりました。猫は立ったまま、暗闇のなかに消えてしまいました……」

しゃべっていて夢八はだんだん怖くなってきた。しかし、原西屋と芸子たちは、

(なにが怖いねん……)

という顔つきである。

「家に入った魚屋が、ふと見ると、歳とった母親が布団を引き被《かぶ》ってうんうん唸《うな》りながら寝ております。『なんや、おかん。風邪でもひいたんか』……そう言って布団を剝ぐと、母親は左のこめかみから血を流しております。まさか、と思いながらも、朸を摑む

と、母親の口が耳まで裂け、耳がにょきにょきと伸び、口のまわりに髭《ひげ》が生え、目に妖しい光が宿り……まったく猫の顔になったのでございます。立ち上がった母親は手足の爪も長くなり、尻からは二本に分かれた尾が伸びております。『おのれ、おかんは猫又に食われてしもたのか！』魚屋はそう言って朸を槍《やり》のように突き出したところ、その先が過たず母親の心の臓に命中し、母親は絶命したのでございます」

　夢八の声は次第に震え出した。思いつくままでたらめをしゃべっているだけなのに、その光景を頭に描いてしまい、怖くてたまらぬのだ。

「死んだ母親は、いつのまにかもとの姿へと戻っており、口も耳も爪もまともになってます。これは一時の気の迷いから母親を殺してしもうたか、なんたる罪深いことを……と蒼白《そうはく》になった魚屋が商売ものの出刃包丁で腹を切ろうとしているところへ、家主《いえぬし》が飛び込んで参りました。『これ、なにをするのや！』じつはこれこれこういうわけと魚屋がいきさつを話しますと、家主も『たしかに猫が化けてるようには見えんが、早まったことしてはならん。しばらく様子を見ようやないか』……と落ち着かせ、ふたりで母親の死体をじっと見つめておりますと、半刻《はんとき》（約一時間）ほどしたころ、徐々に毛が生え、耳が伸び、口が裂けて大きな猫の正体を現した……というお話でございます」

　夢八は汗びっしょりになって話し終えたが、原西屋は面白くもなさそうな顔つきで盃《さかずき》を口に運びながら、

「しょうもない。ようある猫又の話やないか。あれから怪談の腕を磨いたかと思て呼んでやったのに、まるっきりやないか。もっと修業せえ」

「へえ……すんまへん」

腕を磨くもなにも、怖い話をするのも聞くのも大嫌いなのだ。修業するなら、まずは怪談を怖がらぬことからはじめねばならない。

「ほな、これが祝儀や。取っといて。つぎはええ怪談聞かせてや」

原西屋は祝儀袋を芸子に手渡し、芸子が夢八にそれを渡した。

「今日はご所望のとおりにいかず申し訳おまへんでした。また、よろしゅうお願いいたします」

頭を下げて、廊下に出る。階段を降りようとして、なにげなく隣の座敷に目をやると、障子になにかの影が映っている。空いているはずなのだが、だれかがなかで行灯《あんどん》を点《つ》けているようだ。

(消し忘れやろか……)

物騒だと思った夢八が障子に手をかけたとき、その影がなんであるかわかった。猫だ。後ろ足で立った猫が行灯の油を舐《な》めようとしているのだ。

「ひゃあああああっ……！」

夢八は甲高い悲鳴を上げ、後ずさりした。つぎの瞬間、足もとが消え、夢八は階段を後ろ向きに転がり落ちていた。

◇

「おい……夢八……夢八！」

「夢八兄さん……！」

夢八がゆっくり目を開けると、原西屋十五郎と芸子たちの顔がそこにあった。

「え？　わたいはいったい……」

布団から身体《からだ》を起こそうとすると、額から濡《ぬ》れ手拭いが畳に落ちた。

「ま、ま、そのままそのまま」

原西屋が両手のひらをこちらに向けて夢八を寝かしつけた。

「どないなってますねん、これ……」

「あははは……すまんすまん」

原西屋は頭を掻《か》き、

「ちょっと冗談《てんご》しただけなんやが、まさか二階から落ちて頭を打つとは思てなかったんや。悪かった、このとおりや」

「どういうことだすねん」

「おまえが怖い話嫌いやさかい、ちいとなぶったろと思てな、まえから支度してこの店に仕掛けを置いといたんや。猫又が行灯を舐めてるように見える影絵の仕掛けをな」

「ほな、あれは影絵だすか」

「そや。わざと猫の怪談をおまえにさせて、外に出たらそれがちょうど障子に映るようにだんどりしてな……きっちり引っ掛かりよった。わしら、大笑いしとったんやが、うまいこと行き過ぎたわ。すまんかった」

「夢八兄さん、すんまへんでした」

「ごめんだっせ」

「お、おまえらもグルやったんか……」

いつもは聡明《そうめい》で、たいがいの罠《わな》なら見破ってしまう夢八だが、今回は怪談を無理矢理語らされたことによる動揺からうろが来てしまったのだ。恥じ入る夢八に原西屋たちはひたすら謝った。

「で、ここはどこだす」

「揚屋の二階の座敷や。今はだれも使《つこ》うてない」

「わたいはどれぐらい寝てましたんや」

「さっき五つ（午後八時頃）が聞こえたとこや」

ということは半刻ほど気を失っていたことになる。

「そうだしたか。ほな、わたいはこれで……」

半身を起こしかけると、

「あ、いやいや、頭も打っとるさかい、今夜は動かんほうがええ。さいぜん来てくれはった絃庵《げんあん》先生も、傷もないし、脈もまともやし、頭を冷やしといたらそのうち目ぇ覚めるやろ、一晩ここに寝かしといたら大丈夫や、て言うてくれはった」

医者に治療を受けていたことすらわからなかったとは……。夢八はますます落ち込んだ。

「けど、よかったわ。おまえが起きてくれへんかったら、わしはひと殺しの罪になるところやがな。この埋め合わせはきっとするさかい、今晩はこれで堪忍してくれ。わし、今から店に戻らなあかんのや」

そう言って原西屋はさっきよりも分厚い祝儀袋を夢八に押し付けると、

「ええな、今晩はこの部屋から出たらあかんで。おとなしゅう寝といてくれ。明日の朝になったら帰ってかまへんさかい……」

「そら殺生だっせ。今夜の商いが……」

「その祝儀袋に、三日分の稼ぎぐらいの額は入れといた。わしをひと殺しにせんとってくれ」

原西屋は夢八を伏し拝むようにしたあと、芸子たちに向かって、

「夢八をここから一歩も外に出しなや。おまえらも気ぃつけて見張っといてくれ」

そう言い残し、あたふたと帰っていった。芸子たちも、
「ほな、わてらもつぎのお座敷があるさかい、去《い》にまっさ」
「夢八兄さん、出たらあかんえ。ときどき見にきまっせ」
と言って廊下に出ると、障子をぴしゃりと閉めた。
（なに勝手なこと抜かしとんねん……）
夢八は布団のうえに座ると、後頭部を撫《な》で回した。痛くもなんともない。そうなると
この狭い部屋にじっとしているのは苦痛だ。祝儀袋を開けて中身を見る。
（おっ……！）
なるほど、三日分どころか五日分ぐらいの祝儀が入っていた。
（張り込んでくれたなあ……）
原西屋の謝罪の気持ちが伝わってきた。こうなると、祝儀の手前、言うことをきかね
ば申し訳ないという気になってくる。
（しゃあないな。寝てこまそか……）
横になり、布団をかぶってみるが、彼のような稼業のものにとってはまだ宵の口であ
る。なかなか眠れる……ものでは……な……。
（寝てたんか……）
ふと目を覚ます。

あたりは静まり返っている。もう深夜を過ぎたのだろう。遠くから夜鳴きうどん屋の建前がかすかに聞こえてくる。そろそろ夜が明けるころと思われた。

（しゃあない。また寝なおすか……）

そう思ったとき、夢八は尿意に気づいた。こればかりは辛抱するわけにはいかぬ。夢八はそろそろと障子を開け、部屋を出た。秋の夜の寒さが身にこたえた。音を立てぬよう階段を降りて一階の厠へ行き、用を足すと、ふたたび部屋へと戻る。どうしても階段がみしみしと軋《きし》む。つま先立ってゆっくり一段ずつ上がり、自分の部屋のまえに着いた。行灯を点けておいたつもりだったが、いつのまにか消えていた。夢八は真っ暗な部屋にそっと右足を踏み入れた。

そのとき。

足先にむくむくとした毛むくじゃらのものが触れた。それは生温かく、動いていた。生きものだ。犬でも猫でもイタチでも狸《たぬき》でもないことは断言できた。彼が知っているどんな獣ともちがっていた。もっと大量の長い毛の塊だ。夢八は、かつて聞いた「毛羽毛《けうけ》現《げん》」という妖怪のことを思い出した。全身がもじゃもじゃとした毛で覆われており、縁の下などに棲《す》む。この妖怪が宿るとその家からは病人が出るなどと説くものもいる。

（化けもんや……！）

夢八は思わず、ぎゅっとその塊を踏みしめた。

「ぎゃあおおおお……んっ！」

この世のものとも思えぬ叫び声がして、足のしたでなにかがもがき、暴れた。夢八は恐怖にかられ、這うようにして廊下に出ると、

「た、た、た、助けてくれえっ！」

大声で助けを求めた。あちこちの部屋の障子が開き、客たちや若いものたちが顔を出した。

「なんやねん、夢八っとん。うるそうて寝てられへんがな」

「す、すんまへん。化けもんが出たと思うたもんで、その……」

「化けもん？　どこにおるんや」

皆は灯《あか》りを手にして、夢八が寝ていた部屋のなかをくまなく照らしたが、どこにもそれらしいものはいない。

「頭打って、おかしなったんとちゃうか」

「ねぼけて夢でも見たんやろ。夢八だけに、な」

強いて反論する気にもなれず、夢八はひたすら謝り倒した。そして、新地の門が開くのを待ちかねて表へ出ると、逃げるように立売堀《いたちぼり》へ帰ったのである。

◇

た・た・た　助けてくれ〜〜

「ほんまですねん。雀《じゃく》さん、信じとくなはれ」

夢八はすがるような目つきで雀丸《すずめまる》に言った。雀丸は欠伸《あくび》をしながら竹を削っている。竹光《たけみつ》を作るには、まず材料となる竹を吟味することが大事だが、竹の良し悪《あ》しを見極めるにはとにかく「削ること」なのである。削って削って削って削って……結局は使いものにならなかった、ということはしょっちゅうだ。久し振りに竹光の注文が入り、その納期が迫っていたので雀丸は焦っていた。

「信じてない、とは言ってません。なにか毛むくじゃらなものを夜中に踏みつけた……それだけじゃないんですか?」

「それだけ?『ぐにゃっ』ていうか、『ぶにゅっ』というか……あのときの気色悪さをわかってもらえんかなあ……」

「まるでわかりません。ただのボロ雑巾か腐った箒《ほうき》を踏んだだけじゃないでしょうか」

「雑巾が動きまっか? あんな声出しまっか?」

「だったら大きなネズミかもしれません」

「それはそれで気色悪いけど、そんなんやおまへんねん。チュウとも言わんかった。もっと長い毛が固まったような……。そ、そや、足の指にこんなもんが引っかかってましたんや。見とくなはれ!」

そう言って夢八が、二つ折りにした懐紙のなかから取り出したのは、白くて長い毛の束だった。雀丸はそれをつまみあげ、じっと見つめてみたが、綿のようにも、筆の穂先のようにも、鳥の羽根の一部のようにも思われ、つまりはなにもわからなかった。

「ウサギかもしれませんよ」

「ウサギの鳴き声はよう知らんけど、あんなでかい声で叫びまへんやろ。あれはどう聞いても妖怪変化《へんげ》の声でした」

「これまでに妖怪変化の声を聞いたことあるんですか」

「そ、それはないけど……これはどえらいことだっせ。大坂の町に妖しい生きものがうろついとる。みんな枕を高《たこ》うして寝られまへんわな。そこで、横町《よこまち》奉行の登場となるわけだ。妖怪の正体を見事に暴いて、町の衆に『さすがは横町奉行や。たいしたもんや。えらいもんや』とほめられる、ということに……」

「あのですね、夢八さん」

　さすがに雀丸は、削っていた竹と鉋《かんな》を地面に置き、

「いつもの夢八さんなら、そんなもの石礫でやっつけていると思いますよ。べつに噛まれたり、引っかかれたり、襲われたわけじゃないんでしょう？」

　夢八は「礫の夢八」とも呼ばれており、そのあたりにある小石を強力な武器に変えることができる男なのである。雀丸は、夢八がじつはただの「嘘つき」ではなく、アレのアレではないか、と薄々思っているのだが、直接問いただすようなことはしていない。

「そうだすねん……。相手が人間やったらなんともないんやけど、化けもんはなあ……」

「そんなに怖いんですか」

夢八は声を低めて、

「怖い。わたいは根っからの怖がりだすのや。今こうして話してててもな、どこかで化けもんがこの話聞いてて、『あっ、わしの話しとる。行ってみたろ』……とか考えとるんちゃうか、と思て、怖あなってしまいますねん」

雀丸はため息をつき、

「情けない。こんな昼日中から妖怪も変化も出ませんよ。しっかりしてください。そんなものは放っておいても大丈夫ですって」

「大坂の町人の気がかりを取り除くのが横町奉行の務めだっしゃろ」

「私もなにやかやと忙しいんですけどねえ……」

そのとき、

「こんにちは」

暖簾《のれん》をくぐって入ってきたのは、園《その》である。東町奉行所の定町廻《じょうまちまわ》り同心皐月親兵衛《さつきしんべえ》のひとり娘だ。腕に抱いているのは、飼い猫のヒナだ。近頃は供も連れず、勝手に歩き回っているようだが、普通の武家娘ではありえないことである。しかし、江戸に比べて侍がほとんどいない大坂という土地で町奉行所の同心を務めるものの家族は、そんなうわべを繕うような暮らしぶりではとてもやっていられない。町人のなかに入り込み、ともに泣き笑いするようでなければ、身分の垣根を越えて彼らを守ることはできないのだ。

「あ、園さん、こんにちは」

「お取り込み中でしたら改めますけど……」

「いえいえ、とーんでもない。ものすごーく暇にしておりました」

　夢八が、

「今、なにやかやと忙しいて言うと……むぐ……」

　雀丸は夢八の口を手でふさぐと、

「どちらかへお出かけですか」

「はい、猫の寺子屋へ行って参りました。その帰りです」

「猫の寺子屋？」

　初耳である。寺子屋というのは町人のこどもに読み書き算盤《そろばん》などを教える場で、かつてはおもに寺院で行われていたためにその名がある。江戸では寺子屋とは呼ばず、「筆学所」という。近頃は僧に代わって、学問のある町人や浪人などの師匠が増えてきているというが……。

「猫がなにを教えるのです」

「ほほほ……ちがいますよ。猫が教えるんじゃありません。猫に教えるんです。飼い主である私も教わります」

「なにを教えるんですか」

「いろいろなしつけです」

「糞《ふん》しとか、そういうことですか」

糞しというのは、便所のしつけのことである。砂を撒《ま》いた箱など、決まった場所で行うように教え込まないと、猫を飼うのはむずかしい。

「そんなことは家でも教えられます。もっとむずかしいことです。たとえば……いかに上手にネズミを捕るか、とか、可愛《かわい》らしい仕草をするか、とか……」

「はあ……」

「どういう風に毛並を調えるか、とか、その猫を引き立てる首輪や鈴を選ぶ法、とか、ノミなどがつかないようにする法……といった、飼い主がやるべきことも教えていただけます」

「猫は勝手に舌で毛づくろいするでしょう」

「美しい毛並を調えるには、それでは足りないそうです。専用の櫛《くし》で毎日二度毛づくろいしてやらねばならないのですが、それだけでは間に合いません。食べるものにも気を遣わなくてはいけないそうです」

「猫まんまではダメなのですか」

「はい。艶やかな毛のためには、ご飯に鰹節《かつおぶし》だけではダメなんです。大根の葉やニンジン、キュウリなどを細かく刻んでよく茹《ゆ》でたもの、豆腐、それにイワシやサバなどを万遍なく与えるのがよいそうです」

雀丸は昨夜の夕餉《ゆうげ》を思い出した。イワシのつみれ汁にしようとしたのだが、イワシが高くて買えず、結局、ワカメの味噌汁《みそしる》と大根の漬けものだけというつつましすぎる献立となった。加似江《かにえ》は、

「こういうときもある」

と笑い飛ばしていたが、雀丸は祖母にイワシすら食べさせてやれないのが少しだけ情けなかった。

（この話はお祖母《ばあ》さまには聞かせられないな……）

雀丸はそう思った。

「あとは卵黄です。鶏卵が苦手な猫にはウズラの玉子がよいそうです」

聞いていた夢八が、

「あんな高いものを……。ひとよりも高くつきまんな」

「はい。私のお小遣いではむずかしいですが、月に二、三度は食べさせてやりたいと思っております。ただし、餌は控えめにして然《しか》るべく身体を動かさせないと太ってしまいます。あと、ときどきは行水をさせねばなりません。ゴミや虫、泥などがついているの

で入念に……」

「あの……猫は行水を嫌がるものが多いと思いますが……」

雀丸がおずおずと言うと、

「毛並のためですからしかたありません。寝床を清らかに保つのも大事だそうです。それから柱で爪を研いだり、ニャーニャー鳴きすぎたり、ものを強く嚙んでぼろぼろにしたりするのをやめさせ、叱るときは叱り、ほめるときはほめ、上手にできたらごほうびをあげます。猫の頭を良くするには、経文や論語を読んで聞かせるのがよいとか……」

「猫にお経がわかりますか」

「門前の小僧習わぬ経を読む、勧学院《かんがくいん》の雀は蒙求《もうぎゅう》をさえずる、と言いますから」

「えーと、そんなこと、どこでどなたが教えてくださるのですか」

「先日、南久太郎町《みなみきゅうたろうまち》を通りかかると、『仔猫《こねこ》から老猫まで猫の指南いたします　猫の寺子屋』という看板が上がっておりましたので、なんとなく心ひかれて入ってみますと、猫を連れたものたちが大勢いて、指南の順番を待っておられたのです。顔見知りのネコトモがいたのでたずねてみますと、このようなものをくれました」

園は幾重にも折り畳んだ一枚の紙を広げてみせた。そこには、つぎのようなことが記されていた。

御《おん》猫様指南要領

一、糞しのしつけの事
二、爪研ぎ、噛み癖、引っ掻き癖のしつけの事
三、食事の事
四、見目良き毛並作る事
五、可愛らしき仕草の事
六、美しき動作の事
七、飼い主への甘えの事
八、巧みに鼠《ねずみ》捕る技の事
九、雀等捕らざるしつけの事

ここまでの指南料月銀一分《ぶ》申し受け候《そうろう》

十、この先は秘事・大秘事にて口伝によって伝授いたし候
　但し指南料は別途申し受け候

猫の寺子屋　猫背杓子斎《ねこぜしゃくしさい》

「しぇーっ、猫のしつけに月一分とは突拍子もない額だすなあ」

夢八が呆《あき》れたように言った。

「けど、ちゃんとしたところのようでしたし、そのネコトモもぜひにと勧めるので、さっそくヒナを入門させることにしました。私は今日はじめて指南を受けたのですが、しっかりした先生でしたよ」

「猫背杓子斎がだすか？　うーん……」

夢八は、イカサマものと疑っているようだ。

「はい。猫についてはたいへんな物知りで、なにより猫が好きで好きでたまらない、という猫愛にあふれているところが気にいりました」

「猫愛ねえ……」

「月一分が高いとおっしゃいますが、毎日通ってもよいのです。そうすると一日あたり三十文ほどにつくので、お得ではないでしょうか」

話の流れにどうもひっかかるものを感じていた雀丸は、思い切ってきいてみた。

「あの……園さん、どうして急にヒナを猫の寺子屋に通わせようと思ったのですか。ヒナは十分しつけがいきとどいているように思うのですが」

「え？　私、まだ言ってませんでしたか」

「なにを……？」

「今度、鴻池《こうのいけ》家の肝煎《きもい》りで猫合わせが催されることになったのです」

「猫合わせ……？」

　雀丸と夢八は同時に言った。

　泰平が続きに続いてじつに二百五十年。戦《いくさ》のない時代に無用の長物と成り果てた武士たちは暇を持て余していた。また、武士に代わって実質的に世のなかを動かしている裕福な町人たちも同じく暇を持て余していた。やることのない彼らは趣味に走ったのである。江戸でも京でも大坂でも、多くの暇人たちがしょうもないことに熱中した。たとえば、虫を育てること。マツムシやスズムシ、キリギリス、クツワムシといった鳴く虫を飼い、その声を楽しむのだ。鳥を飼うものも多かった。ウズラやメジロ、ウグイス、コマドリ、オオルリといった鳥の鳴き声を愛《め》でる。大名や大金持ちのなかにはカナリア、オウム、クジャクや七面鳥といった異国の鳥を飼育しているものもいた。金魚やメダカも流行した。暑い夏を少しでも涼しく乗り切るための庶民の工夫であり、金魚売りは夏の風物詩であった。花を育てるものも大勢いた。万年青《おもと》、菊、朝顔、盆栽……なかでも朝顔に凝るものは「朝顔連《れん》」を作って互いに情報を交換し合った。

　虫にしろ鳥にしろ金魚にしろ植物にしろ、ただ愛でているだけでは飽きてくるし、自分のものがいかにすばらしいかをひとに自慢したくなる。そこで「品定め会」とか「物合わせ」ということが行われるようになった。スズムシならスズムシを持ち寄って、どの虫がもっとも上手に鳴くかを競うのである。これを「虫合わせ」という。ウグイス、ウズラのものも広く行われた。「鳴き合わせ」であるが、ウズラの場合はとくに「鶉《うずら》合わせ」と呼ばれた。こうなると暇と金を持て余している連中はのめり込む。おのれの飼い虫、飼い鳥にいかに良い声を出させ、きれいな旋律で歌わせるかが勝負の分かれ目である。鳴き方の上手《うま》い鳥を借りてきてその真似《まね》をさせたり、餌に工夫をして大きな澄んだ声が出るようにしたり、それぞれに凝るようになってきた。犬ならば『犬狗養畜伝《けんくようちくでん》』、ハツカネズミなら『養鼠玉《ようそたま》のかけはし』、鳥ならば『飼鳥必要』、金魚ならば『金魚養玩草』といった飼育のための手引きも出版されるほどになった。

はじめは少人数の仲間内で行っていたものが、流行の過熱とともに規模が次第に大きくなっていった。鳥ならば飼鳥屋、朝顔ならば植木屋といった販売業者が商いの宣伝のために共同で出資して音頭を取り、ついには寺の境内などに舞台をしつらえ、「東西〇〇競《くらべ》」などと称して木戸銭を取り客を入れるまでになった。こうなると興行ごとである。観客のまえでは余計に負けるわけにはいかぬ。暇つぶしの趣味としてはじめたものが、いつのまにか本業のようになっていったのである。勝負の結果は番付として刷りものにされ、あまねく配られるので、なんとしても勝たねばならぬ、と趣味人たちは力こぶを入れた。

「大坂一可愛いです……が、猫合わせで一等になれるかどうかはわかりません」

「どうしてそんな冷たいことを言うのですか。ヒナが一番可愛いなら、ヒナが天に抜けるはずでしょう?」

「あ、いや、その……そうそう、一番可愛いのは園さんですから、園さんが一等です」

雀丸は咄嗟のお世辞を言ったつもりだったが、

「それはそうかもしれませんが、私は猫じゃありませんから猫合わせには出られません」

悪びれることなく園はそう言った。雀丸は園が猫のような耳を頭につけて猫合わせに出ている姿を想像した。それはそれで可愛いかもしれない。

「そ、それはもちろんそうですね。でも、どうして鴻池さんがそんなことに手を染めるようになったんでしょう」

雀丸はむりやり話題を変えた。

「聞いた話ですが、もともと鴻池家の祖は伊丹《いたみ》で酒造りをしておりました。あるとき、一匹の猫が灰汁桶《あくおけ》をひっくり返し、その灰汁が大事な酒を醸す樽《たる》に入ってしまったので、当時の主が捨てようとして樽を覗き込むと、濁り酒がきれいに澄んで清らかになっていたのです。飲んでみると味わいもことによろしく、こうして生まれたのが今の清酒《きよざけ》だそうです。鴻池家はその諸白《もろはく》を売り出して大儲けしたあと、それを元手に大坂に出て海運や両替を手掛けて今日《こんにち》の大きな身代を築いたので、屋敷のなかには猫稲荷《ねこいなり》があって代々の善右衛門《ぜんえもん》は月々のお祭りをかかさぬそうですが、今年が清酒造りをはじめて二百五十年の節目に当たるため、猫への感謝を忘れぬために大がかりな猫合わせを催すことになったらしいです」

夢八が首をひねり、

「ふーん、わたいの聞いた話とちょっと違《ちご》とるなあ。わたいは、主を逆恨みした手代が腹いせに灰を放り込んで逐電した、て聞いたけど……」

「まあ、諸説ある、ということでしょう」

雀丸はそう言った。おそらくどちらも「伝説」であり、清酒の本当の製造法は秘伝として隠されているのだろう。

「なるほど、よくわかりました。もし天を取ったらどうなるのです」

「それがすごいのです。鴻池家はお天子さまやお公家衆《くげしゆう》ともつながりがあるそうで、天を取った猫には有栖川《ありすがわ》家から『天下一禰古末《ねこま》』の称号をいただけるとか……」

「ヒナが天を取ったらいいですね」

「取りますとも！」

園が言うと、ヒナは腕のなかで、

「みゃー」

とやる気なさそうに鳴いた。

「では失礼します……じゃない！」

園は店を出て行きかけて自分で自分にツッコんだ。

「今日参りましたのは、猫合わせの話をするためではないのです。——雀丸さんはツチコロビの噂《うわさ》をご存知ですか」

「ツチコロビ？」

雀丸と夢八は顔を見合わせた。

「夜中に源八橋近くの土ノ坂を通りかかると、坂のうえから蛇がころころ転がり落ちてくるらしいのです」

「はあ……？　蛇はくねくねと這うものではないでしょうか」

雀丸が言うと、

「転がってくるのです。それも、胴が太くて短くて、ネズミみたいな尻尾がちょろりと生えている蛇だそうです。藁《わら》を打つ木槌みたいに見えるので、槌転びというのだそうです」

「源八というと、園さんのおうちからすぐですね」

「そうなんです。ツチコロビに会ったというひとが、私が知っているだけでも何人もいます。気を失ったひとや、逃げようとしてあわてて怪我《けが》をしたひともいます。財布を盗《と》られたという方もいるようです」

「蛇が財布を盗ったのですか」

「蛇といっても妖怪ですから、悪さをするんじゃないでしょうか」

「坂を転がってくる蛇というだけですから、妖怪じゃないでしょう」

「ただの蛇ではないですよ。見かけも動きも変です」

「ちょっと変わった蛇というだけでしょう。私たちがこれまで知らなかった生きものなんて、まだまだたくさんいるようです。ほら……たとえば虎とかラクダとか象とか豹《ひょう》とかを妖怪扱いするのはかわいそうですよね」

夢八が、

「そういう、わたいらが見たことないさかい、幽霊みたいな魔物みたいな風に思われてるだけの生きもののことを幽魔ていうそうだっせ」

「ユーマ?」

「日本は広い。世界はもっと広い。わたいらが知らんだけで、ちょっと見たら化けものみたいにけったいな生きものはいっぱいおるらしい。猫かて、数がめちゃくちゃ少なかったら、幽魔と思われてたかもしれまへんで。暗闇で目が光るし、高いとこから落ちてもちゃんと立つし……」

「猫は幽魔なんかとちがいます。――ねえ、雀丸さん」

「あ、はいはい……。私も、ラクダも象も見たことはないので、はじめて出くわしたら妖怪と思うかもしれません。河童だって、もしかしたら幽魔の仲間だったりして……」

「それはありえまんなあ」

「夢八さんが踏んづけたという毛むくじゃらの化けものも、もしかしたら知られていないだけの幽魔かも」

「ちがいますって！　あれは間違いなく狐狸《こり》妖怪変化……」

「なんのことですか？」

きょとんとしている園に夢八は恥ずかしそうに、

「なんでもおまへん。――そのツチコロビゆうのは、たぶんツチノコとかノヅチとかいうのとおんなじやと思いますわ」

夢八の言うには、『古事記』や『日本書紀』にも載っている蛇の一種で、胴が太くて短く、胴に比べると尻尾は細い。槌に似た形態であるところから「槌の子」「野槌」「槌転び」などという名で呼ばれている。蛇なのに蛇行せず、坂道などをころころと転がり落ちてきて、ひとに嚙みつくという。跳躍して獲物に飛びかかる、という説もある。毒があるかどうかは定かではない。酒好きで、飲むとぐうぐういびきをかいて寝る、とか、髪の毛やスルメを焼いた臭いに寄ってくる、とか、尺取虫のように動く、とか、これまで、見たというものや、捕まえた、あるいは殺した、というものはいるようだが、

「祟りがあったら怖いから逃がしてしもた」

とか、

「死骸は捨ててしもた」

とか、

「飼《こ》うてたけど、いつのまにか消えてた」

とかいった「話」だけで、現物が確認されたというのは聞かない。つまり、実在する証拠はないのだ、という。怖がりのくせに夢八はやたらと詳しい。

「蛇が獲物を呑《の》んで、腹がぱんぱんに膨れて眠ってたら、そういう姿になりませんかね」

「蛇を見慣れているお百姓や猟師が見間違えるとは思えまへんな」

「なるほど、では蛇の幽霊みたいなものですね。たしかに幽魔だ」

ほぼ間違いなく「いない」と断言できる幽霊や妖怪、鬼、天狗《てんぐ》などに比べて、ツチコロビや河童、猫又、狒々《ひひ》などは、「もしかしたら我々が知らないだけで、いるかもしれない生きもの」なのかもしれない。そういうものを「幽魔」と名付けるとわかりやすくなる。

「嘘ではない証拠があります。父の同僚の佐倉崎《さくらざき》さまという方が雇っております小者《こもの》もこのツチコロビに遭ってお金を盗られたそうです。役目の手前、内緒にしておられますが、ひとの口に戸は立てられませんから……」

源八橋は同心町と近いから、そういうこともあるだろう。

「近頃では、皆が怖いと言い出しまして、夕暮れになるころにはあのあたりをだれも通ろうとしません。父に申してみたのですが、お上《かみ》が蛇ごときが出るからといって動けるか、と一喝されました」

それはそうだろう。町方役人も暇ではないのだ。

「ですから、これは横町奉行の出番だと思って、こちらに参りました。雀丸さん、どうぞツチコロビを召し捕ってください」

「召し捕るって……蛇をですか」

「はい。もしまことにそのような蛇が棲んでいるなら、ヒナが嚙まれたりするとたいへんです。もしいないならいないで、怖がっているひとびとにそれを伝えねばなりません」

「横町奉行が、ですか？」

「はい。人心を惑わす流言飛語を打ち消すのは世のためひとのためになることです」

「私も、皐月さまほどではないにしても、案外忙しいんです」

「さきほど『ものすごーく暇』とおっしゃっておいででした。――夢八さんも聞きましたよね」

「え？　あ、はい。聞きました聞きました」

「では、私はヒナのしつけがありますからこれで失礼します。よろしくお願いします」

園はぺこりと頭を下げた。

「いや、そう言われても私には荷が……」

重い、と言いかけて雀丸はふと思った。

(待てよ……あそこらへんならあの連中が使えるかも……)

町奉行所の同心が住む同心町と与力《よりき》が住む与力町のちょうどあいだのあたりは空心《くうしん》町《ちょう》といって、大塩の乱で焼けるまでは川崎東照宮《かわさきとうしょうぐう》があったところである。「あの連中」というのは、空心町の長屋に住むこどもたちのことなのだ。

「わかりました。ツチコロビの一件、引き受けましょう!」

雀丸がドン! と胸を叩《たた》くと、ヒナが「にゃーう」と鳴いた。

「わあ、ありがとうございます! これで皆、安心して土ノ坂を通れるようになります」

園は大喜びで帰っていった。残った夢八はじろりと雀丸を見ると、

「若い女子《おなご》が相手やとえらい応《いら》えがちがいまんなあ」

「皮肉を言わないでください。もちろん夢八さんの、えーと……毛抜けの源でしたっけ」

「毛羽毛現です」

「そうそう、毛むくじゃらの幽魔もちゃんと調べますので……」

「頼んまっせ、ほんまに……」

ふたりが帰ったあと、雀丸はしばらくのあいだ無言で竹を削っていたが、やがて、奥に向かって、

「ちょっと出かけて参ります」

そう言った。

◇

「これがなにかを俺に調べろというのか」

雀丸がふところから出した懐紙に包んだものを蘭方医の烏瓜諒太郎《からすうりりようたろう》はしげしげと見た。総髪で、顔は下駄《げた》のように四角く、鼻は天狗のように高い。

「この長い毛の束が、夢八の足の指に引っかかっていたというのだな」

「ああ、なんだかわかるか」

諒太郎はつまみ上げたその毛をふところから出した天眼鏡で凝視したあと、

「草木ではないな。綿や糸などの類でもない。人毛ともちがう。おそらくは獣毛だ」

「獣毛……」

「俺にはそこまでしかわからぬが、大坂にはシーボルト先生の鳴滝塾で学び、先生がこの国の禽獣《きんじゆう》、魚貝、草木、鉱石などの膨大な標本を集めたときに手助けをした須賀山《すがやま》市之丞《いちのじよう》という本草《ほんぞう》学者がいる。あの御仁のところに行って、標本と突き合わせればもう少し詳しいことが判明するかもしれん」

「おまえに頼んでいいか」

「もちろんだ。しばらく時をくれ。持つべきものは友だちだ。そうであろう」

諒太郎は高笑いすると、雀丸の背中を何度も叩いた。

「では、帰る」

立ち上がった雀丸に、

「なんだ、せっかく来たのに一杯飲《や》らぬのか」

「こんな陽《ひ》の高いうちから飲めるか。それに、今、仕事が忙しいのだ」

「どっちの仕事だ。横町奉行か、竹光屋か」

「竹光屋だ」

そう言って雀丸は、立売堀の長屋を出た。

◇

「皐月親兵衛、もそっと近《ちこ》う寄れ」

東町奉行所与力八幡弓太郎《やはたゆみたろう》は言った。金糸の縫い取りのある羅紗《ラシャ》の羽織を着、柳色の着物に赤の袴《はかま》という派手な姿に、皐月親兵衛は目がちかちかした。わざと町人風にした刷毛《はけ》の細い小銀杏《こいちょう》の髷《まげ》もどことなく八丁堀《はっちょうぼり》の粋を気取っているかのようだが、ここは大坂なのだ。

「ははっ」

「今日からおまえはわしが配下となった。同心の働きはすなわちわしが働きである。存分に務めてくれい」

「ははっ」

「裏を返せば、おまえが失策を犯せばすなわちそれ、わが身の失策となる。くれぐれも気をつけよ」

「ははっ」

「わしは今まで遠国《おんごく》役与力として西国二十六カ国の金銭出納を扱《あつこ》うてきた。定町廻りのように下世話で殺伐としたお役目ははじめてなのじゃ。正直とまどうておるが……これもわが出世のためじゃ。がしがし手柄を立て、うえに上っていかねばならぬ。でないと、亡くなった父上に申し訳がたたぬ」

「はあ……」

上役だった南原卯兵衛《なんばらうへえ》がお役目不行き届きとの理由で罷免され、嫡男に跡を譲ったあと、遠国役与力だった八幡弓太郎が定町廻りに転任することとなった。皐月親兵衛は彼の組に入るよう町奉行から命じられた。それはよいのだが、八幡弓太郎はまだ二十歳《はたち》になったばかりで、皐月とは親子ほど年齢が離れている。大人ぶるためにむりやり酒を飲むこともあるらしいが、すぐに真っ赤になり、わけのわからないことを言い出すという。

「おまえもわしの手足となり力を尽くしてくれるならば、わしもおまえをできうるかぎり引き揚げてつかわそう。なれど、おまえがわが出世の役に立たぬとわかったるそのときは……」

八幡は刀を抜く真似をして、

「斬る！　そう思うて、せいぜい励むことじゃ」

もともと童顔で背丈も低いのでこどもと間違われることも多いらしい。「なめられたくない」という気持ちが強いので、変に老成した言葉づかいをしたり、芝居がかった真似をしたりする。これといった趣味もないようだ。皐月は、この上役とうまくやっていけるかどうか自信がなかった。

「ところで皐月、昨夜わしは筑前黒田家《ちくぜんくろだ》の下屋敷あたりで屋台のうどん屋に入ったのじゃ」

藪《やぶ》から棒になにを言い出すのだ、と皐月は思ったがもちろん口にはしない。

「たいそう寒かったので、しっぽくと熱燗《あつかん》を四、五本飲んだと思え」

「は、はあ……」

「しっぽくはカマボコが薄かったので店の主に文句を言うてやった。すると川のほうでなにやらわあわあと騒ぐ声がする。わしは十手を手にして、声の聞こえるほうに行ってみた。土手は足が滑りやすいので気をつけねばならぬ。これは心得ごとじゃ」

「はあ……」

「すると、三人の町人が川端にてわめき合《お》うておる。酔うたうえでの喧嘩《けんか》か、と思ったわしが、『なにごとだ。わしは東町奉行所与力八幡弓太郎である。深夜に騒ぎ立てると諸人が迷惑する。ちと慎みなさい』……そう申すと、町人どもはへこへこしながら、『これはこれは町方の旦那でおましたか。そやおまへんのや。あれを見とくなはれ』としきりに川面を指差すのだ。わしが、『どこじゃ、見えぬぞ』『あそこですがな』『あそこではわからぬ。もっとわかりやすう申せ』『あそこや言うとるのに……わからんおひとやなあ』『なに？　役人に向かってわからんやつとは無礼千万』『あの杭《くい》が出てるところですわ。ほら、あそこ』……」

どうやら八幡は、話が絶望的に下手のようだ。これから先が思いやられる、と皐月は思った。

「見ると、川のなかから坊主頭のようなものが突き出ておるではないか。『身投げか』『いえ』『泳いでおるのか』『いえ』『ではなんだ。じれったいのう！』『見たらわかりまっしゃろ。海坊主ですがな！』『う、海坊主だと』……だが、そんなことを言うておるうちにそやつは川のなかに沈んでしまい、二度と現れなかった」

それならはじめから「安治川で海坊主を見た」と言えばすむことだ。

「町人どもに話を聞くと、近頃、あのあたりで頻々《ひんぴん》と目撃されておるらしい。おまえは耳にしておるか」

「いえ……」

海坊主の話など、聞いていたとしてもそれが町奉行所とどういう関わりがあるのか……。

「それは定町廻りとして怠慢千万ではないか。ただちに調べよ」

「なれど、その海坊主はひとを害したり、悪さをしたりしたのでございますか」

「それは聞いておらぬ。だが、たとえ今はなにもしていなくても、海坊主などと申すものはいずれひとを食ったり、水中に引きずり込んだりするに決まっておる。そうなってからでは遅い。今のうちに手を打っておかねばならぬ。そうではないか？」

「は、はい。さようでございますな。——で、八幡さまがご覧になられた海坊主というのはどのようなものでしたか」

「うむ。それが、暗《くろ》うてよう見えなかったが、たしかに坊主頭のこどもが顔を出しておるようであった。遠目ではあったが、目も鼻も口もあったと思う」

「海坊主なのに川にいるとは面妖でございますな」

「安治川は海水と淡水が混じり合うておる。海坊主が棲んでおっても不思議はないぞ」

「はあ……」

「知っておるか。海坊主というのは海入道、海座頭《ざとう》などともいって、夜の海に現れる物《もの》の怪《け》じゃ。大きなものは船を沈めるほどだという。小さなものは身体がぬるぬるしているらしい。煙草《たばこ》の煙を嫌うゆえ、船頭や漁師は海に出るときは煙草をかならず持っていくというぞ」

八幡の口調が急に熱を帯びはじめた。

「ほかにも海の怪異には、海難法師、船幽霊、不知火《しらぬい》、しらみゆうれん、いくち、さざえ鬼、人魚、磯女などがおる」

「よくご存知ですな」

「『化けもの図会《ずえ》』という書物に出ておったのじゃ」

皐月は呆れた。『化けもの図会』というのはこども向けの絵草紙《えぞうし》ではないか。

「わしが思うに、あれは海坊主のこどもであろう。大きく育つと船を襲うようになるかもしれぬ。いずれたいへんなことになる。そうであろう」

「そうですそうです。まったくです」

「いや、今でも魚などを盗み食ろうておるはずじゃ。雑喉場の連中は困っておるだろう。よいか、皐月。かならずやあの海坊主を召し捕って、東町奉行所の、いや、わが八幡組の名を高らしめるのじゃ」

「ははーっ」

「のう、皐月」

「はい？」

「『化けもの図会』、貸してつかわそうか」

◇

皐月親兵衛は与力溜《だ》まりを出たところで、物書方《ものかきがた》を務める佐倉崎という同心に会った。

「どうした、顔色が悪いぞ。風邪でも引いたか」

普段は快活な佐倉崎が元気がなさそうなので皐月がそう言うと、

「いや、そのようなことはない」

「まさかと思うが、おまえのところの小者が見たというツチコロビとかいう化けもののことが気になっておるわけではあるまいな。口さがないものどもが面白おかしく言い触らしているだけだ。そんなものおりはせん。ただの絵空ごとだ」

佐倉崎はため息をつき、

「そうではないのだ……」

「なにがそうではないのだ。小者が暗がりでなにかを見間違え、仰天して財布を落としたので、物の怪のせいにしたのだろう。おまえが思い悩むことはなかろう」

「ツチコロビはたしかにいる」

「いないと申すに」

佐倉崎は皐月親兵衛をにらみつけ、

「おるのだ。わしはこの目で見た」

「——え？」

「ツチコロビに遭《お》うたのはこのわしだ。小者ではない。わしがツチコロビに驚き、失神し、気がついたときには財布がなくなっておった。まわりを探したが見当たらぬ。朝になってからもう一度探しに行ったが、やはりない。あまりの失態に怖くなり、内緒にしておったが、どうやら家のものがしゃべったらしい。しかたなく小者の身に起きたことにしたが……まことはわしのしくじりなのだ」

「そうであったか……」

「皐月、ツチコロビはおる。わしが見たのだから間違いはない。夜中に源八のあたりに行ってはいかんぞ。くれぐれも申しておく」

「それはわかったが……なにゆえおまえが青い顔をしておるのだ」

「ツチコロビに噛まれたものは死ぬそうだが、見ただけで患いつくらしい。わしはまだ死にたくはない」

「ははは……馬鹿を言うな。蛇を見ただけで患うわけがない。気にせぬことだ」

「ひとごとだから呑気《のんき》にそう言えるのだ」

「では、おまえのほかにそのツチコロビを見たものは皆病に伏せっているのか？」

「いや……そこまでは知らぬが……」

「うわばみというてひとを呑むような大きな蛇もおるそうだが、そんな小さな蛇、なにを怖《おそ》れることがある。踏んづけて、蹴飛ばしてやれ」

「そ、そうだな……たしかにおまえの申すとおりだ」

「場所が近所ゆえ、うちの娘も町奉行所で捕獲してくれ、などと申しておったが、叱りつけてやった。町奉行所をなんだと思うておるのだ。蛇捕りに精を出すほどわれらは暇ではない。そうであろう」

「まったくだ」

佐倉崎同心が元気を取り戻したので、皐月は町奉行所を出た。その足取りは次第に重くなっていった。小者の大七《だいしち》に持たせた風呂敷には『化けもの図会』が全巻入っている。

（なにゆえ町奉行所の同心が「海坊主」を召し捕らねばならぬのか……）

佐倉崎に「蛇捕りに精を出すほどわれらは暇ではない」と言った手前、海坊主について口にはできなかった。どちらも、お上の御用とはとうてい思えぬ。

磐石《ばんじやく》だった徳川二百五十年の屋台骨も昨今は緩みはじめ、天領であるここ大坂の地にもあちこちから食い詰めた浪人ものや無宿ものが増え、町方の出番、とまでには至らぬまでも、日々犯罪が横行している。いまだ天保の飢饉《ききん》や大塩焼けのせいで難渋しているものも多い。横町奉行も忙しいはずだと思われた。

（そんな時世に海坊主などを追いかけていてよいのだろうか……）

歩きながら皐月は馬のように長い顔をつるりと撫でた。

「おっと、旦那、ここにいてはりましたか」

そちらを向くと、生白い顔をした三十歳ぐらいの町人が立っていた。

「えーと、おまえはたしか……」

「へえ、以前に旦那のご厄介になったことのある『間抜けの半平《はんぺい》』でおます」

「おお、思い出した。掏摸《ちぼ》の半平か」

半平はあわてて、

「しーっ、お静かに願います。とうに足洗いましたがな」

「そうだったな」

半平は、二つ名が間抜けというぐらいだから、腕はまるっきりだ。天神祭《てんじんまつり》の雑踏のなかで酔客のふところを狙ってドジを踏み、袋叩きにされているところを皐月が助けてやったのだ。会所《かいしょ》に連れていき、身の上を聞いてみると、十五のときにグレて掏摸の仲間に入ったが、あまりに下手なので親方に破門され、それからはひとりで細々と仕事をしてきたが、うまくいったことは一度もないのだという。さすがに皐月も同情して、掏摸は捕まると入れ墨、罪を重ねると死罪と決まっているが、足を洗ってまっとうな職に就くなら今度ばかりは見逃してやる、と言うと、当人も掏摸稼業はもう無理だと思っていたらしく、ふたつ返事で、

「やめます」

と応えたのだ。今は玉屋町《たまやまち》に住み、桶屋の職人をしているという。

「それで、わしになにか用か」

「お耳に入れときたいネタがおます。もしかしたら旦那の手柄になることかもしれまへん」

「聞こう」

「――鴻池はんが猫合わせというのを催すゆう話、聞いてはりますか」

「猫合わせ？　なんだそれは」

「大坂の猫のなかから一番ええのを決めるそうだすわ」

皐月はため息をついた。海坊主にツチコロビときて、今度は猫合わせとは……馬鹿馬鹿しいにもほどがある。

「金持ちはくだらぬことをするものだな。あまりに呑気すぎる。そのような催しは取り締まってやればよい」

もちろんそんなことはできない。鴻池家には諸大名も頭が上がらないのだ。それもこれも金の力である。

「まあ、日本一の金満家の遊びですわ。――その猫合わせに、常珍町《じょうちんまち》の寝巧屋巧兵衛《ねこうやこうべえ》という畳問屋の主が飼い猫を出すらしいんだす」

寝巧屋なら皐月も知っていた。かなりの大店《おおだな》である。半平の住む玉屋町は常珍町の隣だから、小耳に挟んだのだろうと皐月は思った。

「それがどうした。猫合わせに猫を出すのは勝手だろう」

「寝巧屋は、もともと初代の巧兵衛が峰屋《みねや》巧兵衛ちゅう屋号で畳問屋をはじめたんだす。客は峰巧《みねこう》、峰巧と呼んでいたのが、いつのまにか縮まって『ねこ』になった。そこで、猫も寝やすい畳ゆうことで、屋号を寝巧屋に変えたんだす。その縁で、看板も大きい招き猫が畳のうえに座っとるところでおますし、逸物《いちもつ》の猫をぎょうさん飼うとります。せやから、屋号にかけてもなんとしてでも猫合わせの天を取りたい、そのためには手立ては選ばん……ゆうて、金に糸目をつけず、大坂中のええ猫を買いあさってるらしゅうおます」

「それでは飼い猫とはいえぬだろう」

「三日でも飼えば飼い猫は飼い猫だっさかいな。とにかく鴻池の猫合わせで一番になって、有栖川家からなんとかいう称号をもらい、商売に箔《はく》をつけたい……とこういうわけですねん」

「ふん！　やりたいやつにはやらせておけばよかろう」

「ところが、ここにもう一軒ネコ屋がおますのや」

「ほう……」

皐月は少しだけ興味をひかれた。

「天満《てんま》の今井町《いまいちょう》に根子屋と書いてネコ屋と読ませる植木問屋がおます」

「ああ、舟番所の近くだな。あそこも寝巧屋ほどではないがそこそこの店構えだ」

皐月はその店も知っていた。植木職人が忙しそうに出入りしているのをよく見かける。

「根子屋も、屋号の読みから盆栽を持つ猫の絵を看板にしておりまして、猫へのこだわりは半端やない。今の主の嘉右衛門《かえもん》は毛並のええ三毛猫が自慢でな、その猫なら天に抜けるかもしれん、と近所ではもっぱらの評判だした。近頃、商売が左前やそうで、そのもやもやを吹っ飛ばすためにも、なんとか猫合わせで勝ち抜けたい、と言うとりましたそうで……」

「寝巧屋と根子屋の争いか。面白いではないか」

「寝巧屋巧兵衛は、はじめのうち、皆が腰を抜かすような凄《すご》い猫を手に入れた、これで天に抜けることは間違いない、と豪語しとりましたんやが、あるとき急に、大坂中の上品《じょうぼん》の猫を手当たり次第に買い集めだしたらしい」

「なにかあったのかな」

「そんなさなか、寝巧屋巧兵衛が根子屋へこっそりやってきて、あんたとこの猫を三十両で譲ってくれ、と言うたらしいんだ」

「なんだと」

「商いがうまく行ってないときに三十両は喉から手が出るほど欲しかったけど、さすがに根子屋の主が断ると、四十両でどないや、あんたもひとの足もと見んほうがええで、欲かいたらえらい目に遭うで、とひどい言い方をされたらしい。カチンときた根子屋が、なんぼ出してもろてもこの猫は売れまへん、猫合わせで正々堂々と勝負しましょや、と言うと、そんなしょうもないババ垂れ猫でうちの猫に勝てる気遣いはないけど、あんたとこも店が傾いてるて聞いたさかい、仏心で買い取ったろと思たまでや、猫合わせでぐうの音も出んように叩きのめしたるさかい覚悟しとれよ、とヤクザまがいの言葉を言い捨てて帰っていったそうだす」

「いくら勝ちたいからといってそれはひどいな。だが……わしに言うてどうする。そのぐらいのことでは町奉行所はなにもできぬぞ」

「それが……根子屋のその三毛猫がこないだ死によりましたんや」

「――なに？」

「まえの日までぴんぴんしてたのが、急に冷とうなってたらしいんだす。それで……もしかしたら寝巧屋が毒を盛ったんやないか、て……」

「だれがそう申しておるのだ」

「だれ、というか……根子屋の界隈のもんが皆、口をそろえて……」

皐月は、半平をひとにらみし、

「まことか……？」

「へ、へえ……」

「そうではなかろう。おまえ、もしや根子屋に縁のものか」

　半平は唾を飲み込み、

「へっへっへっ……当たり。じつはわては根子屋の親類ですのや。けど……ようわかりましたな。旦那の眼力、恐れ入りました」

「定町廻り同心をなめるな」

　適当だったにもかかわらず偶然うまく言い当てた皐月は内心鼻高々であった。

「店が苦しいときやさかい、猫合わせで天に抜けたらええ景気付けになるし、もしかしたら鴻池はんと顔つなぎができて、お屋敷の庭木の面倒をみる……てなことになるかもしれん、と親類一同力を入れてたら、こんなことになって……。わては寝巧屋巧兵衛のしわざやと信じとります。当代の巧兵衛はろくな評判を聞かん男だすねん。けど……証拠はなにもおまへんのや」

「それでわしを焚《た》きつけて、寝巧屋を召し捕らせようとしたのだな」

「そうですねん。なんとか旦那のお力で寝巧屋を恐れ入らせてもらえまへんか。叩けばなんぼでも埃《ほこり》の出そうなやつだっせ」

「馬鹿めが。証拠もないのに町奉行所が軽々しく動けるか。もし、寝巧屋がなにもしていなかったら、わしの落ち度となる。八幡さまの出世にも響く。それにわしは今忙しいのだ」

「なんぞ御用をお抱えですか」

「まあ、そういうことだ」

海坊主を探さねばならぬのだ、とは言えなかった。

「とにかく猫が一匹死んだぐらいのことではわれらは動けぬ。ひとが傷つけられたり、死んだりしたなら、また来るがよい」

半平は恨むような目つきで、

「ひとが傷ついたり、死んだりしてからでは遅い。そうなるまえにそれを防ぐのも町奉行所の役目やおまへんのか」

「なんとでも言え。金持ちのつまらぬ道楽にかかわる気はない」

がくりと肩を落として去っていこうとする半平に、少し言い過ぎたかと思った皐月同心は言った。

「待て、半平。町奉行所は動けぬが、代わりに動いてくれそうな男を教えてやろう……」

皐月は半平にある名を耳打ちした。

大七とともに家に帰ると、園が飼い猫のヒナの首に桃色の布でできた首輪を巻いていた。大きな鈴がついている。ヒナは、皐月の顔を見ると、

「ふぎゃっ！」

と鳴いた。

「これ、ヒナ。そんなお行儀の悪い声を出すと、下吟味に通りませんよ。――父上、すみませんが父上がいらっしゃるとヒナのしつけができませんので、お部屋に入っていてください」

皐月は不機嫌に、

「わしは一家の主だ。なにゆえ猫のために部屋に閉じこもらねばならぬ」

「ヒナは、おのれがこの家の主だと思っております」

「そんなことは知らぬ。だいたいその『下吟味』とはなんのことだ。それに、なにゆえ猫を飾りたてている」

「今度、鴻池家の肝煎りで『猫合わせ』があるのです」

「な、なに？　どうしてそれを……」

「そこにヒナを出すつもりなので、ただいま猫の寺子屋に通わせております」

「猫の寺子屋？　そのようなこと、わしは聞いておらぬぞ。猫を着飾ったり、寺子屋に行かせたりすることは無用だ。金もかかる。すぐにやめなさい」

「私のお小遣いでやっております」

「もとはわしの金……うわあっ！」

ヒナが顔に飛びかかってきたので皐月は手で払った。ヒナはしなやかな動きで床に下りると、背中の毛を逆立て、

「うーふ……うーふ」

と唸っている。

「どうせ猫合わせで天に抜ける猫は決まってお……こらっ！」

ヒナがまたしても皐月に襲いかかった。

「父上のせいでヒナの気が荒くなります。お部屋へ……」

「言われなくとも参る！　こんな猫……そのうち捨ててやるからな！」

大七から風呂敷包みを受け取ると、皐月はおのれの部屋に入り、襖《ふすま》をぴしゃりと閉めた。そのあと大刀を刀掛けに置き、書見台に座ると、『化けもの図会』の一巻目を読み始めた。

二

「――というわけだすねん」

半平の長い話を、雀丸は竹を削りながら聞き終えた。足もとには竹の削りかすが山になっている。あとで焚きつけに使うのだ。

「つまり、猫合わせに寝巧屋と根子屋がそれぞれ猫を出品することになった、と」

「そうだす」

「寝巧屋は、はじめのうちは、凄い猫を手に入れたから勝つことは間違いないと言っていたのに、あるとき急に大坂中の猫を買いあさりだした、と」

「そうだす」

「そして、根子屋の三毛猫を四十両で譲ってくれと言いにきた、と」

「そうだす」

「根子屋が断ったあと、その猫が死んだ、と」

「そうだす」

半平は上目遣いに雀丸をすがるように見て、

「わてはきっと寝巧屋がやったにちがいない、と思とりますけど、証拠がないさかい町奉行所は動いてくれまへん。皐月の旦那も別件で忙しいらしい。けど、皐月の旦那はわてをかわいそうに思うたらしゅうて、『横町奉行に頼め』と言うてくれはりました」

雀丸はため息をついた。暇だと思われてはかなわない。

「わかりました。でも、証拠がなければ動けないのは横町奉行も同じですよ。むやみにひとを疑うのはよくありません。もしかすると寝巧屋さんは無実かもしれない」

「ほな、どないしたらよろしいねん」

「証拠を探しましょう。ちょうど私も天満の空心町に行く用があるのです。根子屋さんのある今井町は通り道ですから、帰りに寄りましょう。それでいいですか」

「おおけに、おおけに、おおけに!」

喜ぶ半平に、

「ただし、なにも出てこないかもしれません。そのときは潔くあきらめてください」

そう釘《くぎ》を刺した。

ふたりは浮世小路《うきよしょうじ》から天満へと向かった。

「空心町へは、なんの用だすねん」

半平がきいた。

「『雀のお宿』という長屋があるのです」

「変わった名前だんな」

雀丸は、その名の由来をざっくりと説明した。

河野四郎兵衛《こうのしろべえ》という浪人がいる。もともと東町奉行所の同心だったが、大塩平八郎の乱によって大坂の五分の一が焦土となったとき、七万人が家を失い、大勢のこどもたちが家族を失った。町奉行所や大坂城代はひとびとを救済しようとしたが、あまりにも被害の規模が大きすぎてとうてい間に合わぬ。そこで大坂の商人《あきんど》たちがみずからの蔵を開いて施しを行ったが、それは町人のためのものであった。城勤め、町奉行所勤めの武士の子は公儀による救済がなされた。しかし、町人でもなく、公儀の禄《ろく》を食《は》んでいなかったいわゆる浪人のこどもたちはどこからも助けの手が伸びなかった。

やむなく河野四郎兵衛はおのれの屋敷にそういう孤児たちを引き取って養育しはじめたのだが、こどもの数はどんどん増えていった。それが上司の与力の耳に入り、河野はある日呼び出されて叱責を食らった。町奉行所同心がそのようなふるまいをするとは、公儀の救済が足りていないというあてこすりのようでよろしくない、というわけだ。大塩の乱が起きたばかりなので、河野が浪人の子を養い、なにかを企んでいるのではないか、と疑いをかけられ、大塩の乱に加担していた、と訴人《そにん》するものもいて、ついに河野は同心株を返上することになった。

同心の禄は少ないとはいえ、住むところは拝領屋敷があった。それも失い、河野はたちまち困窮した。力仕事や大商人の用心棒などで日銭を稼ぎ、天満の空心町の長屋を借りてこどもたちを養った。こどもは増えに増えた。巣立っていくものよりあらたに入ってくるもののほうが多いのだ。そのうち浪人の子だけでなく、町人のこどもでも引き取るようになった。目のまえで飢えているものを見捨てるわけにはいかない……そういう性質《たち》なのだ。

五軒長屋からはじまり、隣の三軒長屋を借り、その横の四軒長屋を借りて……という具合で、いつのまにか裏長屋のほぼすべてを河野が借りている状態になり、「やしない先生」というあだ名で呼ばれるようになったころ、家主が立ち退《たの》きを求めてきた。困り果てていた河野を見かねた地雷屋蟇五郎《じらいやひきごろう》がそのおんぼろ長屋を買い取ったうえで補修も行い、河野やこどもたちに贈ってくれたのだ。そのときに仲立ちをした雀丸のことを河野は恩義に感じ、長屋の名を「雀のお宿」と名付けたのだ……。

「ふえー、そういうえらい先生もいてはりまんのやなあ。わてなんか、親類の店を立て直したい、てゆう身内の損得しか考えとりまへんでしたわ。情けない」

「そんなことはありませんよ。それも立派な目標《めじるし》です」

半平は急に立ち止まると、雀丸に向き直り、

「言うとかなあかんことがおまんのや」

「なんです、あらたまって」

「わて……掏摸《ちぼ》でしてん。皐月の旦那に捕まりましたのやが、お情けをかけていただき、足を洗うて、こないしてまっとうな職に就くことができましたんや。なにもかもあの旦那のおかげです。横町奉行には元が掏摸やったことは隠しといたほうがええ、でないと頼みごとを引き受けてもらえんやろ、と思とりましたが、今の話を聞いて、しゃべる気になりました。堪忍しとくなはれ」

「謝ることはありませんよ。――それにしても、皐月さまにそんな義俠心《ぎきょうしん》があるとは……」

「あの旦那は情け深いお方だっせ。いや、ほんま」

そう言われても、ことあるごとに侍風を吹かせる皐月親兵衛に、町人をいたわる気持ちがあるとは信じられなかった。

（案外、私もあのひとの一面しか見ていなかったのかもしれないな……）

雀丸はそんなことを思った。

ふたりは空心町の長屋に着いた。河野四郎兵衛は、入り口の木戸を修繕していた。相変わらず月代《さかやき》を伸ばし、つぎはぎだらけの着物を着ている。太い眉、ぎょろりとした目、ぼうぼうの無精髭という風貌はまるで山賊だ。腰の大刀は、一見立派に見えるが、じつは雀丸が拵《こしら》えた竹光なのだ。

「おお、これはこれは雀さん、久しぶりだのう」

「こちらこそご無沙汰しています」

「なにかわしに用か？　もう少ししたら出ねばならぬのだが……」

「いえ、こどもたちにちょっとしたお小遣い稼ぎの口を持ってきました」

「そういうことなら大歓迎だ」

河野は、木戸に取り付けられた板を木槌でばんばん叩きながら、

「おおい、手隙のものは皆集まれ！　小遣い稼ぎができるぞ！」

瞬く間に大勢のこどもたちが集まってきた。河野を上回るぼろぼろの格好の子たちだ。

手に手に焼き芋を持っている。河野はそれを見て、

「焼き芋とは豪勢だな。だれかにもろうたのか」

ひとりが、

「とっちゃんがみんなの分買《こ》うてくれたんや」

「とっちゃん……?」

河野は首をかしげた。

「近頃はこどもが増えすぎてな、わしもひとりひとり名を覚えられんのだ。とっちゃんというのはだれのことだったかな」

「先月お宿に来た豊吉《とよきち》や」

「ああ、あいつか。思い出したわい」

河野の話によると、豊吉というのは、食い詰めた浪人が連れていた男児である。父親は西国から江戸に出てひと旗上げるつもりだったようだが、大坂で患いつき、死んでしまった。ひとりになった豊吉は、寺の縁の下に寝泊まりしながら物乞いのような暮らしをしていたが、先月、大川で魚を掬《すく》っているところをお宿のこどもたちが見つけ、ここへ誘ったのだという。

「これだけの人数に焼き芋を買い与えるとはかなりの金がいる。どうやって工面したのだ」

「さあ……拾た、て言うてたけど」

こどもたちは美味《うま》そうに焼き芋を頬張りながらそう言った。

「豊吉は今どこにいる」

「さあ……あいつ、ふらっと二、三日どこかに行って帰ってけえへんことたまにあるかららな」

河野は皆に向かって、

「おまえたちに言うておく。落としものは落とし主に返さねばならぬ。道で金を拾うても、それはおまえたちのものではないから使うてはいかんぞ。わしのところに持ってくるのだ。町役《ちょうやく》を通して、町奉行所に届けてやる。もし、落とし主が見つからねば、町奉行所からお下げ渡しになる。そのときはじめて落としものは晴れておまえたちのものとなる。勝手に使うたら、お仕置きになるのだぞ」

こどもたちは顔を見合わせ、

「えー、ほな、この焼き芋どないしよ」

「しゃあない。このお芋をお上に届けよか」

「もう半分食べてしもた」

「わたいはみな食べてしもて、ヘタしか残ってへん。このヘタをお上に……」

河野は苦笑いをして、

「芋はもうよい。その分はわしが町奉行所に埋め合わせしておくゆえ、ゆっくり味わって食え。――豊吉を見かけたらわしに知らせるのだぞ」

「えっ、とっちゃん、叱られるのん？」

「安堵《あんど》せよ。拾うたものはネコババしてはならぬ、ということを説いてきかせるだけだ。――雀さん、この子らに小遣い稼ぎというのはなんのことかな」

雀丸は進み出て、

「源八橋の手前ぐらいに土ノ坂というところがありますよね。あそこにツチコロビが出るという噂を知っていますか」

「知ってるー」

「聞いたことあるー」

「胴の太い、変な蛇やて」

「坂を転がってくるらしい」

「怖いなー」

「なにが怖いねん。俺やったら捕まえて付け焼きにして食うたるわ」

「えー、俺は焼き芋のほうがええなー」

「そやなー」

口々に言うこどもたちに、

「ツチコロビを見た、というひとを探し出して話を聞き、私に知らせてほしいんです。ひとりにつき五文払います。どうですか？」

「やるやる！」

「五文やったら焼き芋買えるわ」

河野四郎兵衛が大声で、

「おまえたち、嘘はいかんぞ。まことにツチコロビを見たというものを見つけるのだ」

「はーい」

こどもたちは聞き分けよく返事をした。

「では、わしはこれで失礼する。これから用心棒仕事の打ち合わせに参らねばならぬのだ」

「ほう、どちらまで？」

「知っておるか。もうじき鴻池の本宅で猫合わせなる催しがある。うちの猫こそ一番と思うておる大坂中の猫好きが自慢の猫を出品するらしいが、天に抜けそうだ、と下馬評かまびすしい寝巧屋巧兵衛という畳問屋がおってな……」

雀丸と半平は顔を見合わせた。

「その屋敷では、大金を投じて集めた逸物の猫がたくさん飼われておる。猫合わせに出る連中のなかには、ほかの猫を毒殺してでも勝ちたい……と考える邪《よこしま》な輩《やから》もおるかもしれぬ。そういうものから猫を守るために寝巧屋に雇われたのだ。はははは、つまりは猫の用心棒というわけだな」

するとこどものひとりが言った。

「先生、この長屋にも猫おるで」

「おお、そう言えばそうだな」

河野は雀丸たちに向かって、

「つい先日だ。黒猫が一匹、ここに迷い込んできたのだ。あちこち怪我をして、血を流しておってな、毛がごっそり抜けている。尻尾もふたつに割れていた」

河野四郎兵衛がこどもたちに聞いた話では、青物市場で屑《くず》野菜をあさっていた野良猫らしいが、青物市場に勤める若い衆たちが、

「猫又や。祟りに来よった」

「棒で叩いて追い出せ」

「やっつけろ」

などと乱暴したため、大怪我をしたのだという。河野はあわてて道隆《どうりゅう》のところに連れて行った。能勢《のせ》道隆は樋《ひ》ノ上橋《うえばし》の近くに住む気のいい医者である。貧乏人からは薬代を取らぬ。もとは馬医者なので猫の治療にはうってつけだ。道隆の治療によって黒猫はすっかり健康を取り戻したらしい。「コマタ」と名付けられたその猫はこの長屋に居つ

き、皆がかわるがわる世話をしているそうだ。

「生まれついての野良猫ではなく、もとはだれかに飼われていたふしがある。ずっとうちの長屋に置いておきたいところではあるが、まえから飼っておる犬のゴン兵衛とどうも相性が悪うてな、毎日朝から喧嘩をしてあちこちに暴れ込むので、近所からも苦情が出ておる。それに、放し飼いにするとまたぞろ猫又だ妖怪だといじめられそうだ。どこか屋内で猫を飼える良き引き取り手がおれば、差し上げたいところなのだが……」

「かわいそうな話やないか」

半平は猫に同情したようだった。

「よっしゃ、わてがその引き取り手を探したるわ」

こどもたちは半平のまわりに集まり、

「おっちゃん、頼むわ」

「ええとこ見つけてきてや」

「でも、またコマタに会えるように、近所がええな。あんまり遠くは嫌や」

河野が出て行ったあと、雀丸と半平はこどもたちの先導でコマタという猫に会いにいった。

「あ、いたいた。おーい、コマタ！」

三軒長屋の真ん中の家にその黒猫はいた。暗がりのなかでうずくまり、こちらを見ている。顔が餅のようにふっくらとしていて、福々しい。皆の世話の甲斐《かい》あってか、ごっそり抜けていたという毛も生えそろい、黒々とした毛並は一点の濁りもなく、惚《ほ》れ惚《ぼ》れするぐらい美しく、艶やかである。聞くと、こどもたちが近所を回り、餌用の食べものをもらっているらしいが、

「あんな猫又になんで餌やらなあかんねん。関わり合いになって祟られたらかなわん。帰ってんか」

と断られることが多いそうで、そういうときは自分たちの食事を分けているという。今、雀のお宿のこどもの数は六十人を超えているらしく、全員に行きわたるだけの食事を確保するだけでもたいへんなはずなのに、そのなかから猫に分け与えるというのは育ちざかりの彼らにとってかなりきついはずだ。そのとき、雀丸はふと、園が飼っているヒナのことを思い出した。猫の寺子屋に通い、高価な玉子やイワシ、サバ、豆腐などを与えられ、毛づくろいもしてもらえる。

（猫もいろいろだな……）

そんなことを雀丸が思ったとき、

「ええ猫やがな！　掃き溜めに鶴ゆうやつやな」

感に堪えぬように半平が言った。

「鶴やないで、おっちゃん。猫や」

「わかっとるわい。ここまできれいな黒猫は珍しいな」

ほめられていることがわかるのか、コマタは「みーや」と鳴いて、土間に下りてきた。

「たしかに尻尾が割れていますね」

雀丸が言った。近頃の猫は尾が短いものが多いが、この猫は尾長で、しかも先端がふたつに分かれている。それが先天的なものかどうかは雀丸にはわからなかった。

「よし、おっちゃんがおまえの飼い主、見つけたるさかい、それまで犬と喧嘩せんと、おとなしゅう待ってえよ」

半平がそう言ったとき、外からものすごい勢いでなにかが飛び込んできた。茶色い犬だ。

「がうがうがうがうがう……！」

牙を剝《む》き出しにして吠《ほ》えるその犬は、まっしぐらにコマタを目指す。コマタは逃げると思いのほか、犬に向かって突進していき、いきなりその鼻づらを引っ搔いた。犬は悲鳴を上げ、コマタはしてやったりという顔で「アーッ！」と鳴いた。犬は今度こそ嚙みつこうとコマタを追うが、コマタはぎりぎりのところですするりと体をかわして逃げる。完全に犬の動きを見切っているのだ。そのうちにコマタと犬は狭い長屋の一室のなかでぐるぐる追いかけっこをはじめた。狭すぎて、どちらが追いかけていてどちらが逃げているのかもよくわからない。障子を破り、茶碗《ちゃわん》を割り、水桶を倒し、灰神楽《はいかぐら》が上がり、室内がめちゃくちゃになったころ、ようようこどもたちが犬と猫を引き離した。

「な、わかったやろ？」

こどものひとりが半平に言った。

「これやから早《はよ》う飼い主探してほしいねん」

「わ、わかった……」

半平はうなずいた。

雀丸と半平は、谷町筋《たにまちすじ》を下り、今井町にある植木問屋根子屋に向かった。盆栽を抱えた大きな猫を染め抜いた暖簾をくぐると、広い土間にさまざまな植木が並べられ、空の植木鉢が積み上げられている。なんとなく空気がどんよりしていて、薄暗いような気がする。

「ごめんなはれ。わてだす。半平だす」

なかから番頭らしき男が出てきた。

「おお、半平どん。久し振りやな。――そちらのお方は？」

雀丸は頭を下げ、

「横町奉行の竹光屋雀丸と申します。こちらの猫さんが亡くなった件で参りました」

「え？　横町奉行？　ちょ、ちょっとお待ちを。今、主は奥でふせっとりますのやが、すぐに起こして参ります」

「ご主人はお身体の具合が悪いのですか」

「そういうわけやないんですが、商売があまり上手いこと行ってないところへさして、鴻池はんの猫合わせに出すつもりやった猫が急に死んだのがよほどこたえたらしゅうて、がっくりきてしまいましてなあ、それからは寝たり起きたりだすねん」

「それなら、お店まで来ていただくにはおよびません。ご主人の都合さえよければ、私たちが奥へ参ります。寝たままでけっこうですから、二、三、うかがわせてくださいませんか」

「そうしていただけると助かります」

番頭は丁稚《でっち》を呼び寄せると、主に雀丸たちの来訪を告げるよう命じた。まもなく丁稚も戻ってきて、

「主は奥の座敷におります。どうぞお上がりを……」

雀丸と半平は丁稚に案内されて奥座敷に入った。主の嘉右衛門は布団のうえに正座していた。

「寝たままでよろしいんですよ」

雀丸が言うと、

「いえ、病気というわけやないので、ただの怠け癖だすわ。これまで猫は何遍も看取《みと》ってきましたけど、こないに気落ちしたのははじめてだ。わてももう歳だすなあ……」

　五十半ばの嘉右衛門は痩せた胸もとを掻き合わせてそう言った。

「けど、よう来てくれはった。わても、あまりに急に死んださかいおかしいとは思たんだすけど、なんの証拠もないよって、あちらさんにねじ込むというわけにもいかず……」

「あちらさんというのは寝巧屋さんのことですか」

「へえ……わては猫好きに悪人はおらんと思とりました。せやさかい、巧兵衛さんもそこまでするお方やない、と信じとうおますけど、いろいろ噂を聞くにつけ、もしかしたら、と……」

「猫は、お医者に診《み》せたのですか」

だとしたら、その医者にきけば、毒殺されたかどうかわかると思ったのだ。

「朝は元気やったのが、昼過ぎに見たらもう死んで、冷たあなっとりました。医者に診せる暇もおまへなんだ」

「猫の死骸はどうしました？」

　死骸を調べればなにかわかるかもしれないと思ったのだが、

「すぐにうちの檀那寺《だんなでら》に持っていって焼いてもらいました」

「え？　猫をですか？」

「今は猫の葬礼《そうれん》を出すひとも増えとりますし、墓を建てるひともいてはります。わても、小さい供養塔を建ててやりました。――おっしゃりたいことはわかりますけど、あのときは、まさか毒を盛られたかもしれんとは思とりまへんでしたさかい……」

「そうですか」

となると、手の打ちようがない。

「その日、店のまわりで怪しいやつを見かけたりしませんでしたか」

「それだすねん。店を開けてすぐに、店のなかで頬かむりをした男がしゃがみ込んで三毛の頭を撫でてたので、うちの丁稚《こども》が声をかけたら、出ていったそうでおます」

「怪しいなあ。その丁稚さんはおられますか」

「へえ、うちは今、丁稚はひとりしかいてまへんのや」

嘉右衛門が手を叩くと、さっきの丁稚が顔を出した。

「玉吉《たまきち》、三毛の頭を撫でてたやつの話を聞きたいそうや」

丁稚は緊張した顔つきで、

「えーと……朝の六つぐらいでおました。表を掃除したあとお店に入ったら、頬かむりした男のひとがそこの土間にしゃがみこんで、三毛の頭を撫でてましたんや。こんな朝早うに変やなあ、と思たんですけど、お客さんだすか、て声をかけたら、客やない、かわいい猫やなあと思て見てただけや、ゆうてそそくさと出ていきました」

「どんな顔でしたか」

「それがその……頬かむりしてはりましたんで、顔はまるで見てまへんねん」

「目立つところはありませんでしたか。声とか、背がやたらと高いとか、太っている、とか、変わった着物を着ていたとか……」

「えーと……えーと……」

丁稚は必死で思い出そうとしたが、わかったのは結局、その男が中肉中背、よくある木綿の着物によくある博多帯《はかたおび》をしており、声も高くもなく低くもなかった……ということだけだった。

「ほかになんかないんか！」

苛立《いらだ》った半平が大きな声を出したので、丁稚は何度も頭を下げ、

「すんまへん……すんまへん。けど、わて、ほんまのこと言うてまんねん。もっとよう見てたらよかった」

丁稚は目に涙をため、

「よ、横町のお奉行さん、わてな、わてな……あの猫と大の仲良しだしたんや。なんとか仇《かたき》を討っとくなはれ」

「わかっています。――半平さん、この丁稚さんを責めてはいけませんよ」

「それはわかっとりま。玉吉どん、大声出して悪かったな。――雀丸さん、わては掏摸《ちぼ》をやめて今の桶屋の仕事に就くとき、ほかの親類には皆、わてのことをボロカスに言われて縁を切られましたんやが、この嘉右衛門旦那だけは見捨てんといろいろ助けてくれ

ましたんや。せやさかいどないかして嘉右衛門旦那に恩を返したいんでおます。それやのに、なんの手がかりもないいやなんて……ああ、神も仏もないもんやろか！」

半平が天を仰いだとき、

「そ、そや！　仏や！」

丁稚が叫んだ。今まで泣きべそをかいていたのに、突然目を輝かせて雀丸に向き直り、

「思い出しました！　そのひとの背中のうえの方に『仏』ゆう字が彫ってありました。しゃがんではったさかい、見えましたんや」

「それは手がかりになるかもしれません。ありがとうございます、丁稚さん」

丁稚や主人、半平を元気づけるために雀丸はそうは言ったものの、それだけではその男を見つけ出すのは容易ではない、と内心では思っていた。普段は襟で隠れている部分だから、ぱっと見ただけではわからない。

（でも、背中に「仏」ではじまる文字《もんじ》の入れ墨をしている男……ということで聞き込んでいけばなにかわかるかも……）

そんなことを思ったとき、

「こんなときになんやけど、嘉右衛門旦那、もう猫合わせに出る気はおまへんのか」

半平が言った。

「出るもなにも、もううちには猫がおらんやないかいな。まえはぎょうさん飼うてたこ

ともあったけど、昔の話や。それに、三毛は逸物中の逸物猫やった。ほかの猫では三毛の代わりは務まらんと思うのや……」

　丁稚が真顔で、

「旦さん、そんなことおまへんて。猫合わせなんかどうでもよろしいがな。どの猫にかて、それぞれその猫にしかない良さがおます。また、新しい猫飼うて、遊んで、可愛がってたら、きっと旦さんも元気になります」

　嘉右衛門は驚いたように丁稚を見つめて、

「ほう……玉吉、おまえ、なかなかええこと言うようになったやないか。どの猫にかて、それぞれその猫にしかない良さがある、か。そうかもわからんな。三毛の代わりやと思うからいかんのやな。――半平、おまえ、なんぞ猫の心当てでもあるんかいな」

「そうだっか。じつは、ちょっと変わった猫がいてましてな……」

　半平は、雀のお宿に迷い込んだ黒猫の話をした。

「ふーん……かわいそうな猫やな」

　嘉右衛門は腕組みをしてしばらく考えていたが、

「よっしゃ。その猫、飼うことにするわ。猫合わせに出すかどうかはともかく、猫がおらんようでは根子屋の暖簾に偽りあり、ゆうことになるさかいな」

「おおきに。これで、あのこどもらに顔が立ちますわ」

雀丸も頭を下げて、

「ありがとうございます。嘉右衛門さんのおかげで猫が一匹、救われました。よろしくお願いいします」

「ははは……そんなたいそうな。——こちらこそ三毛のこと、よろしゅう頼みます」

「調べても、毒殺されたかどうかはわからないかもしれませんし、寝巧屋さんが関わってるかどうかも定かではありませんよ」

「わかっとります。三毛のことで、こないして横町奉行さんがわざわざ来てくれた、ゆうだけでわては喜んどりますのや。あんたが調べてもわからなんだら、あきらめもつきます」

雀丸は主の部屋を辞した。店を出ていくとき、帳合いをしていた番頭が、

「もうお帰りだすか。——三毛の件、なにとぞよろしゅうお願い申し上げます」

雀丸は、この店で飼われていた猫が皆に可愛がられていたことをひしと感じた。そして、横町奉行としてなにかをしなければ、という気持ちが高まってきた。町奉行所は猫が死んだぐらいのことでは動かない。たしかにあれだけの人数では手が回らないだろう。

（ならば、横町奉行が動こうじゃないか……）

雀丸はそう思った。

彼は、半平とともにその足で寝巧屋に向かった。たいそう立派な店構えで、猫をかた

どった看板がひときわ目立つ。店のまえには大きな招き猫が幾体も置かれている。根子屋とは異なり、奉公人も多く、活気にあふれている。驚いたのは店先に「当店の猫が猫合わせで天を抜いたあかつきには全商品半額」というビラが多数下げられていたことで、たいへんな気の入れようだ。店に入ったところにさっそく数匹の猫がおり、客を尻目に悠々と寝そべっている。雀丸には猫の良し悪しはわからなかったが、毛並といい顔立ちといい、いずれもかなりの上猫のようだ。店の奥からもにゃーにゃーという鳴き声が聞こえてくるところをみると、もっとたくさんの猫が飼われているのだろう。おそらく餌代だけでも相当の額だと思われた。

「すみません」

雀丸はイグサを運んでいた手代らしき男に声をかけた。にきび面《づら》のその男はじろりと雀丸を振り向き、

「どなたはんだっか。うちは問屋だすさかい、小売りはしまへんで」

「いえ、ちがいます。横町奉行の竹光屋雀丸と申します。番頭さんか主の巧兵衛さんにちょっとお取次ぎを願いたいのですが……」

「今、一番番頭も二番番頭も猫の寺子屋に出かけてて留守だす。主はおりますけど、忙しいさかいあんたらに会う暇はおまへんわ。伝言があるんなら、手代のわてが聞いたげますけどな」

「猫合わせのことなんですが……」

　男の顔が曇った。

「猫合わせについては一切しゃべったらあかんことになっとります。敵がうちの奥義を盗みにくるかもしれん、ちゅうて厳しく言いつけられてまんのや。あんたら敵の回しもんか？　あ、まさかうちの猫に毒食らわせにきたんとちゃうやろな」

　失礼すぎる言い方である。

「なんやと、こらあ！」

　半平がキレた。

「おまえんとここそ、根子屋の三毛猫に毒盛ったんやろうが。盗人猛々《ぬすっとたけだけ》しいとはおまえらのこっちゃ！」

「やっぱりそうか。おまえら、あの植木屋の手先やな。どつきまわしたる！」

「じゃかあしい。巧兵衛を出せ！」

　手代と半平が摑み合いをはじめたので、周囲にいた猫たちはあわてて逃げ出した。

「店が騒がしいようやが、どないした」

　奥から、値の張りそうな紬《つむぎ》を着た初老の男が現れた。腕に、白い猫を抱いている。主の巧兵衛だろう。

「あ、旦さん、この連中、根子屋の回しもんだっせ！」

巧
屋

手代が叫ぶと、

「なんじゃと？」

巧兵衛は目を吊《っ》り上げ、

「おのれとこの猫が死んで猫合わせに出られんちゅうて、うちの猫、盗みにきたのじゃろ。そうはさせるか。帰れ帰れ！」

「おまえのとこのカスみたいな猫なんぞだれが盗むか。そんなことせんかて、こっちには逸物の猫がおるんじゃ」

「嘘をつけ。大坂中の逸物猫はわしが買い占めた。残っとるのはしょうもない二束三文の猫ばっかりじゃ」

「ほんまや。おまえが今抱いてる白猫なんか足もとにも及ばんようなええ黒猫を見つけましたんや」

巧兵衛はにやにやして、

「強がり抜かすな。この猫を超える猫なんぞこの世におらんわい」

「おるんや」

「おらん」

「おるちゅうとんねん」

「おらん」

「おるって」

「おらん」

　こどもの喧嘩である。アホらしくなった雀丸は帰ろうかと思ったが、そのときここに来た目的を思い出した。

「あの一……」

　話しかけようとすると、ふたりは同時に雀丸を見て、

「うるさい！」

　雀丸は、

「いいかげんにしてください。私は横町奉行の竹光屋雀丸と申します」

「なに？　横町奉行じゃと？　わしには後ろ暗いところはひとつもないぞ」

「ならばけっこうですが、あなたが根子屋さんの飼い猫に毒を盛った、という噂を聞いたのです。それはまことですか」

「はっ！　証拠があるのか？」

「まずは『そんなことはしていない』と答えるべきだと思いますが、いきなり『証拠はあるのか』ですか」

「揚げ足を取るな。うちには上猫がなんぼでもおるのに、なにゆえ根子屋の猫を殺さねばならんのじゃ」

「では、どうして根子屋さんの猫を四十両で買おうとしたのです？」

巧兵衛はぎくりとした顔になったが、

「念には念を入れよ、ということじゃ。そんなこともなかろうが、ぼんくらな行司のなかには根子屋の猫のほうが良い、などと点を入れるものがおるかもしれぬ。そういう芽を摘んでおくためじゃが、また、根子屋が金に困っているという話を聞いたので、助けてやろうという思いもあった。それなのにあやつはせっかくの申し出をはねつけよった。そのうえ、その猫が死んだので、あることないこと言い立てて、わしに難癖をつけてくるのじゃろ。それを鵜呑《うの》みにして、わざわざうちにねじ込みにくるとは、横町奉行も馬鹿たれじゃな。言いがかりをつけて、なんぼか小遣いにしようというならお門《かど》違いじゃ」

またしても半平がまえに出ようとしたので、雀丸はそれを押さえ、

「私は喧嘩するつもりはありません。話をききたいだけなのです」

「それならば話すことはなにもないわい。出ていけ」

「ひとつだけ教えてください。聞いたところでは、あなたははじめ、『皆が腰を抜かすような凄い猫を手に入れた。これで天に抜けることは間違いない』とまわりに言い触らしていたそうですね。それなのに、どうして急に、大坂中の上品《じょうぼん》の猫を買い集めるようになったのですか？」

「…………」

巧兵衛は黙って雀丸をにらみつけた。

「根子屋さんの三毛猫を買おうとしたのもそのころですね。なにかあったのでしょうか」

「う、うるさい！　出ていけと言ったはずだ。——先生……先生っ！」

巧兵衛が奥に向かって怒鳴ると、河野四郎兵衛が困ったような顔つきで現れた。

「先生、こいつらは破落戸《ごろんぼう》どもです。もしかしたら猫盗人かもしれまへん。追い出しとくなはれ」

「わかった。わかったからそう大声で怒鳴るな。頭に血がのぼるぞ」

そう言いながら、河野は雀丸に近寄ると小声で、

「いい加減なときに出ていってくれぬか」

「はいはい、わかりました」

河野が竹光を鞘《さや》ごと抜き、雀丸の肩先を突くと、

「うわあああ、やられたあ！」

雀丸はそう叫びながら、いまひとつピンと来ていない半平の腕を掴み、店の外へと連れ出した。

「なんだんねん、これは」

「河野先生のお仕事の邪魔をするのも悪いので、このあたりで引き揚げましょう」

「けど、なんにもわからんままですがな」

「そんなことはありません。いろいろとわかってきましたよ」

雀丸はそう言った。

◇

東町奉行所の同心溜まりで、皐月親兵衛は一枚の読売を手にしてわなわなと震えていた。中央に墨一色の絵がある。坊主のような化けものが川から頭を突き出し、岸にいる町方同心らしき侍が仰天して尻餅を搗《つ》いている……という滑稽画だ。添えられている文章はつぎのとおりである。

「狐《きつね》、狸がひとを化かしていたのは昔のこと。近頃浪花《なにわ》の地に現れるは、幽魔と申す新しき物の怪にて、その筆頭は安治川に出没する川坊主なり。雑喉場《ざこば》の魚を獲《と》つて食らひ、漁師の網を破る悪沙弥《わるしゃみ》にて、近隣のものどもの憂ひ少なからず。東町奉行所の同心某《なにがし》、川坊主退治に出役したれど、未《いま》だ召し捕りたるの報聞かず。

また、天満の源八渡《わたし》にある土ノ坂にては、槌転びなる幽魔現れ、坂を転がり落ちては夜中に往来するものをおびやかす。某曰《あるひといわ》く、槌転びは短小なる蛇なり。峠に棲み、兎《うさぎ》や獣を食ひ、ときに旅人を嚙むことあり、と。

また、これも天満にて尾のふたつに分かれたる猫あり。二尾の猫は古来猫又と云《い》ひて、後足にて立ち、踊りを踊り、人語を解す。まれにひとを嚙み殺してそのものに化け、祟りをなす忌むべきものなり。青物市場に勤むるもの三、四人、この猫又に襲われたりしが、勇を鼓して棒で叩き、石をぶつけて追い払う。そののちこの猫又の姿見られざりしと云ふ。

何故《なにゆえ》かくも幽魔の出現の重なるや。或《あ》る物識《ものし》りの曰く、これ浪花の地に悪しきこと起きる前兆なり、用心すべし、と。別の物識りの曰く、これ浪花の地に良きこと起きる吉《きっ》祥《しょう》なり、景気上がるべし、と。余案ずるに、たまたま重なりたるのみにて、気遣ひなし。信ずるも信じざるも勝手次第」

（川坊主退治に出役している東町奉行所の同心といえば、わしのことではないか。つまり、この尻餅を搗いているのがわし、ということだ……）

これで東町奉行所の同心が川坊主の召し捕りに動いていることが大坂中に知られてしまった。安治川沿いを歩いているだけで、妖怪を探しているのだな、という目で見られてしまうわけだ。

（こんなものを八幡さまに読まれたらえらいことになる……）

そのとき、同僚のひとりが部屋に入ってきて、

「皐月、八幡さまが探しておられたぞ」

（来たか……）

皐月親兵衛は立ち上がると、その読売を丸めてふところにしまい、八幡のところに赴いた。心中の動揺は著しかった。

（なんと申されるであろう。「こうして世間に東町が乗り出していることが知られてしまったというのに、まだなんの手がかりも摑めておらぬとは情けない！」……それぐらいの叱責で済めばよいが……「この無様な絵はなんだ！　東町奉行所が物笑いにされておるではないか！　それというのも貴様がまだなんの手がかりも摑めていないからじゃ！」……そんなことも申されそうだ。もしかすると、「だれが東町同心が動いていることを瓦版屋に漏らしたのだ！　それを突きとめてお縄にせよ！　いや、瓦版屋ごとひっくくってしまえ！」……などと言い出されたら、当面、まともな事件を扱う暇がなくなってしまう……。いずれにしても困ったことだ……）

そんなことを思いながら、与力部屋の襖《ふすま》を開けると、

「おお、皐月か」

皐月は息がとまりそうになった。八幡は読売を手にしていたのだ。皐月は膝を突いて頭を下げ、

「まことに……手前の不調法から……かかる始末になり……申し訳……」

「なにを申しておる」

「こうして東町奉行所の関わり合いが世間に顕《あら》わになったうえからは、決死の覚悟で川坊主召し捕りに粉骨砕身いたし、疾風迅雷の速さにて、勇猛果敢に、怒濤《どとう》のごとき……」

「おい、落ち着かぬか」

「また、これなる記事を書きたる読売の判屋を突きとめ、なにものが東町奉行所を虚仮《こけ》にしたかくなる文章を書き、なにものがこの秘事を漏らしたかをも暴き、白日のもとに晒《さら》さん所存でありますゆえ、今しばらくお待ちくだされ」

「はははは……川坊主の一件を判屋に言うたは、このわしじゃ」

童顔の与力は言った。

「どどどういうことです」

「顔見知りの判屋が参っての、なにか良き種はないか、と言うので教えてやった。海坊主ならぬ川坊主と名付けたのもわしじゃ。おまえの名も出しておいたのじゃが、同心某になっておる。なれど、この絵の武士の顔はおまえに似ておるのう。そのあと判屋は、ツチコロビと猫又についてもみずから調べ、一枚にまとめたのであろう。おまえも判屋に負けぬように、一刻も早う川坊主を捕えてくれい」

「ははっ」

かしこまりながらも皐月は、

（この御仁はなにを考えておられるのか……）

と思っていた。化けものの件を首尾よく解決できたとしても、どうせ正体見たり枯れ尾花で、世間からは「暇な同心」としてせせら笑われるにちがいない。こんなことに首を突っ込んでいるうちに、同僚たちはつぎつぎと難事件を処理して出世していくにちがいない。八幡弓太郎は、出世欲と妖怪好きのふたつの思いに挟まれて、わけがわからなくなっているのではないだろうか……。

（こんな上役のしたについていて大丈夫なのか……）

皐月はそう思った。

◇

しばらくのあいだ、雀丸は竹光作りに専心していた。納期が過ぎており、昨日、依頼主から矢の催促があったからだ。

「納品日は昨日のはず。一日遅れたら一両ずつ代金から差し引くゆえ、さよう心得よ」

「そ、それは困ります」

「約束をたがえたのはそのほうであろう」

「それはそうですが、あの、その、いろいろと忙しくて……」

「知らぬ。明日また来るからかならず仕上げておけよ！」

「いや、明日はちょっと無理……」

「それは許さぬ。御免！」

それはそうだろう。横町奉行としての務めが……とかいうのは客には関係ない。というわけで、雀丸は必死で仕事を続けていた。横町奉行などという無償の奉仕をいくらがんばっても、一文も入ってくるわけではない。本業をおろそかにすると、雀丸も加似江も飯の食い上げとなるのだ。

「だいたいできたな……」

昨夜も徹夜だった。明日にはできあがるだろうが、それには今夜も徹夜しなければならない。雀丸は嘆息しながら銀紙を台のうえで薄く延ばす作業に取り掛かった。腹の虫がぐーと鳴いた。

「昼飯はまだかや」

奥から加似江が出てきた。そうか、もう昼か。腹が減るはずだ。しかし、飯を炊く時間が惜しい。米を研ぎ、水加減をして、かまどで炊き上げるにはかなり手間も暇もかかる。

「お祖母さま、いつものやつでよろしいでしょうか」

「うむ……しかたない」

加似江は腰を叩きながら戻っていった。雀丸は、近所のうどん屋でうどんの玉を買ってきて、熱湯で温め直して丼に入れ、削った鰹節をどっさり載せて生醬油《きじょうゆ》をかけた。ご

したとき、
飯がないときにいつも作る雀丸の得意料理である。できあがったので加似江を呼ぼうと
「雀丸さん！」

そう叫びながら、ヒナを抱いた園が入ってきた。頬を涙がつたっている。

「ど、どうしました？」

園は泣きながら上《あ》がり框《がまち》に腰を下ろし、

「鴻池家の別宅に、猫合わせの下吟味に行ってきたのです。そしたら……」

「そしたら？」

「うわああん！」

園が大声で泣き出したので、ヒナは驚いて腕から下りてしまった。

「吟味役の方々によると、ヒナは毛並も、素早さも、顔立ちも、姿かたちも、どれも満点とはいえないそうで……下吟味に落ちてしまいました！」

それはしかたなかろう、と雀丸は思った。なんといっても普通の猫なのだ。付け焼刃で猫の寺子屋に通わせたりしただけで、もともとはもらってきた子猫だ。

「こんなに可愛いのに……！　大坂一可愛いのに！　ヒナのどこがいけないのでしょう。かならず天に抜けると思っていたのに……まさか下吟味も通らないなんて！　あのひとたちの目は節穴です。猫のことなんかなにもわかっていないと思います。雀丸さん、今

から一緒に鴻池家に行ってください」

「え？　私が、ですか」

「はい。ヒナの良さを吟味役に教えてあげてください」

「そ、それはちょっと……向こうは猫に精通している方々でしょうし、それなりの見識をもって選んだのでしょうし……」

「ヒナを侮辱されたのに腹が立たないのですか？　ヒナが駄猫だと言うんですか！」

「そんなことは言っていません。園さん、落ち着いてください」

「これが落ち着いていられるでしょうか」

「まあまあ……猫合わせなどどうでもいいと思います。どの猫が一番かを決めても仕方ないでしょう。どの猫にも、それぞれその猫にしかない良さがあります」

雀丸は思わず、丁稚の玉吉が言った言葉をそのまま口にした。園はハッとした様子で雀丸を見た。

「それは飼い主にしかわからないことかもしれません。でも、飼い主にとってはおのれの猫がこの世で一番可愛いに決まっています。猫合わせに通った落ちた……なんて騒ぐのは、おのれの猫に失礼ではありませんか」

「雀丸さん……」

園は雀丸とヒナを交互に見たあと、

「そうですね……。たしかにどんな猫にもその猫だけの良さがあるはずですね。ほかの猫と比べ合って負けたとしたら、その猫がほかの猫より劣るようでかわいそうです。私、もう気にしないことにします」

「ああ、よかった。それでこそ園さんです」

「でも……雀丸さんはすばらしい方ですね」

「な、なにがですか」

「ご立派なお考えをお持ちです。私の沈んだ気持ちをほんの一言で救ってくださいました。どうもありがとうございました」

「いえいえ、どういたしまして」

いまさら丁稚の玉吉の言葉をまるまる盗んだのだ、とは言えなかった。

「では、私はそろそろ……」

昼食《ちゆうじき》を食べて仕事に戻らねば、と言おうとしたとき、

「すんまへーん！」

入ってきたのは当の玉吉ではないか。顔がうれしげに輝いている。

「雀丸さん、えらいことだっせ！」

雀丸は、今えらそうに自分が園に言った台詞《せりふ》を聞かれていたのでは、とギクッとした。

「喜んどくなはれ。あの猫が……コマタが……鴻池はんの猫合わせに出られることにな

りましたんや！」

園が、玉吉に視線を向けた。雀丸は、しまった……と思った。せっかく落ち着いたのに、そんなことを聞いたらまたぞろ怒り出すか泣き出すのではないか……。

「たった今、旦さんが下吟味から帰ってきて、本吟味に出品される八匹のうちに入ったそうだす。ああ、うれしいなあ。雀丸さんもうれしおまっしゃろ」

「あ、ああ……はい、まあ、その……」

雀丸は、園をちらちら見ながら言葉を濁した。玉吉はそんな雀丸の様子には気づかず、

「コマタは、あれからすっかりうちの店の人気者になりましたんや。はじめは近所のこどもらがいじめに来て石投げたり、叩いたりしよったし、店のもんも出入りの職人さんらも、こんな尻尾の分かれた猫、猫又とちゃうか、捨ててしもたほうがええんとちゃうか、て言うとったんだすけど、道隆先生が具合を診にきてくれはって、この猫の尾が分かれてるのは生まれつきや、こういう猫もたまにおるのや、てはっきり言うてくれはったさかい……そのうえコマタが甘え上手で、可愛らしい仕草で懐くもんやから、店のもんも職人さんらもだんだん気に入るようになって、今では近所の連中が、猫又や、ゆうていじめに来ても、皆総出で追い返すようになりました」

「そ、それはよかったですねえ……」

「なんちゅうたかてコマタは毛並がええさかいなあ……天に抜けたらええのになあ……

雀丸さんもそう思いまっしゃろ」

「ええ……まあ……」

そのとき、園が言った。

「そんな猫がいるのですか。まるで知りませんでした。教えてくだされはよかったのに……」

雀丸は仕方なく、尾がふたつに分かれた黒猫が、青物市場の若い衆のせいで大怪我をし、雀のお宿に迷い込んできたのをこどもたちが保護したことや、その猫を猫合わせに出すつもりだった飼い猫が死んでしまった根子屋にあげた顚末《てんまつ》を園に話した。園は怒り出すことも泣き出すこともなく、大きな目をくりくりさせて、

「かわいそうな猫ですね。でも、助かってよかった」

「へえ、道隆先生のおかげだす」

「私も一度その猫が見たいです。天満の根子屋さんならうちの近くですし……」

玉吉が強くうなずいて、

「ぜひぜひ見にきとくなはれ。ええ猫だっせ。きっと気に入りはりますわ」

園は雀丸に向かって、

「私、猫合わせでその猫を贔屓《ひいき》することにします。うちのヒナの分もがんばってほしいです」

雀丸は胸を撫で下ろした。

「では、私はそろそろ……」

昼飯と仕事を……と言い掛けたとき、

「ごめーん、雀丸さん、いてはりまっかー」

五、六人のこどもがぞろぞろと入ってきた。雀のお宿の連中だ。

（みんな寄ってたかって私に仕事をさせないつもりか……）

雀丸は内心そう思いながらも愛想良く迎えた。

「雀丸さん、ツチコロビ見たひと見つけたでー。五文おくれー」

そう言ってこどもたちは手を差し出した。

（そうだ、忘れてた……）

雀丸は財布を探り、なけなしの小銭を皆に渡した。

「あのな、あのな、土ノ坂でな……」

「わてが探し出したのはお侍で……」

「えーとな、えーとな、六《ろく》さんていうお職人がな……」

口々に一斉にしゃべりだすのを制して、

「あー、いっぺんに言われてもわかりません。ひとりずつお願いします。まず、そっちの背の高い子から……」

皆から話を聞きながら、雀丸はそれを書き留めた。その結果わかったのは、ツチコロビに出くわしたのは土ノ坂だけにかぎられていること、出会うのはきまって夜半であること、財布を失っているものが四名ほどいること……などである。

「ふーん……」

雀丸が腕組みをして考え込んでいると、こどものひとりが土間に転がしてあった竹を指差して、

「あ、そや。わてが土ノ坂に行ってみたときな、坂の下の草むらにな、こんなぐらいの太い竹筒が落ちてたの見つけたわ」

「竹筒、ですか。両端の節は抜いてありましたか」

こどもはうなずいた。

「皆さんにおききしたいのですが、あのあたりに蛇はいますか」

「おるで。昼間に行ったらよう見かけるわ。青大将ゆうやつや」

「ツチコロビではないのですね？　ツチコロビは、胴が太くて寸詰まりになったような形で、ちょろりと細い尻尾が生えているらしいのですが……」

「そんなんは見たことない。ただの蛇や」

雀丸にはなんとなくツチコロビの正体が見えてきた。しかし、証拠はない。

（これは確かめにいかねばならないな……）

そう思ったとき、暖簾を跳ね上げてひとりの武士が入ってきた。

「雀丸、品物、受け取りに参った。できあがっておろうな」

「あ、それがその……」

「なにい？　貴様、わしを愚弄しておるのか」

「もう少しです。あと一日だけお待ちください。明日の夕方にはかならず……」

「待てぬ」

「待ってください。お願いです」

押し問答を繰り返したあげく、依頼主は憤然として、

「わかった。一日だけ待ってつかわす。そのかわりもう一両引いておくぞ」

はい、と言うしかない。へこへことお辞儀をする雀丸を尻目に、武士は足音荒々しく出ていった。雀丸は園、玉吉、そしてこどもたちに、

「すみませんが、今聞いてのとおり、今日明日は籠って仕事をしなければなりません。どうかよろしくお願いします」

皆はうなずいた。ホッとして座り込んだ雀丸に、こどものひとりが言った。

「へー、猫ってうどん食べるんやなあ」

「えっ？」

見ると、いつのまにかヒナが、丼に顔を突っ込んで鰹節を美味そうに食べているでは

ないか。怒ることもできず、雀丸が肩を落としていると、ヒナは顔を上げ、

「にゃう?」

と鳴いた。

◇

さて、その翌日である。そろそろ八つ半(午後三時頃)という時分、雀丸は目を真っ赤にして最後の仕上げに取りかかっていた。二晩続けての徹夜はさすがにきつい。だが、あと少しでできあがる。しかも、自身の目から見ても、かなりの出来映えであった。これならあの依頼主も喜んでくれるだろう……と雀丸は思った。全部で三両の減額はつらいが、職人として納得のいく仕事ができたことで雀丸は満足していた。

(さあ、あと少しだ……!)

気合いを入れるつもりで顔をパン! と両手で叩いたとき、

「すんまへーん……」

おずおずとした声に、ぎょっとして振り向くと、根子屋の丁稚玉吉だった。

「玉吉さん、今日は籠って仕事をしなければならないと言ったでしょう。なにかあるにしても、明日にしてください。どうかお願いします」

「それがその……」

玉吉は泣きそうな顔で下を向いている。さすがにかわいそうになり、

「なにかあったのですか？」

「へえ……雀丸さんがお忙しいとはわかってましたんやけど、ほかに言いにいくとこがのうて、たまらんようになって来てしまいましてん。すんまへん……」

「仕事をしながらでよかったらお聞きしますよ」

うながすと玉吉はしゃべりはじめた。

昨日、ここから根子屋に帰ると、店のまえでひとりの男が立っている。頭に頭巾《ときん》をかむり、鈴懸《すずかけ》に結袈裟《ゆいげさ》というでたちで、背には笈《おい》と肩箱、金剛杖《こんごうづえ》を持った手で最多角《いらたか》の数珠を揉《も》んでいる。どこからどう見ても山伏《やまぶし》である。

「おお……おおお……ボロンボロン、ボロンボロン。ボロンボロン、ボロンボロン。それ山伏と言っぱ山に起き伏すによっての山伏なり。橋のしたの菖蒲《しょうぶ》は誰《た》が植えた菖蒲ぞ。折れども折られず、刈れども刈られず。ボロンボロン、ボロンボロン……」

わけのわからない呪文を音吐《おんと》朗々唱えながら、暖簾のまえから動かぬその山伏に、玉吉は気味悪そうに話しかけた。

「あの……この家になんぞご用だすか」

「不吉じゃ」

「――へ？」

「不吉と申したのじゃ」

目が細く、唇の分厚い鉤鼻《かぎばな》の男で、上唇を舐めるようにして話す。

「どういうことだす」

「ここなる店には不吉の種がある。それを祓《はろ》うてつかわそう。なかに案内いたせ」

「縁起の悪いこと言わんとくなはれ。うちにはそんなもんおまへん」

「いいや、ある。かならずある。その証拠に店のまわりに怪しき黒雲のごとき気配が立ち込めておる。おお、そうじゃ。それはまるで……」

「まるで……？」

「黒き猫のような形じゃ」

どきっとした玉吉に山伏は近づいて、

「この店では黒猫を飼うておるか」

「へ、へえ……」

「その猫を見せてみよ」

玉吉が言われるがまま、その山伏を店のなかに入れると、手代や番頭たちが仕事の手をとめてふたりを不審そうに見た。

「玉吉、このお方は……？」

番頭が言うと、玉吉が答えるよりも早くその山伏は、

「祟りじゃ。黒猫の祟りじゃ」

番頭は顔をしかめ、

「なにを言うてはりますねん。商売の邪魔やさかい帰っとくなはれ」

「そんなことをしてもよいのか？　この店にはよからぬものが巣食うておる。今、それを除けばよし、さもなくばその悪しき魔物はこの店を遠からず滅ぼすであろう。そのものは、歳ふりて、一筋縄ではいかぬ物の怪なれど、わしの法力をもってすれば退散させることもできよう」

「アホなことを……。そんな魔物はここには……」

「では、黒猫はおらぬと申すか」

「い、いえ……黒猫は飼うとりますけどな……」

「そやつじゃ。そやつを見せい。話はそれからじゃ」

番頭が一瞬迷ったとき、奥から主人の嘉右衛門がコマタを抱いて現れた。

「どうしたのや、なんや大きな声がするが……」

山伏は嘉右衛門に駆け寄り、猫に向けて金剛杖を伸ばすと、

「こやつじゃ！　こやつこそ祟り猫！　主、この猫を飼うておると、悪しきことがまた起こりて、店は潰れるぞ。それでもよいのか」

「いや……そんなこと言うたかて、この猫は鴻池はんの猫合わせ……」

「見よ、尾がふたつに分かれておる。これこそ物の怪の証拠！　手遅れにならぬうちに、わしが引き取って引導を渡してやる。さあ、猫を寄越《よこ》せ」

嘉右衛門も少しためらったが、コマタを抱いたまま横を向き、

「せっかくやけど、この猫は妖怪でもなんでもおまへん。いじめられて怪我をしていたかわいそうな猫でな、うちで大事に育てるつもりや。帰ってもらえますか」

「主《ぬし》にはその黒猫の恐ろしさがわかっておらぬゆえ、そのような悠長なことが言えるのじゃ。家中のものが食い殺されてからでは遅いのじゃぞ」

「ははは……そんな気遣いはおまへんわ。さあ、帰った帰った」

山伏は苦々しげに嘉右衛門をにらむと、

「わしはまた明日来る。それまでにもう一度よう考えてみられよ」

鈴懸をひるがえして去っていった。

「では、コマタは渡さなかったのですね。よかったじゃありませんか」

雀丸が仕上げをしながらそう言うと、

「へえ……けど、昨日の晩……」

夜中、手代の利助《りすけ》が厠に立った。店のものは奥の手水《ちょうず》でなく、廊下から縁に出て中庭にある手水を使うのが決まりだ。用をすまして寝所に戻ろうとした利助のまえに、一匹の黒猫が不意に現れた。それは、庇《ひさし》から降りてきたようにも思えたが、闇が凝《こご》って形に

なったようにも見えた。にゃああ……と鳴いたその猫の声にぞくっとした利助が、障子を開けて部屋に入ろうとしたとき、後ろから両肩を強く引っ張られた。利助はそのまま一回転して庭へ落ち、後頭部をしたたかに打った。

「助けとくなはれっ！」

悲鳴を上げて両手両足をじたばたさせている利助のまわりに、起き出してきた店のものたちが集まったが、黒猫の姿も怪しいものの影も見当たらなかった……。

「なるほど……その黒猫はコマタだったのでしょうか」

「暗あてわからんかったそうだす。尾も一本やったか二本やったか……」

「庭に足跡はついていなかったのでしょうか」

「昼間、職人さんたちが大勢仕事してはりますので、足跡はぎょうさんついとります。どれがどれやら……」

「ふーん……」

「それで、今朝になってから……」

丁稚は話を続けた。

朝起きて、玉吉が表を掃除したあと、店の土間に来て驚いた。たくさんのネズミが大事な植木をかじっているではないか。

「こらっ……こらあっ！」

玉吉は箒を振りかざして追い払おうとしたが、図々しいネズミたちは店のなかを走り回るだけだ。そこにコマタがものすごい勢いで走り込んできて、ネズミたちをあっというまに放逐してしまった。

「まるで、猫というより虎みたいだした」

「さすが、猫合わせの本吟味に残った猫ですね。でも、どうしてそんなにたくさんのネズミが入り込んだのでしょう」

「わかりまへん。そのあと……」

神棚に水をあげようとした玉吉は、お神酒《みき》徳利が床に落ちて割れていることに気づいた。さっきのネズミの仕業だろうか。そう思って神棚を見た玉吉は、榊《さかき》が燃えているのに気づき、あわてて消そうとしたが、火は注連縄《しめなわ》に燃え移った。

「だれか！　だれか！」

玉吉の叫び声に、手代の利助と番頭が駆けつけ、必死に消火した。神棚はほとんど燃えてしまったが、あとは天井が少し焦げただけで済んだ。

「一歩間違うたら大事《おおごと》やったな……」

番頭が汗を拭きながら言った。

「おかしおますなあ。灯明もつけてへんさかい、火の気なんぞないはずやけど……」

そう言いながら利助が転がり落ちていたお神酒徳利を拾い上げたとき、

「番頭さん、これ見とくなはれ」

利助は床板を指差した。そこには徳利からこぼれた水で濡れたらしい猫の足形がついていた。

「それで終わりですか」

雀丸が言うと、玉吉はかぶりを振り、

「旦さんが……」

「嘉右衛門さんになにかありましたか」

玉吉の話によると、嘉右衛門は居間で昼食をしたためていた。三毛が死んだあと寝たり起きたりで食も細かった嘉右衛門だが、コマタが来てからというものみるみる元気になり、食欲も戻った。今日は、アナゴを開いたものを魚屋が持ってきたのでそれを付け焼きにし、炊き立ての熱々のご飯に載せて、ワカメの味噌汁、大根の漬けものとともに食していた。コマタは、嘉右衛門の膝のうえで冷めた飯に刻んだアナゴを載せ、味噌汁を少しかけたものを食べている。

「美味いのう。コマタと食べるといっそう美味く思えるわ」

嘉右衛門は上機嫌だった。番頭が、ネズミの件や神棚の件を報告しても、

「ネズミは外から入ってきたんやろ。それに、灯明の火が消え残ってたんとちゃうか。コマタが祟り猫？　そんなわけないやろ。――なあ、コマタ」

と取り合わない。給仕をしていたおとめという女子衆《おなごし》が味噌汁が冷めたので台所で鍋ごと温《ぬく》めなおし、もう一度運んできて、椀《わん》に入れた。その味噌汁をひと口飲んだ嘉右衛門は、

「げっ！」

と吐き出した。そして、苦しそうにむせ返りはじめた。顔色が蒼黒《あおぐろ》く変じたので、あわてて手代の利助が医者の道隆を呼びにいった。駆けつけた道隆はすぐに吐瀉薬《としゃやく》を処方し、嘉右衛門の胃の腑《ふ》にあったものをすべて吐き出させた。

「それで旦さんはなんとか助かりましたんや。ちょっとでも手当てが遅れていたら危なかったそうだす」

「道隆先生の診立てはどうなんです」

「猫いらずや、て言うてはりました」

「猫いらず？」

「へえ……朝からネズミがぎょうさん出ましたやろ。わてと番頭さんとふたりで猫いらずをあちこち仕掛けましたんや。たぶんそれが間違うて鍋に入ったんやろと思います。まあ、鍋に入りそうなところには仕掛けてまへんけど」

聞きようによっては、べつの意味がありそうな言葉である。

「そのおとめさんという女子衆は、まえからいるひとですか」

「わてよりも古うからいてはります。信のおけるひとでおます」

「そうですか。――おとめさんは鍋を温めなおすときに、目を離したり、その場から出ていったりしてませんか」

「それが、カンテキに鍋をかけてすぐに番頭さんに呼ばれてお店に出はったそうで、そのあいだやったらなんぼでも猫いらずを入れられますねん」

「うーん……」

「それと……旦さんが吐いたもののなかに、猫の毛が混じってましたんや」

　これには雀丸も驚いた。

「色は黒でしたか」

　玉吉はうなずき、

「そんなこんなでどたばたしてるときに、またあの山伏が来よりましてな……」

　山伏は店内をひと目見るなり、

「そおれ、わしの言うたとおりであろう。祟りがはじまったぞ！　主を呼びなされ」

「主は伏せっておりますが……」

「よいから呼べ。由々しきことじゃ」

　番頭に支えられて嘉右衛門は店に出てきた。山伏は金剛杖の先で店の土間をひと突きすると、

「昨夜から今朝にかけて、この家によろずの禍《まが》ごとが起きたであろう。これはまだ序の口。今後も続き、ついにはすべてが絶え果てるのじゃ」

心当たりのある嘉右衛門や番頭は蒼白になった。

そして、コマタに向かってなにか文字の書かれた札のようなものを突きつけ、

「念彼観音力《ねんぴかんのんりき》、念彼観音力、念彼観音力……呪詛諸毒薬《じゅそしょどくやく》、所欲害身者《しょよくがいしんじゃ》、念彼観音力、還《げん》著於本人《じゃくおほんにん》、或遇悪羅刹《わくぐうあくらせつ》、毒龍諸鬼等《どくりゅうしょきとう》、念彼観音力、時悉不敢害《じしつぶかんがい》……さあ、この家に憑《つ》きたる悪魔よ、その正体を現すがよい！」

だが、コマタは「にゃう？」と鳴くだけだ。山伏はますます声を張り上げ、

「はらこう、はらこう、はらこうや。橋のしたの菖蒲は誰が植えそめし。いち殿、二位殿、三位殿、四殿、五炒《い》り豆に六地蔵。はらこう、はらこう、はらこうや……」

ほとんど絶叫に近い声で叫びながら猫のうえで護符をびゅんびゅん振り回す。そのうちに護符がちぎれたので驚いたコマタはぴょいとどこかに行ってしまった。

「さあ、わが法力によりしばらくは禍ごとは起こるまい。なれど、すぐに物の怪は戻ってくるぞ。悪いことは言わぬ。あの黒猫をわしに預けよ。たちどころに魔物を祓うてやる。さもなくばまたぞろおまえ方の身に凶事が起ころうぞ。家じゅうをネズミが走り回って植木を食い荒らし、火事が起き、食事には毒が盛られ、ついには店は潰れ、一家が離散するまで続くのじゃ。どちらがよいかよう考えてみられよ」

主の嘉右衛門は、青ざめた顔でしばらく考えたすえ、口を開いた。

「猫は渡せまへん。うちで飼いまっさ」

「なんと？　主、気はたしかか。災いはおのれに降りかかるだけではないぞ。おまえの家族、奉公人、出入りのものにまで及ぶのじゃ。丁稚《こども》が不憫《ふびん》ではないのか、のう、主」

だが、嘉右衛門はもう迷わなかった。

「丁稚《こども》もかわいそうかもしれまへんが、皆にいじめられてうちへ来てくれたこの猫もかわいそや。どっちも手放すことはでけしまへんわ」

「ふん、せっかくわしが祟りものから救うてやろうと言うておるのにその手を払いのけるとは、あさはかも極まった。皆、枕を並べて死に絶えるがよい」

吐き捨てるように言うと、山伏は店を出ていった……。

「そうですか……」

雀丸の仕上げをする手はいつしか止まっていた。

「後ろに引っ張られたり、ネズミが出るぐらいならともかく、火事や猫いらずは困りますね」

「ほんまにコマタはうちの店に祟る悪い猫又なんだすやろか」

「そんなわけないでしょう。――でも、どうも気になりますね。それではすぐに……」

雀丸が立ち上がろうとしたとき、暖簾のあいだから外が透かし見えた。

「ああーっ！」

「どないしはりましたん？」

「あのですね……」

雀丸は玉吉の耳もとになにごとかささやいた。

「だいじょうぶだすやろか」

不安げな玉吉に雀丸もおぼつかなげに、

「さあ……でも、これしかないんです」

そう言うと、入ってきた武士に米搗《こめつ》きバッタのように頭を下げ、

「すいません。あと半刻……いや四半刻《しはんとき》あればもう間違いなく……」

三

帯のように横長の雲が月を隠した。大川の流れるひたひたという音が東側と南側から聞こえてくる。黒々と地面に伸びた根子屋の影に、ふたつの影が吸い込まれていく。

「おい……」

ひとりが合図をすると、もうひとりはくぐり戸のまえにひざまずき、太くて長い針のようなものを取り出して鍵を外そうとしている。ふたりともだぶだぶした褐色の装束を

着、顔は覆面様のもので隠している。

「おい……早うせえ」

「そう言われてもなかなかこいつが……」

ガリッ、ガリッ、ガリガリ……。

「あまり音を立てるな。起きてこられたら困る」

ガリッ、ガリッ……。

「おかしいなあ……昨日はすんなり開いたのに……」

「一度抜いてからやり直せ」

「へえ……」

ひざまずいた男は針を戸の隙間から引き抜き、どこへ突っ込もうかといろいろ探っている。立ったままその作業を見下ろしている男は、

「それにしても嘉右衛門のやつ、祟りで脅かしたらすんなり猫を引き渡すかと思うたが、かえって頑なになりよった。こうなったら猫を盗み出すしかない、というのが旦那の考えやが……」

そうつぶやいたとき、カタリという音がして、

「あれえ？」

ひざまずいた男が大きな声を出したので、

「ど、どうした」

「あははは……なんやわからんけど勝手に開いた。よかったよかった」

「おい、それって……」

くぐり戸が内側から開き、そこからふたりの男が現れた。ひとりはひょろりとした町人で手に火吹き竹を持っている。もうひとりは同じく町人だがなにも持たず、拳を握ったまま両手をだらりと下げている。

「だれだ、おまえらは」

「横町奉行竹光屋雀丸」

「しゃべりの夢八」

盗人ふたりは立ちすくんだが、すぐに気を取り直し、

「やってしまえ」

「おう！」

ともに匕首《あいくち》を抜き合わせ、武器を持たぬ夢八を与《くみ》し易《やす》しと見たか、ふたりとも彼に向かって突っ込んできた。夢八は一歩も引かず、右腕を動かした。先頭の男の横っ面に石礫が叩きつけられた。

「ひぎゃっ」

男は泣き声を上げて、根子屋の大戸に激突した。

「私にはだれもかかってこないんですかね」

　雀丸がそう言うと、その言葉に誘われるようにもうひとりの男が彼と対峙《たいじ》した。男は用心深い性質《たち》らしくなかなか仕掛けてこようとしない。やむなく雀丸のほうから、

「えいっ」

　火吹き竹を小手に打ち込むと、匕首をぽろりと落とした。雀丸は返す刀というか火吹き竹で覆面を跳ね上げた。そこにちょうど店のなかから、顔を真っ赤に紅潮させた番頭と手代、丁稚が出てきた。手に手に割り木を下げている。

「危ないからなかにいたほうがいい、と言ったでしょう」

　雀丸がそう言ったとき、雲が切れ、月が地上を照らした。男の顔が白く輝いた。

「あっ、山伏のおっさんや！」

　玉吉が目ざとく言った。男は顔をそむけると、

「面が割れた。逃げるぞ」

もうひとりの男とともにあわてふためいて逃げ出した。しかし、雀丸も夢八もあとを追わなかった。

　ふたりの男は天満橋を渡ろうとしたが、橋のたもとからふらりと現れた町人が片方に突き当たった。

「邪魔や、どけ！」

男は町人を突き飛ばすと、橋を越えていった。町人はふたりを振り返ると、

「へっへっへっ……」

手には、たった今男から掏《す》り取った太い針が握られていた。

◇

一夜明ければ猫合わせの当日である。夜中に猫盗人を追い返し、夢八から「毛むくじゃらの幽魔のことはどないなってまんねん」と愚痴を言われつつ家に戻って少し眠ったらもう朝だ。眠い目をこすりつつ雀丸は顔を洗い、うがいをし、歯を磨いた。いくら眠くても早起きして、加似江の朝飯を調えなければならない。冷や飯を茶粥《ちゃがゆ》にして、目刺し二本と大根の味噌漬けを添えた。

「此度《こたび》の猫合わせ、下評判ではいずくの猫が勝つと言われておるかや」

ずっ、ずっ……と熱い粥を啜《すす》りつつ、加似江が言った。雀丸はかたわらに置いてあった一枚の紙を手に取り、

「鴻池家が作った刷りものによりますと、八匹中、一番人気が常珍町寝巧屋巧兵衛お抱えの白猫ゆきひめ、二番人気が下寺町泉海寺《したでらまちせんかいじ》住職浄祐《じょうゆう》お抱えの虎猫縞丸《しままる》、三番人気が上方《かみがた》在番西組大番衆斎藤茂治郎《さいとうしげじろう》お抱えの三毛猫松千代《まつちよ》……この三匹が評判になっているようです」

「やはり寝巧屋が一番か」

「はい、その毛並雪のごとく白し、上品なる仕草公家衆に似たり、猫好きにはたまらぬたまらぬ……と書いてあります」

「ふーむ……例の植木屋の黒猫はどうじゃ」

「えーとですね……あ、ありました。天満今井町植木屋根子屋嘉右衛門お抱え黒猫コマタ、八匹中の人気は八番目です。黒きこと炭団《たどん》のごとし。毛並艶やかなれど、尾の先二枝になりて猫又に似たるなり。商売店に置くは縁起悪し……だそうです」

「ははは……そうじゃろうのう」

茶粥を食べ終え、食器を片づけた雀丸は、前垂れを外して、

「では、行って参ります」

と加似江に言った。

「あの園という娘も一緒に行くのかや」

「はい、向こうで落ち合うことにしております」

「うむ、勝敗の行方、ふたりでしかと見届けて参れ」

竹光屋を表へ出ると浮世小路である。そこを東に向かおうとした雀丸だが、西側の筋《すじ》違橋《かいばし》の方角から、

「うひいっ、出たあっ！」

という騒がしい声が聞こえてきた。なんとなく聞き覚えがあったので、気になってそちらに歩いていった。西横堀を覗き込むと、ひとりの侍が石垣のうえから網をたぐっている。それは、園の父である皐月親兵衛であった。網の一方の端は、堀に浮かぶ小舟のうえに立つ船頭が握っている。網にはなにかがかかっているらしく、大きな水しぶきが上がっている。

「逃げられてはならぬぞ。網を絞れ」

「そう言われても相手がでかすぎますわ」

「お、おい、そっちへ行ったぞ。船のうえに引きずり上げろ」

「無茶言わんといとくなはれ。こんな重い、暴れるもん、どないして……あっ、ああっ、そっちへ行きましたで！」

「うへえっ……く、来るな！　来るなと申すに……！」

雀丸は大急ぎで岸に下りていった。川面を凝視したがなにも見えない。しかし、皐月の持つ網はあきらかに川のなかへ引っ張られている。よほど力の強い相手と綱引きをしているらしい。とうとう皐月の足先が川のなかに入ってしまったのを見た雀丸が、皐月に加勢しようと近づいたとき、水中から白っぽく丸いものがひょっこりと飛び出した。それは、坊主頭に黒く丸い目、黒い鼻づらのしたにある口もとはふっくらと膨らみ、ぽつぽつとした穴があり、その左右には髭がぴんと生えている。

「——猫？」

雀丸は思わずそう言った。たしかにその生きものは猫に似ていた。丸い頭部も目も鼻も髭ぶくろも髭もそっくりだ。ただし、頭に猫耳がなく、目と目のあいだに公家眉のような黒い点があり、猫にしてはかなり大きく……そして川のなかにいることだけを除けばの話だが。

「しまった、逃げ……」

皐月は必死に網をたぐろうとしたが、つぎの瞬間、足を滑らせて尻餅を搗き、川に転がり落ちた。

◇

「ひえーっくしょん！」

焚き火に当たりながら、皐月は大きなくしゃみをした。濡れた衣服は土手に生えた松の枝に引っかけて乾かしている。少し離れた岸辺にごろりと横になった川坊主を囲んでいるのは、雀丸と烏瓜諒太郎である。近くを通りかかったこどもに駄賃をやって、立売堀まで迎えにやらせたのだ。そのこどもも、駄賃をもらったのに帰らず、物珍しそうに川坊主を見つめている。

「諒太郎、こいつはなんだ？」

「うーむ……マルよ、お主からの呼び出しの文に、川のなかに猫の化けものがいる、などとあったときは、とうとう頭がおかしくなったかと思うたが……なるほど猫のようでもあるな」

「だろう？」

「だが、犬のようでもある」

「だな」

「こいつは、おそらくアザラシだ」

「アザラシ？」

「海豹と書く。豹は虎や猫の類だから、猫に似ているのも道理だ。俺も、長崎にいたころ、阿蘭陀《オランダ》の禽獣図譜で見ただけだが、おそらく間違いなかろう。もともとは海に棲むいわゆる海獣だが、ときどき川をさかのぼってくることがある。尾張《おわり》の熱田《あつた》など各地で捕えられ、絵に描かれたり、見世物にされたりしておるが、まあ、めったに見られるものではないな」

「なにを食べるのだ」

「魚やイカだな」

「陸地にいても死なないのか」

「ああ、犬や猫と同じく肺臓で息をしている。ただ、こいつの餌となるものが陸地にはないことと、手足が鰭《ひれ》になっているゆえ動きにくいことなどから考えると、海中のほうが棲みよいだろうな」

「なるほど……」

しだいに見物人は数を増してきた。雀丸はしばらく考えていたが、

「よし……」

なにごとかを決した顔で、まだ震えている皐月親兵衛になにごとかをささやいた。

「よろしいでしょうか。妖怪退治はできませんでしたが、これがうまくいけばもっと大手柄になるかもしれませんよ」

応えるかわりに皐月は、

「へあーっくしょん！」

と大きなくしゃみをした。

雀丸はうなずいてさっきのこどもに、

「もう一軒、遣いを頼んでいいですか？」

「駄賃くれるのんか？」

「もちろんです。今度はちょっと遠いけど、玉屋町のですね……」

こどもはにこにこ顔で合点し、駆け出した。

「お主の目論見《もくろみ》どおり、うまくいくかな」

諒太郎が心細げに言うのを、

「いくとも。おまえも手伝ってくれ」

「それはかまわんが……あ、そうだ」

諒太郎は思い出したように、

「お主に頼まれていた長い毛の件だがな……」

「わかったのか」

「わかった。あれはな……」

諒太郎の言葉に雀丸は目を丸くした。

「それは……驚いたな。そいつは毛むくじゃらなのか」

「ああ。絵図がうちにあるから今度見せてやる。夢八が毛羽毛現《けうけげん》と間違っても無理はないぞ」

「どうしてそんなものが大坂にいるのだ」

「さあ、わからんが……おそらくどこかの金持ちが道楽で、金にあかせて買ったのが逃げ出したのではないかな」

それを聞いて雀丸は、あることを思いついた。

◇

鴻池家は、もともと伊丹で酒造業を営んでいたのだが、初代当主の新六《しんろく》が日本ではじめて清酒の醸造に成功し、大儲けした。新六の次男善兵衛《ぜんべえ》をはじめ鴻池一族は大坂へと進出、八男の初代善右衛門は醸造した酒を江戸へ送るために海運業もはじめたがこれも大成功し、その儲けをもとに両替商も行うようになった。のちには酒造と海運をやめて大名相手の貸付（大名貸し）に専念するようになり、ボロ儲けした。鴻池家から貸付を受けている大名は百十家に及ぶというから、大名家のうち三分の一は鴻池家に頭が上がらなかったわけである。「鴻善ひとたび怒れば天下の諸侯色を失う」という言葉も公然と流布しているほどだった。

そんな「日本一の金満家」である鴻池家の別宅は、構えからしてまるで城郭のようであった。門から広い庭を通って玄関に着くまでに日が暮れる……などと冗談を言うものもいたほどだ。

その鴻池家の別宅の奥座敷で「猫合わせ」が開かれていた。奥座敷といっても、そこは鴻池家の奥座敷、まるで大名家の大広間のように広い。参加者は、肝煎りである当代鴻池善右衛門や番頭たちをはじめとして、京都からわざわざこのためにやってきた有栖川家の名代、それに吟味役三名である。吟味役三名の内訳は、猫の浮世絵を専門に描く猫絵師、自宅で四十七匹の猫を飼っている猫好きの戯作者《げさくしゃ》、それに動物の売買を行っている業者……という、いずれも猫の目利きたちである。下吟味を通過した猫の飼い主八名は、座敷に隣接する間で猫を抱いて控えている。それぞれの猫を応援しているものたちの臨席も許されており、彼らは座敷の壁際に並んで座していた。

「それでは、ただいまより猫合わせを行います」

鴻池家の番頭のひとりが進み出て、そう宣言した。

「本日ここにお集まりの猫たちは、三千八百三十八匹のなかから下吟味を通った、いわば選《え》りすぐりの逸猫たちでございます。そのなかから天に選ばれるということは逸猫中の逸猫。蔵屋敷が建ち並び、日本中の米が集まってくる大坂にとってネズミは忌むべきもの。それゆえ昔からネズミを防ぐ猫はことのほか珍重されて参りました。つまり、大坂一の逸猫は日本一の逸猫ということになりましょう。——では、当家の主、善右衛門から一言申し上げます」

日本一の大金持ちとはどんな人物だろう……根子屋の番頭、手代、丁稚などとともに末席で見物していた園は好奇心を抑えきれなかった。

「ええ、お集まりの皆さんがた、本日はお日柄もよく、猫ちゃんたちも機嫌よく過ごしておるのではないかと思とります」

恵比寿《えびす》さんか大黒《だいこく》さんのようににこにこ顔の中年男がそう言った。だらしないほどの笑顔であり、引き締まったところはまるでない。着物も贅沢《ぜいたく》そうなものばかりではあるが、その着こなしはしまりがなく、胸ははだけ、帯も半ば解けかけている。

（このひとが日本一の金満家……？）

園は驚いた。もっと「しゅっ」とした大商人《おおあきんど》を想像していたのだ。

「わしは猫ちゃんが好きでおましてなあ……猫ちゃんが好きで好きで……ほんまに好きでなあ……犬も好きやけど……猫ちゃんがなあ……かわゆうてならんのだす。これまで金にあかせていろんな猫ちゃんを飼うてきましたけど、どれも可愛いやつばかりでおました。そこでふと思いついたんだす。日本一の名猫ちゅうのはどんなんやろ、てなことをねえ」

しゃべり方も、どこからか空気が漏れているようだ。園はうっかり笑いそうになるのを必死でこらえた。

「わし、金はなんぼでもおますねん。それでな、此度の猫合わせを思いついたんだすわ。猫が灰を濁り酒にぶち込んだちゅうのは……あははは……あれは嘘でおます。猫合わせを催すための口実だすわ」

隣の番頭が善右衛門の袖を引っ張り、

「旦さん、それは言うたら……」

「あっ、ばらしてしもた。あっははははは。まあ、ええがな。とにかく今日は大坂中の猫ちゃんのなかから選りすぐりの可愛い可愛い猫ちゃんを八匹も見せてもらえるそうで、もう昨日の晩から楽しみで寝られまへんでした。ほな、そろそろ猫ちゃんを見せてもらいまひょか」

どうやらただの猫好きらしい。園は、鴻池善右衛門に好感を持った。番頭が巻物を広げ、

「吟味は、顔立ち、毛並、鳴き方、そして、ネズミ捕りの四点をもって行います。さきほど行いましたくじ引きによる順にしたがい、まずは下寺町泉海寺住職浄祐殿方虎猫縞丸殿……お入りくださいませ」

次の間から猫を腕に抱いた老僧が現れ、その猫を畳に置いた。三人の吟味役はさっそく猫のまわりに集まり、顔や毛並を観察している。興奮しているのか、猫はフギャーフギャーとうるさく鳴いており、僧は一生懸命なだめている。

「ええ猫ちゃんや……ええ猫ちゃんやなあ」

善右衛門の顔が笑み崩れた。口からはよだれが垂れそうである。本当に猫が好きなようだ。

番頭がネズミのおもちゃを持ってきて、虎猫のまえに置いた。それまでゴネていた猫はネズミを見ると瞬時に冷静に立ち戻り、背後から飛びつくと、ネズミを口にくわえた。

「おお、見事や！」

善右衛門は扇を広げて、天晴《あっぱ》れ天晴れと扇いでいる。老僧は皆に一礼して、次の間に戻り、自分の席に座った。そのあと数匹の猫が吟味を受け、とうとうそのときが来た。

「つぎは、天満今井町植木商根子屋嘉右衛門殿方黒猫コマタ殿、お入りくださいませ」

おずおずと入ってきた嘉右衛門が黒猫を披露した途端、見物から失笑が漏れた。尾が二本あるからである。

「まるで猫又や」

「しっ。聞こえるで」

というひそひそ声も聞かれた。園は両手を合わせて拝みながら、

（雀丸さん、なにをしてるんだろう。半平さんも来ていないし……）

隣で丁稚の玉吉も固唾《かたず》を呑んで吟味役の動きを見つめている。それまではずっと自分の座で見ていた鴻池善右衛門だが、このときだけはコマタに近寄り、

「おお……これはええ。ほんまにええ。めちゃくちゃええ。わし、この猫ちゃん、好きやあ……。尻尾が分かれてるところも可愛いのう。可愛い可愛い……」

そう言って、コマタの背中を撫でたのだ。コマタは、

「ごろごろごろ……」

と気持ちよさそうな声を出したので、

「うへーっ、可愛いーっ！」

感極まった善右衛門の恵比寿顔はますます恵比寿っぽくなった。

「旦さん……」

番頭が小声で注意したので、善右衛門は自席に戻ったが、彼がコマタを気に入ったことはだれの目にも明らかだった。

園には、正直なところ、コマタの顔立ちや毛並はほかの猫とまったく遜色ない、と思えていた。

（もしかしたら勝てるかも……）

しかし、そのあとネズミのおもちゃが出されたときのことだった。コマタは、まるで動こうとしなかったのだ。吟味役のひとりがネズミをひょいひょいと手で動かしても知らん顔である。結局、そのまま微動だにせず、しまいには欠伸をしてそっぽを向いてしまった。番頭が、

「はい、そこまで。――では、最後に、常珍町寝巧屋巧兵衛殿方白猫ゆきひめ殿、お入りくださいませ」

落胆しきった顔で次の間に戻る嘉右衛門に比べ、入れ違いに入ってきた寝巧屋巧兵衛は自信たっぷりの顔つきで猫を皆に見せた。

「おお……」

吟味役や善右衛門だけでなく、ほかの猫の応援に来たものたちも思わず声を発した。

それほどその白猫は美しかった。刷りものには「その毛並雪のごとく白し」とあったが、まさに雪を身にまとったような純白の毛並なのだ。

「いかがですかな、雪のなかにいたら姿がわからなくなるほどの白さゆえ、ゆきひめと名付けました」

ネズミのおもちゃも、目のまえに出されるやいなや襲いかかって「狩り」を行い、口にくわえて堂々の貫禄であった。

「ふえーっ、これはすごい猫ちゃんやなあ！　白猫、白猫いうけど、こんな白い猫ちゃん見たことないわ」

善右衛門は呆れかえったように言った。

「ふふふ……さようでございましょう」

勝ち誇ったように巧兵衛は言った。

「それでは八匹の猫出揃《でそろ》いましたうえからは、吟味役の皆さまに点を投じていただきます」

番頭の声にうながされ、三人の吟味役は半紙にそれぞれ点数を書いた。ひとりの持ち点は十点で、それを八匹にどう振り分けるかはそれぞれに任されている。

「ほな、先生方、一斉に点数をお見せください。どうぞ！」

園は目を閉じ、南無阿弥陀仏《なむあみだぶつ》……と唱えたが、よく考えるとあまりふさわしい文言ではなかったかもしれない。おおおっ、というどよめきに目を開ける。結果はなんと、寝巧屋のゆきひめと根子屋のコマタが同点で首位であった。

「ああーっ！」

園は大きな声を出してしまった。

（雀丸さん……早く来て！）

おそらくは吟味役たちが鴻池善右衛門のコマタに対する贔屓っぷりを見て、いろいろ忖度《そんたく》したためだろうと思われた。三位以下の猫の飼い主たちは次の間に退いた。皆、落胆の色は隠せぬようだった。三人の吟味役は、予期せぬ同点という事態にうろたえ、なにやら話し合っている。寝巧屋巧兵衛はいらいらと、

「うちのゆきひめが負けるはずがない！」

と周囲のものに文句を言っている。根子屋嘉右衛門は、

「いじめられて、怪我してたこの猫が鴻池はんの猫合わせでここまで上りつめたのはすごいことや」

と興奮して言いまくっている。寝巧屋巧兵衛は鴻池家の番頭に向かって、

「あの黒猫はネズミを見向きもせんかった。そんな猫が天に抜けるやなんておかしいやないか！」

「ほな、あんさんはうちの猫合わせの吟味に不審があるとでも？」

「い、いや、そういうわけやないけど……」

するると、それまで黙って座っていた鴻池善右衛門が、

「あのなあ、ちょっと思たんやけど、ええかいな」

番頭が、

「へえ、なんでおまっしゃろ」

「さっきのネズミのやつなあ、あれ、ちょっとおかしいんとちがうかなあ……」

「とおっしゃいますと？」

「ネズミゆうたかておもちゃやろ？　賢い猫ちゃんやったら、偽もんやと見破って動こうとせんかもわからんで」

明らかにコマタを擁護する発言である。寝巧屋巧兵衛が思わず、

「それやったら、おもちゃと見抜けずネズミをくわえたうちのゆきひめがアホや、ゆうことだすか。そもそも根子屋の黒猫は、尾が二本ある猫又だっせ。そんな縁起の悪いしろものがこの本吟味に残るということがおかしいのとちがいますか。あえて申し上げますけど、鴻池の旦さんほどのお方がそれをよしとしているようでは、商いの切っ先も鈍るんやおまへんか」

座敷がしん……とした。日本一の金満家に思い切ったことを言ったものである。

「ほう……」

猫に囲まれてだらしなく緩んでいた善右衛門の恵比寿顔がにわかに引き締まった。分厚い座布団から立ち上がると、巧兵衛のまえまで来て、

「知らんようやさかい教えたげまひょ。あんた方は、猫又とか九尾の狐とか、尾が分かれてる獣は縁起が悪いとか祟りをするとか思とるようやが、大昔、唐《から》の国では、九尾の狐ゆうのは霊力の高い神獣、瑞獣《ずいじゅう》でな、帝《みかど》の善政が隅々に行きわたっているときに現れ、この世に幸せと泰平をもたらす、とされとったのや。わが朝でも、平安のころの書物にはそう書いてある。尾が分かれているゆうのは、ありがたいことなんや。つまり、この猫ちゃんは縁起のええ猫ちゃん、ゆうことやな」

それまでのしまりのなさが嘘のようなきりりとした語調に、巧兵衛は言い返すこともできなかった。

やがて、番頭が立ち上がり、

「どちらを天とするか、今からこの二匹によってもう一度吟味を行いたいと思います。やり方は、おもちゃではなく、生きているネズミを放ち、それをいかにうまく捕えることができるかによって決めたいと思います。――旦さん、それでよろしゅおますか」

「ああ、けっこうや」

くじ引きで順番が決められた。ゆきひめが先で、コマタは後ということになった。籠に入れられたネズミが運び込まれ、ゆきひめのまえで放された。ネズミは猫がいること

に驚き、はじかれたように逃走した。間髪を入れず、白猫も走り出した。ネズミは右へ左へと方向を変えながらひたすら逃げる。しかし、いくら振り切ろうにもゆきひめはネズミにぴたりとくっついて離れない。そのうちにネズミは壁を駆け上り、天井へ移った。ゆきひめも爪を立てて壁を上ったあと、大きく跳躍した。つぎの瞬間、白猫の前足にはしっかりとネズミの胴が握られていた。ゆきひめは旋回しながら畳のうえへと降り立ち、

「にゃあ!」

とひと声鳴いた。

「見事や!」

鴻池善右衛門は立ち上がり、扇を広げてほめそやした。吟味役たちもうなずきあっている。巧兵衛は、

(見たか!)

というような顔で嘉右衛門を見た。

つづいてコマタの番になった。園は、あらゆる神仏に祈りながらも、

(雀丸さん……遅すぎ!)

そう思っていた。

ネズミを入れた籠が寝そべったコマタのまえに置かれた。

「ふふん、どうせまた動かんのとちがうか?」

巧兵衛がそう言ったとき、籠のなかからネズミがひょいと顔を出した。コマタは微動だにしない。ネズミは外に出た途端、目のまえのコマタに気づいた。パッと逃げ出すだろう、と思いのほか、ネズミはその場に固まってしまったように動かなくなった。逃げようにも逃げられないのだ、ということがだれの目にもわかった。ネズミは震えながらじっとしている。一同も無言で猫とネズミを見守っている。長い時間が経《た》った。やがて、コマタがむくりと起き上がると、ネズミはそのまま横向きに倒れ、四肢をひくひくさせはじめた。つまり、気絶したのだ。

「これは……」

さすがの鴻池善右衛門も言葉が出ないようだった。一同も呆然《ぼうぜん》としているなか、コマタは欠伸をして、ふたたび寝そべってしまった。

「これは、吟味役の皆さんの判じを待つまでもなく、決したようやな。コマタの勝ちや」

善右衛門がそう言うと、巧兵衛が、

「な、なんでや。ネズミを捕まえるのはうちのゆきひめのほうがずっと早おましたで」

「『荘子《そうし》』にな、『木鶏《もっけい》』という話がある。闘鶏の優劣を比べるに、いきりたってまわりを威嚇し、強さを誇っているようではまだまだで、一番強い闘鶏は、ほかの鶏がなにをしようと泰然自若として相手にせんそうや。おのずとにじみ出る徳があれば、だれも敵《かな》わん。この黒猫は、木鶏の位に達しとるやないか。勝ち負けははっきりしとるがな」

「そ、そんな……百両もしたのに……毎日鯛《たい》とヒラメと玉子食わせたのに……」

巧兵衛は悔しさをにじませながらうなだれた。

「それでは、『天下一禰古末《ねこま》』の称号は、天満今井町植木商……」

番頭がそう言い掛けたとき、

「待ったあ！」

という声とともに襖が開いた。立っていたのは雀丸と半平、それに同心皐月親兵衛だったので、園は仰天した。三人は馬鹿でかい盥《たらい》を支えている。水が入っているらしく、揺れるたびにちゃぽんという音とともにしぶきが上がる。

「私は、横町奉行を務めさせていただいております竹光屋雀丸と申します。本日、こちらで猫合わせなる催しがあると聞き、飛び入りさせていただきたいと思って参上いたしました」

鴻池家の番頭が、

「いや、この猫合わせは、下吟味を通った猫だけが出られる催しでおます。いきなり持ってこられてもそれは無理ですわ。それに、もう猫合わせは終わりましたんや」

すると、鴻池善右衛門が、

「いや……その猫ちゃん、見せていただこやないか」

「旦さん、よろしいので」

「横町奉行の申し出とあっては、なんぼ天下の鴻池でも尊ばなあかんわな。それに、せっかく持ってきはったのや。どんな猫ちゃんか、見たいやないか」

「ありがとうございます。では、水がはねて濡れると畳が傷みますので、こちらの廊下に置かせていただきます」

「えっ？　その猫ちゃん、水のなかにおるんかいな」

「はい、世にも珍しい川猫です」

「み、見たい見たい。——かまへんさかい、座敷のど真ん中に置いとくなはれ。濡れても大事《だん》ない。はばかりながら鴻池善右衛門、座敷の畳ごとき毎日でも替えられるぐらいの金はおます」

　そう言って胸を叩いた。

「では、お言葉に甘えて」

　三人は、大きな盥を善右衛門のまえに置いた。半平が一生懸命に拵えて、さっきようやくできあがった盥である。善右衛門は盥のなかのものをひと目見て、

「おおおおーっ！」

　と頓狂な声を上げた。ほかの連中も皆、盥のまわりに集まってきた。盥のなかに入っていたのは、灰色の肌に白と黒の胡麻斑《ごまふ》模様が散った生きものだった。手足は短い鰭になっている。そして、顔は……。

「猫や」

「ほんまや」

目も鼻も口もとも髭も猫にそっくりの顔だが、猫耳がない。

「可愛いのう。こんなもんがこの世におるとは……」

善右衛門が目を輝かせて見入っていると、アザラシは顔を上げ、

「きゅう！」

と鳴いた。善右衛門はその場に尻餅を搗き、

「ま、参った。可愛すぎるわい。この猫ちゃんが今日の天や」

「そのことですけど……」

雀丸は善右衛門に言った。

「この川猫を見てもわかるように、広い世界にはいろいろな猫がおります。どの猫も、それぞれその猫にしかない良さを持っています。そんななかで、どの猫が一番かを決めてもしかたないでしょう」

「ほう……」

善右衛門は感心したように雀丸を見た。

「それは飼い主にしかわからないことかもしれません。でも、飼い主にとってはおのれの猫がこの世で一番可愛いに決まっています。猫合わせに通った落ちた……なんて騒ぐ

のは、おのれの猫に失礼ではありませんか」

園に言ったとおりの言葉である。善右衛門は腕組みをして、

「なるほど、ええこと言わはる。さすがは横町奉行や。たしかにわしも、なんでこんな催しをしたかというと、猫ちゃんが好きで好き過ぎて、大坂一の猫ちゃんを見てみたい、と思うようになったからやが、今日見た八匹の猫ちゃんはどれも素敵やった。ええ目の保養、させてもろた。しまいに、こんなおまけまであった」

そう言って、盥のなかを見た。アザラシは無心に泳いでいる。

「うちの蔵には金だけは唸っとるが、金さえ出したらええ猫ちゃんが買えるというもんやない。飼い主がその猫ちゃんをどれだけいつくしんでいるかが大事なのやな。その点、根子屋はんの猫ちゃんは、たぶんみんなに好かれてるのやないかな」

根子屋嘉右衛門が、

「うちのコマタは、猫又やなんやちゅうていじめられ、怪我までしてたのを長屋のこどもらが助けて育ててたのを引き取ったもんでおます。いつのまにか人気ものになっとりました」

「そやろな。そういうもんが伝わってくる猫ちゃんが一番や」

善右衛門は皆に向かって、

「わしが間違うてました。猫ちゃんに優劣をつけたらあかん。どんな猫ちゃんも飼い主

にとっては天に抜けとる。わしの勝手で申し訳ないが、今日の猫合わせはなかったことにいたします。せやさかいどの猫ちゃんが一番かということもなしや。えらいすんまへん。——なあ、番頭、これでええか」

　番頭もうなずいて、

「わてもそれがええと思います。——皆さん、それでいかがでございましょう」

　一同は心から賛同した。善右衛門は根子屋嘉右衛門に、

「根子屋はん、せっかく天に抜けたはずやったのにこんなことになってしもて、相済まん。その埋め合わせとして、あんたとこにうちの庭木の手入れを頼みたいのやが、どないやろ」

「え？　ええーっ！　ほ、ほんまだっか。けど、出入りの植木屋が……」

「ああ、見てのとおりうちの庭はびっくりするほど広いさかい、今の出入りの植木屋だけでは手が行き届かん。それに、本宅やら別宅やら合わせて何軒あるのか、わしにもわからんぐらいや。なんぼでも仕事はおます。よろしゅう頼みますわ」

「お、おおきに……おおきに。このご恩は生涯……」

「ははは……なに言うとりますのや。猫好きは相身互《あいみたが》いやおまへんか」

　嘉右衛門は泣き出した。雀丸は、

「これで一件落着、めでたしめでたし……と言いたいところですが、そうはいかないの

です」

　善右衛門が、

「まだなにかおますのか」

「はい。――寝巧屋巧兵衛さん」

　雀丸は巧兵衛を見やり、

「あなたにはおききしたいことがあるのです」

「な、なんや……！」

「あなたはこの猫合わせに勝つために、異国の猫を買い付けませんでしたか」

「…………」

「日本の猫と異なり、毛の長いその猫を手に入れたことで、あなたは猫合わせでの勝利を疑いませんでした。ところが、その猫に逃げられてしまった。八方手を尽くして探しても見つからない。そこでしかたなく、あなたは大坂中の逸物猫を買いあさることにしました。でも、はじめの異国の猫ほどの凄い猫は入手できない。焦ったあなたは競争相手を消していくしかなかった。根子屋さんの三毛猫に毒を盛ったのもその一例です」

「わしは知らんで。異国の猫を飼うたことが罪になるんか？　みんな、カナリアでもオウムでも飼うとるやないか。なにが悪いんじゃ」

「悪いとはだれも言ってません。ただ、逃げ出したその異国の猫を踏んづけて……あ、これはどうでもいい話でした」

　雀丸に代わって、皐月親兵衛が十手を取り出し、まえに出た。

「東町奉行所定町廻り同心皐月親兵衛である。おまえは先夜、ここなる根子屋方に忍び入り、コマタという猫を盗み出そうとしたであろう。どうだ」

「わ、わしはそんなことしてまへん……」

「おまえはしておらずとも、ふたりの手下《てか》を使嗾《しそう》したはずだ。証拠がある。これだ」

　皐月は一本の針を取り出し、巧兵衛の鼻先に突きつけた。

「盗人が落としていったものだ。おまえの店で使われておる畳針だそうだな。寝巧屋だけの工夫がほどこされておる、と同業のものが言うておったぞ」

「………」

「根子屋にネズミを放ち、食事に猫いらずを入れ、神棚に火をつけたのもおまえの手のものの仕業ではないのか。根子屋が以前に飼うておった三毛猫を毒殺した件についても吟味する所存だ」

「し、知らん。わしはなにもしてまへん」

「申し開きは会所でしてもらおう。――来い」

　皐月が腕を掴んでぐいと引っ張ると、それをふりほどき、

「も、もう終わりや。――先生、河野先生！」

廊下にいた河野四郎兵衛がのっそりと現れ、

「なんだ」

「先生、こいつらをぶった斬っとくなはれ」

「ははは……それは無理だ」

「な、なんででおます」

「わしは、猫を守るために雇われた用心棒だ。そのほかのことはできん」

「そんな……」

「なにもかも洗いざらいしゃべってしまえ」

巧兵衛は舌打ちをすると、ゆきひめを抱きしめたまま、廊下へと逃れ出た。そして、裸足で庭に下りると、

「お、おい、長兵衛《ちょうべえ》と勘介《かんすけ》……！」

ふたりの男が立ち上がった。ひとりはあの山伏であり、もうひとりは畳針を使っていた男だ。

「こいつらを防ぎとめとけ」

「旦さんは……？」

「わしは……逃げる！」

「そんな……」

「おまえらも召し捕られたら埃が出る身体や。わしの言うとおりにせえ」

そう言うと巧兵衛は庭を横切って逃げていった。ふたりの男はしかたなく、匕首を抜いて皐月親兵衛に斬りかかったが、もちろん町奉行所同心の敵ではなかった。あっというまに匕首を十手で叩き落とされ、縄をかけられた。

「あーっ！」

根子屋の丁稚玉吉が、山伏に扮《ふん》していた男の着物がはだけ、背中が見えたのを指差して、

「こ、こ、こいつ、あのときのやっちゃ！」

男の背中には「仏法僧」という三文字が縦に入れ墨されていたのだ。彼とその相棒が召し捕られたのは言うまでもない。

寝巧屋巧兵衛は、後ろを幾度となく振り返りながら庭を抜け、塀をよじ登って逃げる算段だったようだが、鴻池家別宅の庭があまりに広く、走っても走っても塀に着かぬ。ようよう塀にたどりつき、それを乗り越えようとしたとき、

「ぎゃあああああっ！」

という絶叫とともにその場に倒れたのは、抱えていたゆきひめが顔を掻きむしったからである。追いついた皐月たちになんなく捕えられた。

「雀丸さん、遅すぎ……」

と言いながら雀丸に駆け寄った園は、途中から盥のなかにいるアザラシに目を奪われ、

「か、か、か、可愛いーっ！」

そう叫んだ。アザラシは、

「きゅーっ」

と応えた。

◇

宵の口から降っていた雨もあがり、大川の水音がどっどどっどっ……と低く鳴り響いている。満月が見下ろすなか、ふところ手をしたひとりの男が土手下の道を歩いている。提灯を持っていないのは、月明かりだけで十分ということだろう。ちょうど土ノ坂のあたりまで来たとき、坂のうえからがらがらがらがらがら……という音が聞こえてきた。男が立ち止まり、そちらに顔を向けると、太くて横長の筒のようなものが転がり落ちてくる。

「任せろ！」

草むらから声がしたので、男は飛びのき、同時に草むらから飛び出した侍が抜刀し、その筒を横薙《よこな》ぎにした。鮮やかな手並みで筒は縦に斬り裂かれ、半分は草むらに、もう半分は男の足もとに転がった。男……雀丸はそれを拾い上げると、

「なるほど、太い竹を輪切りにしたものですね」

竹のなかに入っていたらしい青大将が、あわてふためいて草むらに逃げていく。侍……河野四郎兵衛は竹光を鞘に収めると、

「太い竹の端から青大将の尻尾の先だけがちょろりと出ているゆえ、ツチコロビに見えたのだな。坂のしたに落ちたとき、なかから蛇が出てきてどこかに行ってしまう。暗いなかではどのような蛇かはわからぬから、野槌蛇に遭うた、となる。うまいことを考えたものだ」

「さて……あとは、だれの仕業か、ということですが……」

ふたりは土手のうえに目をやった。見つかった、と悟ったなにものかが逃げ出す様子が月明かりに浮かび上がった。しかし、ふたりはなにもしようとしない。雀丸が、

「夢八さん……！」

「へいっ」

草むらから石礫が飛び、逃げていくだれかに当たった。そのだれかは足をもつれさせ、土手の反対側、つまり大川に転落した。

「雀さん、あれ、こどもだっせ」

「えっ……？」

「いかん！」

それを聞いた瞬間、河野四郎兵衛は走り出していた。土ノ坂を駆け上がり、流されて

いくこどもを見つけると、なんのためらいもなく飛び込んだ。大川は雨で増水している。河野は抜き手を切ってこどもに近づいていく。何度も離されたが、最後に腕を捕まえた。ふたりは抱き合った状態で下流へ向かう。雀丸と夢八は土手をひた走ってあとを追う。夢八が、岡部《おかべ》家の蔵屋敷の裏手にもやってあった舟に飛び移り、流れてきたふたりに櫂《かい》を差し出すと、河野はうまい具合にそれに摑まることができた。遅れて雀丸も到着し、夢八とともに櫂を手繰《たぐ》り寄せ、ようよう河野とこどもを舟に上げることができた。

こどもは少し水を飲んでいたが、背中を叩いて吐かせるとすぐに回復した。河野はそのこどもの顔を見て、

「おまえは豊吉ではないか」

こどもは泣きながら、

「先生、堪忍して……」

「うむ、堪忍してやるから、やったことをあらいざらい言うてみよ」

雀丸は、なにをやったかも聞かず、即座に「堪忍してやる」と言い切った河野に感心した。

「あのね……あのね……あのね……」

「いいから落ち着いてゆっくりしゃべれ」

泣きじゃくりながら豊吉は告白した。はじめはただの悪戯《いたずら》だった。夜中に雀のお宿を

抜け出して、坂のうえから、竹筒に蛇を入れて転がし、通行人を驚かせていたのだ。侍も町人も、仰天して尻餅を搗いたり、逃げ出したりするのを見るのが面白かった。そのうち、ある男が財布を落としていったことに気づいた。町奉行所に届けようと思ったが、もしかするとツチコロビの悪戯をやっていることがバレてしまうかもしれない。結局、近くの木の洞《うろ》に隠しておくことにした。雀のお宿のこどもたちは、自分も含めていつも腹を減らしている。彼らに焼き芋や飴《あめ》、餅などをおごってやると、皆大喜びし、尊敬の目で見てくれる。それがうれしかった。味をしめ、そのあとはなるべく懐具合の良さそうな相手を選んで竹を落とすようにした……。

「ごめんなさい……ほんまごめんなさい。やりだしたら途中で止められんようになったんです」

「謝って済むことではないが……財布を盗ったのは幾人ぐらいだ」

「四人です」

「金はどれぐらい残っておる？」

「ほとんど残ってます。使い出したらきりがなくなるのが怖かったから……。ぼく、磔《はりつけ》になるのかな……」

「磔になどならぬ。ただ、相応の償いはせねばなるまいな。──雀丸殿、金を盗られた相手の名前と所番地はわかっておるのか」

「はい、お宿のこどもたちが調べてくれましたから」

「ならば、豊吉、わしとともにそのひとたちのところへ参り、謝って、金を返すのだ。使うてしまって足らぬ分はわしが足してやる。そのうち真っ当に働いた金でわしに返すがよい」

「もし、謝っても許してくれなかったら……」

「ひたすら謝るのだ。たとえののしられても、叩かれても、わかってもらえるまで頭を下げ続けろ。そのほかに今のおまえにできることがあるか？」

「わかりました、先生」

豊吉は顔を上げた。河野は破顔一笑して、その頭をぐりぐりと撫でた。

◇

こうして大坂の町を騒がせた幽魔騒動は落着した。

豊吉は河野四郎兵衛とともに金を盗った相手に謝りにいった。皆、はじめは腹を立てたが、誠心誠意謝ると、しまいには、

「お金も戻ってきたことだし……」

と許してくれた。町奉行所に訴える、と言い出すものはひとりもいなかった。

皐月親兵衛は、八幡弓太郎に呼び出され、寝巧屋巧兵衛一味の悪巧みを暴いたことを

さんざんほめられた。そのあとで、

「安治川の川坊主の正体は、アザラシだったそうじゃな」

「ははっ、鳥瓜諒太郎なる蘭方医によると、海から迷い込んできたるもののよし。一旦捕えましたが、ふたたび川へと放ちますと、海に向かって泳ぎ去りました」

「そうかそうか。じつはわしも、アザラシではないか、と思うておったのじゃ」

「さようでございましたか。さすがは八幡さま、慧眼《けいがん》でございますな」

皐月は、逆らわずに調子を合わせた。

コマタは、根子屋で可愛がられながら機嫌よく暮らしている。縁起の良い猫、と鴻池善右衛門のお墨付きをもらった猫として、近郷近在から見物しにくるものも多いという。その場合の手土産《てみやげ》は鰹節だそうだ。

なにもかも解決したようだが、ただひとつ、寝巧屋巧兵衛がはじめに南蛮船から買い付けた波斯猫《ぺるしあ》なる異国の猫の行方だけがわからない。そのせいで夢八はいまだに、暗がりを歩くときは毛むくじゃらのものを踏みつけないかびくびくしているという。

雀丸も久し振りに心静かに竹を削っていた。

「おまえはここにおれ。——ごめんなはれや」

暖簾をくぐって入ってきた人物を見て雀丸は驚いた。鴻池善右衛門ではないか。丁稚をひとり、表に待たせているようだ。

「こないだはえろうお世話になりました。アザラシちゃんも間近に見せてもろて、ほんま眼福でおました。それもこれも雀丸さんのおかげでおます。お礼申し上げます」

そう言って善右衛門は頭を下げた。

「あ……あ、こちらにお座りください」

雀丸は上がり框のゴミをさっと手で払って、そこに座布団を置いた。

「今、お茶を淹《い》れますので……」

善右衛門は座布団にちょんと座ると、

「いやいや、すぐに帰りますさかいお気遣いはご無用」

「はあ……」

「あのあと、ちょっと考えましてな、川坊主をアザラシと見破り、それを猫合わせに出すことで、猫の一番二番を決めるのがいかに馬鹿馬鹿しいかを皆にわからせ、そのうえで寝巧屋の悪事を暴く……あんたの才はたいしたもんや。この鴻池善右衛門、すっかり感心いたしました」

「いや、そんなんじゃありません。私ひとりではなんにもできないのです。大勢のひとに助けられて、なんとか乗り切ったというだけです」

それは本当のことだった。園、皐月親兵衛、夢八、半平、玉吉、烏瓜諒太郎、河野四郎兵衛……といったひとたちがいなかったら、今度の事件は解決しなかったにちがいない。

「ご謙遜やな。そこがまた奥ゆかしい」

「はあ……」

「わしは金だけは持っとるさかい、たいがいのものは手に入れられる。そうなると悪い癖でなんでも欲しゅうなる。わしはな、あんたが欲しゅうなったのや」

「は？」

「うちの番頭にならんか。本家はわしの息子に継がせなしゃあないが、あんたにはゆくゆくは分家を継いでもろて、腕を振るってもらいたい。――どや」

「どや、と言われましても、私は商いのことはなんにも知りませんし……」

「それはわしがゆるゆる教えるさかい大丈夫や。あんたはわしの息子になるわけやからな」

「え……どういうことですか？」

「あんた、独り身やろ」

「はい……」

善右衛門はいつにもましての恵比寿顔で言った。

「つまりあんたは、わしの娘と夫婦《めおと》になるのや」

雀丸はひっくり返った。

出入りの毎日の巻

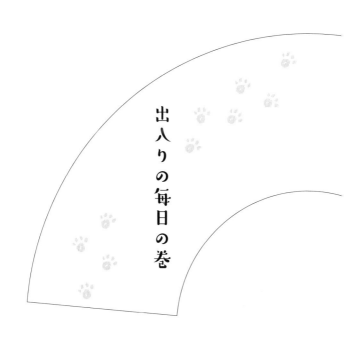

一

「わ、私を鴻池《こうのいけ》家の入り婿に……？」

「そや。悪い話やおまへんやろ。どないだす」

「いや、その、なんというか、あまりに急な話で……」

困惑しきった顔つきの雀丸《すずめまる》に対して、鴻池善右衛門《ぜんえもん》は雀丸が断るはずがない、と思っているらしく、余裕の表情である。

「こういう話を切り出すぐらいやから、失礼ながらあんたの素性を調べさせてもらいました。あんた、お侍の出やそうやないか。それもお城に勤めてたそやな。うちの婿としては申し分おまへんわ。お祖母《ばあ》さんとふたり暮らしやそやが、もちろんお祖母さんもうちに来てもろて、なに不自由ない隠居暮らしをしていただくつもりだす」

雀丸は考え込んだ。たしかに竹光《たけみつ》屋《や》は儲《もう》からない。ひと振りの竹光を作るのに手間と時間がかかり過ぎるのだ。しかも、武士を辞めたときの雀丸の腹積もりでは、竹光の需要がもっとあるはずだった。長く続いた泰平によって刀はすでに無用のものとなっており、抜く機会は生涯に一度もないから、竹光で十分である……そう考えるものがたくさんいるにちがいないと思ったのだ。ところが昨今、世の中が騒がしくなってきた。大塩の乱をはじめ、国の内外がきな臭くなってきたのである。やっぱり刀は必要かもしれんぞ……風潮がそう変わってきたのだ。今は、倹約に倹約を重ねても、加似江《かにえ》とふたり食べていくのがぎりぎりである。

（お祖母さまにももっと楽をしてもらいたい……）

そういう気持ちは雀丸も持っていないわけではなかったが、

「この話、まことにけっこうとは思いますが、お断りさせていただきます」

善右衛門は驚いた、というよりりきょとんとした顔になり、

「なんやて？　今なんと言いなはった。わしの耳がおかしいんかいな。もっぺん言うとくなはれ」

「この縁談はお断りさせていただきたいと申し上げました」

「なんでだす。鴻池の身代では不服やとおっしゃる？」

「まさか……。私には、大きなお金を動かし、大勢のひとを使うような仕事より、竹光屋が性に合《お》うております」

「うちの婿になったかて、竹光も拵《こしら》えてもろてええし、横町《よこまち》奉行も続けてもろてええの

やで」

「…………」

「だれか決まった娘はんでもいてなはるのか」

雀丸はちょっとためらったが、

「いえ……そういうひとはおりません」

「ほな、せめてうちの娘をいっぺんだけ見てもらえまへんか。見るのはタダやさかい、なんぼでも見とくなはれ。今、丁稚《こども》を走らせてここに呼びますさかい……」

「いえ、もう、お会いしないうちのほうがいいと思います。見てからお断りするのは、お嬢さんによけいに失礼になります」

「なるほど、理屈やなあ。けど、商いの道では、品物を見て、十分品定めしてから買うか買わんか決めるのがあたりまえや。断ったかて、一向にかまわん。よかったら、見るだけやのうて、手ぇつないだかてええのやで」

「いえ、やはりお会いするのは遠慮しておきます」

「うーん……惜しいなあ。親としてひととおりのことは仕込んだある。お茶もお花もお琴もでける。大店《おおだな》の娘にふさわしいおしとやかな子やで。それだけやない。親の口から言うのもなんやが、これがなかなかの器量良しでな、あんたも会《お》うてさえくれたら気持ちが変わるんやないかと思うのや」

雀丸は重ねて固辞した。鴻池家の主人となって店を切り盛りしている自分の姿を想像することができなかったのだ。

「そうか……」

雀丸の決心が固いのを見て、善右衛門は言った。

「残念やが、わしはまだあきらめへんで。いつかうちの嬢《いと》に会うてもらいたい。この先どうなるかわからん世のなか、今までのやり方では通らんようになる。鴻池の身代を守り通すために、どうしてもあんたが欲しいのや」

善右衛門が帰ったあと、雀丸が考え込んでいると、

「だれかみえてたかや」

奥から加似江が顔を出した。

「いえ……通りすがりの方が道をたずねただけです」

「そうか。――夕餉《ゆうげ》はなんとしようかの」

「そうですねえ……飛び魚の干物がありますからあれを焼いて、むしって、茶漬けにしましょうか。あとは蕪《かぶ》の塩もみと塩昆布《しおこんぶ》で……」

「ふん、しょぼくれとるのう」

そんなことを言いながら加似江は三杯もお代わりをするのだ。さっきの話を受け入れていたら、高齢の祖母に滋養のあるものを食べさせてやれたのに……と思うと、断った

のが加似江に申し訳なくなってきた。

「鴻池か……」

雀丸が思わずそうつぶやくと、

「なにか言うたかや」

「いえ、なんでも……」

雀丸はカンテキと団扇《うちわ》を出し、火を熾《おこ》しはじめた。

◇

「雀丸さん、いてはるう?」

数日後、甘ったるい声を震わせながら入ってきたのは女《おんな》俠客《きょうかく》口縄《くちなわ》の鬼御前《おにごぜん》だ。先日、大病を患ったが蘭方医烏丸諒太郎《からすまるりょうたろう》の投薬によってすっかり回復し、今は元気そのものである。顔に歌舞伎役者のような隈《くま》取《ど》りをほどこしているが、その色も一段と鮮やかに見える。

「はい、なんでしょうか」

「今日は、あての商売のことで来ました」

「はあ……」

「まあ、座らせてもらいます」

般若《はんにゃ》の顔を散らした、裾の短い浴衣《ゆかた》を着た鬼御前は白い太股《ふともも》を見せつけるようにあぐらをかいて座ると、雀丸に身体《からだ》を寄せ、

「ほんまは雀丸さんにあてらヤクザもんの内幕なんぞ聞かせとうはないのやけど、ちょっと耳に入れときたいことがおますのや」

「はい、うかがいましょう」

「あてが鬼御前一家を構えさせてもろてる天王寺界隈《かいわい》には、ほかに金時《きんとき》の常《つね》五郎《ごろう》一家とイモリの石蔵《いしぞう》一家のふたつがあって、わてのとこと都合三組が鎬《しのぎ》を削ってますのや。鎬を削るゆうたかて、東海道や上州の名のあるお貸元に比べたら、三組とも吹けば飛ぶような小さい一家やさかい、うまいことつり合いが取れてますねん」

「仲は悪いのですか?」

「日頃はそもそもおたがい会うことはおまへん。それぞれの縄張りのなかで機嫌ようやっとります。ヤクザゆうのは縄張りが命やさかい、それだけは譲れまへん。けど、そのほかのことはおたがいあちらを立てたり、こちらを立ててもろたりしながらも、角突き合わせることなくなんとかやってきましたのや、これまでは」

「これまでは……?」

「へえ、こないだ金時の常五郎親方が亡くなりはりましたのや」

「ご病気ですか」

「いえ……」

鬼御前はぐっと声を低めて、

「殺されはったんだす」

「だれに?」

「さあ、それがわかりまへん。聞いた話では、夜中に居酒屋やら屋台やらではしご酒をしたあげく、ひとりで帰る途中で立ち小便をしてるとき、後ろから刺されたそうだす。ドスを抜いて斬りかかろうとしたけど、酔っ払《ぱろ》うてて足がふらふらでそのままぶっ倒れた。通りかかった近所のもんが医者に運び込んだときにはもう虫の息で、『だれがやったか知らんが、覚えとけよ。男金時の常五郎、この借りはかならず……』ゆうて死にはったそうでおます」

「うーん……」

ヤクザの最期は哀れだなあ、と言おうとして雀丸は言葉を呑《の》み込んだ。鬼御前も女《おんな》伊達《だて》なのである。

「金時一家は、一の子方《こかた》の三ツ星《みぼし》の銀五郎《ぎんごろう》、通称三ツ銀《みぎん》が跡目を継ぎましたのやが、この銀五郎が、金時の親方を殺したのは、イモリの石蔵か口縄の鬼御前のどちらかにちがいない、いずれ親方の仇討《あだう》ちをする、といきまいとるらしいんだす。なんの証拠もないのに勝手なことを……と思いましたが、考えてみたら、常五郎親方が殺されて得をするのは、あてか石蔵でおます。銀五郎がそない思うのも無理はおまへん」

「お上《かみ》の動きはどうなっていますか」

「西町奉行所の同心で榊原半九郎《さかきばらはんくろう》というお方に、いろいろ吟味を受けました。けど、あてのほうからはなんにも言うことおまへん。金時の親方が殺された時分には、こっちはこっちで酔っ払うて白河夜船《しらかわよふね》だしたさかいな」

「でしょうね」

「まあ、いややわ、雀丸さん。まるであてが大酒飲みみたいなこと言うて」

鬼御前が雀丸にしなだれかかろうとしたので、雀丸はひょいと立ち上がり、

「お茶、淹《い》れますね」

鬼御前は、

「お茶なんかよろし。それより話の続きを聞いとくなはれ」

「はい、お茶を淹れながら聞きます」

「その榊原いう同心が、『イモリの石蔵のところに行ったら、下手人は口縄の鬼御前だとさかんに言うておったぞ』て言いますねん。あて、もう腹立って腹立って……」

「鬼御前さんは下手人じゃないんですよね」

「あったりまえやがな！　まさかあんた、あてがやったとでも……」

鬼御前が大声を出したので、

「そんなことはつゆ思っておりませんが、手下《てか》、子方のなかにそういうことを企《たくら》むものはいませんか」

「うーん、そやなあ……」

鬼御前は肉付きのよい腕を組んで、

「ずっとまえ、あてがまだひとを見る目がなかったころは、根性の曲がったやつやら無茶するやつやらもおったけど、今はいてまへんわ。強きをくじき弱きを助けるのが渡世人の習わしや。よその親方を後ろから突き殺す、なんちゅう卑怯《ひきょう》なやり方をするもんはうちの一家にひとりもおらんと言い切れます」

「だとすると、イモリの石蔵が嘘《うそ》を言い触らしている、と……？」

「そういうことになります。三ツ銀には、あてと石蔵のどちらかが下手人かわからんやろけど、あてにはあてが下手人やないことはわかってる。ということは……」

「ということは？」

「石蔵が殺《や》った、ということだすわなあ」

算術ではそうなるが、そんなに単純なこととは思えない。

「あのガキ、おのれが金時親方を殺したのをごまかすために、あてに罪をなすりつけようとしとるに違いおまへん。これをええ潮に、あてとこの縄張りまで奪《と》ってやろうという腹や。そうはさせるかい、あの外道《げどう》」

「殺された金時の常五郎親方は、みんなに慕われるお方でしたか？」

「とんでもない。ナメクジか蟇蛙《ひきがえる》みたいに嫌われてました。ええ歳《とし》やねんから、どっしり座って親方風吹かしてたらええのに、素人《しろうと》の揉《も》めごとに首を突っ込んでは、なんぼか金をむしりとろうとしてはりました。やり方がこすいんだす。それに、あっちゃこっちゃの大店に難癖をつけては大金を脅し取り、断られたらいつまでもしつこくしつこくつきまとって、商いがでけんようにして、小銭をせびってました。まるで……」

「蛇みたいですね」

「あらあん？　蛇はええんとちがう？」

しまった、と雀丸は思った。鬼御前の背中にはとぐろを巻いた大蛇の刺青《いれずみ》が一面にほどこされているのを忘れていたのだ。

「蛇は悪い生きものやおまへんで。かわいらしいし、素早いし、情が深いし……」

「わかってます。――金時の常五郎親方はみんなの鼻つまみものだった、ということですね」

「あてら同職のものから見ても、ろくなおひとやおまへんでした。恨んでる連中はぎょうさんおったと思います。まあ、殺したいほど憎んでたやつがおるかどうかは知りまへんけど」

「そのあたりは西町奉行所のほうで細かく洗ってるでしょうね」

「人望のない親方でしたけど、三ツ銀は恩があるらしゅうて、金時親方の敵討《かたきう》ちをするゆうていきまいとりますが、そのまえにうちの一家とイモリの石蔵一家の出入りになるかもしれまへん」

「で、鬼御前さんは私にどうしろとおっしゃるのですか。出入りというのは喧嘩《けんか》のことですよね。私に鬼御前一家に助太刀《すけだち》をしろ、と？」

雀丸は、鉄片を入れた鉢巻きをし、たすきを掛け、股立《ももだ》ちを高く取り、長脇差《ながわきざし》を持ったおのれの姿を想像した。けっこうかっこいいかもしれない。ただし、長脇差は竹光なのだ。

しかし、鬼御前は笑って、

「素人衆に助っ人を頼むほどうちの一家は落ちぶれてまへん。たとえ向こうが千人集めようと、うちは渡世人のほかに声をかける気はおまへん。あてが今日来たのは、そういう物騒な火種が天王寺界隈にくすぶっとる、ゆうことを横町奉行の耳に入れにきたんだす。コトが起きてから、雀丸さんが『知らなんだ』ではすまんかもしれんと思たさかいな」

なるほど、と雀丸は思った。鬼御前というひとは、普段は雀丸たちと気楽につきあっているが、じつは「斬った張った」に暮らしているのである。

「鬼御前さん……」

雀丸は感心したように、

「侠客の皆さんはいつもそんなひりひりした趣きのなかにいるのですね。私にはとてもできそうにありません」

「慣れたら一緒だっせ」

鬼御前はことともなげに言うと、お茶を一息で飲み、

「ほな、あての用事はすみましたさかい、これで失礼します」

そう言って帰っていった。雀丸は思った。おそらく、イモリの石蔵とおのれの一家のあいだに生じた軋轢《あつれき》を単に告げにきたというわけではあるまい。もしなにか理不尽なことが起こったら、横町奉行に真相を探ってほしいと言いたかったのだろう。大坂に血の雨が降るようなことはあってはならない。それに堅気の衆が巻き込まれるようなことはもっとあってはならないのだから。

雀丸は大きく伸びをして、

「ちょっと出かけて参ります」

奥に向かってそう言うと、加似江がのしのしと現れて、

「いずれに参る」

「渡世人の喧嘩を仲裁しに参ります」

「博徒の喧嘩か……」

加似江は情けなさそうな顔をして、

「武家も公家《くげ》も町人も、今この国がどうなっておるかもわからず、おのれの損得ばかりに気を取られて必死になっておる。渡世人においてもそうじゃ。どこそこの縄張りを取った取られた……戦国の世の国盗《くにと》りではあるまいし、今時そのようなことを申しておるようでは情けないのう」

「そうでしょうか」

「ひたひたと迫る新しい気配に、だれも気づかぬふりをしておるのかのう。まあ、わしは遠からずこの世とおさらばするゆえどうでもよいが、あとに残るおまえどもが気がかりじゃ」

「なにかおかしなことが起こるでしょうか」

「起こる」

加似江は大きくうなずいた。

「どのような……?」

「ま、わしには言えぬがの、泰平二百五十年のツケが回ってきて、これからはなにもかもがひっくり返るぐらいの時代になるぞえ。木の葉が沈んで石が泳ぐようなことはいくらでも起きよう。磐石《ばんじゃく》じゃ、永劫《えいごう》変わりはない、と思い込んでおるものこそ脆《もろ》く、危ういということを皆は知ろう」

まるで予言者のようなことを加似江は言った。

「たとえばどんなことですか」

「たとえば、か。たとえばのう……」

加似江は考えたあげく、

「たとえばだれもが名を知る豪商が店を畳む、とか……」

「どうしてそんなことになるのです」

「世の仕組みが変わるからじゃ。おまえも目先のことばかり見ておらず、目の玉をひんむいて、よう世の中を見渡すがよいぞ」

「はあ……」

雀丸は狐《きつね》につままれたような思いで家を出た。すっかり秋の気候で、川沿いを飛ぶ赤とんぼが鬢《びん》のあたりをくすぐってくる。それを払いのけるでもなく雀丸はのんびりと道を取った。天王寺界隈の聞き込みをしようというのだ。

どう考えても、三井《みつい》や住友、鴻池といった豪商が急に店を畳むようなことはありえないだろう。なにしろ莫大《ばくだい》な財産を日本各地に所有しているのだ。

（待てよ……）

雀丸は考え直した。

（淀屋《よどや》の例もある。お上の逆鱗《げきりん》に触れたら、取り潰されることはありうるな）

淀屋辰五郎《たつごろう》は日本一の豪商で、土佐堀川《とさぼりがわ》に全費用を負担して「淀屋橋」を架けるほどの金持ちだった。諸大名に貸し付けていた金高《かねだか》は銀一億貫にものぼったが、町人として驕《おご》りが過ぎる、という理由で闕所《けっしょ》になった。もちろん真の理由は諸大名救済のためで、莫大な大名貸しはすべて帳消しにされたのだ。このままでは大名が借金で潰れてしまう、という公儀の判断により、淀屋は潰された。

（お祖母さまの予知はけっこう当たるからなあ……）

などと思いながら雀丸が浮世小路《うきよしょうじ》を東へ東へと歩いていると、

「ぎゃあああっ！」

絹を裂く、というか、雑巾を裂くような女の悲鳴が聞こえた。見ると、高麗橋《こうらいばし》の西詰めのあたりで若い町娘が侍にからまれている。娘は質素だが小ぎれいな身なりで、供も連れていない。おそらく大店の女中でもあろう。侍は、昼間だというのに酔っているようだ。それも相当へべれけで、顔は熟した柿の実のように真っ赤である。かたわらに折詰が落ちていて、中身の赤飯などが散乱している。

「こりゃ、娘、ようも町人の分際で武士に真っ向よりぶち当たりよったな。おかげでせっかくの祝いの折詰が台無しになってしもうたばい。これでは吾輩《わがはい》、先方にも相済まん。申し訳がたたん。この始末、どげんしてくりょうと？」

唾を飛ばしながら怒鳴っている。値の張りそうな羽織・袴《はかま》を身に着けており、大小の拵えも立派だ。訛《なま》りからして、西国辺りの大名家の蔵屋敷詰めの侍かと思われた。婚礼の席にでも招かれて、さんざんタダ酒を飲んでの帰りなのだろう。

「はあ？　あんた、なに言うとるん」

娘は一歩も退《ひ》かず、侍に向かって顎を突き出した。

「うちが避《よ》けようとしても、うちが行くほうへ行くほうへふーらふら寄ってくるさかい、とうとうぶつかってしもたんやないの。なにが『どげんしてくりょうと』や。どげんもこげんもあるかいな、この芋侍！」

鼻筋の通った整った顔立ちだけに、柄の悪い啖呵《たんか》は迫力がある。しかし、これが火に油を注ぐこととなり、侍は逆上した。

「なに、このくせらしか（生意気な）娘っ子め。武士を馬鹿《ばけ》すっと承知せんぞ！」

侍は刀の柄《つか》に手をかけた。しかし、往来のものは怖がってだれも近づかぬ。雀丸は武士のまえに回り込むと、

「お武家さま、ご酔狂が過ぎるのではないですか？」

「なんだあ貴様は？」

雀丸は、横町奉行という名前を持ち出すとよけいにこの侍が激昂《げっこう》するかもしれないと思い、

「竹光屋の雀丸と申します。この娘になにか粗相があったとしたら、私が代わって謝り

ますので、どうぞ刀をお納めください」

　すると町娘は、

「うちはなにも粗相なんかしてへんで！　その侍のほうからわざと突き当たってきたんや」

　おそらくしたたかに酔った侍は、目についた町娘をからかうつもりで行く手を塞ぎ、難癖をつけて、居酒屋などに連れ込み、酌でもさせよう……ぐらいの腹積もりだったのだろうが、与《くみ》し易《やす》しとあなどった娘が案外手ごわかった……そんなところだろう。

「おいは突き当たったりしもさん。言いがかりは失敬千万じゃ。無礼討ちにしてくれる」

　侍は娘の腕を摑《つか》んで引っ張った。娘は侍の手首に嚙《か》みついた。血がたらたらっと滴り落ちた。

「痛っ……！　こやつ、もう勘弁ならん！」

　侍は刀を抜いた。

「その娘っ子をおとなしゅうこちらに渡せばよし、さもなくば町人、おのしともども斬り捨てるがそれでもよいか」

「いやあ、それはお断りです。なんとか穏便に収められませんか」

「ふふん、いらぬ義俠心《ぎきょうしん》から出しゃばってよか格好をつけたものの、所詮は町人。武士の刀のまえには勝てんとわかったか。いーや、ならぬ。どうあっても許すわけには参らんばい」

「困ったなあ……。どうすれば許してもらえるんでしょう。私がここで土下座して謝ったら堪忍してもらえますか？」

娘が雀丸をにらみつけ、

「あんた、それでも男なん？　悪いのは向こうやで。なんで土下座なんかせなあかんの。情けない」

「じゃあ、どうしたらいいんですか」

「あの侍をぽんぽーん！　とやっつけてよ。川のなかに放り込んで、うえから唾かけてやろ」

「無茶なこと言うなあ。あっちは刀を持ってますからねえ」

苛《いら》立《だ》った侍が、

「なにをごちゃごちゃ申しておるか！」

「いや、土下座したら許してくれるかなあ、て話しているところです」

「土下座？　よか。ふたりで土に頭こすりつけて詫《わ》びれば許してやりもそ。そのあとで詫びのしるしとして一分銀《ぶぎん》でも寄越《よこ》せば、無礼を許してやらぬでもなか」

「ああ、そうですか。わかりました」

結局は金にしたいのだ。蔵屋敷の侍の内証《ないしょう》が苦しいのは雀丸もよくわかっていた。

今、この国でいちばん金を持っているのは商人《あきんど》なのだ。

（一分か。きついなあ……）

雀丸のふところ具合も同じく厳しいが、行きがかり上仕方がない。財布の中身に思いをはせながら、雀丸はその場に両手を突いた。「韓信《かんしん》の股くぐり」とか「ならぬ堪忍するが堪忍」……といった心境ではない。雀丸は、こういうことをするのに抵抗がない。土下座ですむならいくらでもするし、金ですむなら（所持金の多寡にもよるが）いくらでも出す。変な意地を張って怪我《けが》したり、命を落とすのは馬鹿馬鹿しいではないか。

（でも、まあ、なんとか収まりそうだ……）

娘も土下座をしているだろうと、ひょいとそっちを見ると、

「金寄越せやと？　寝言抜かすな、強欲侍。これでも食ろとけ！」

止める間もあらばこそ、あろうことか娘は、かー、ぷっ、と唾を侍の顔面に吐きかけたのだ。

「うわ、なにをするか、この娘っ子が！」

激昂した侍は唾を手で払うと刀を振り上げた。娘はすばやくしゃがむと、砂をつかんで侍の顔面に叩《たた》きつけた。

「ぎゃわん！」

侍はよろよろと後ずさりした。娘は侍の手に飛びついて刀を奪おうとした。しかし、

侍がでたらめに振り回した刀の峰がたまたま娘の腕に当たった。娘はその場に倒れた。侍は両眼をぬぐうと、娘を左腕で抱えた。

（しまった……！）

雀丸はさすがに焦った。娘を人質に取られては手出しができない。

「貴様らあ、そこをどけ！　この娘を殺しておいも死ぬど！」

叫びながら右腕で刀をめちゃくちゃに振る。危なくて近寄れない。侍の目が血走っているのが雀丸にもわかった。暴れたのでよけいに酔いが回り、まともな判断ができなくなっているのだろう。だれかが、

「わ、わて、ひとっ走り、お役人を呼んでくる！」

と言ったが、

「役人に報《しら》せたらこの娘を殺すぞ」

と侍に言われてしゅんとなってしまった。

（どうする……どうすればいい……）

雀丸は考えたが、いくら考えても結論が出るような問題ではない。

（夢八《ゆめはち》がいてくれたら……）

他力本願なことを思ったりもしたが、ここは自力でなんとかしなければならない。あちこち見回すと、侍のすぐ後ろの土手に松の大木がある。その枝のひとつは侍の頭上に

伸びているのだ。

（しめた……！）

侍の注意がおのれから逸《そ》れているのをさいわいに、雀丸は松の木に登ることにした。気づかれぬようゆっくりと枝から枝へ移り、ちょうど侍のうえまで来たとき、娘と目が合った。雀丸は、

（今、助けてやるから、きゃー、とか、あーっ、とか言わないでね）

という意味を込めて娘に視線を送ったつもりだったが、娘は雀丸に向かって、

「危ないっ！」

と叫んだ。

「——え？」

雀丸も頓狂な声を出したが、侍も頭上を振り向いて雀丸に気づき、

「貴様、卑怯な真似《まね》をすっとどうなるか……」

そこまで言ったとき、雀丸がまたがっていた枝がみしみしみし……と音をたてて折れた。雀丸は侍の目のまえに墜落した。腰がグキッと音を立てた。

「せやから言うたのに……」

娘のつぶやきが耳に入った。

「たわけめが！　策を弄したつもりが、わがまえに落ちてくるとは笑止ばい！」

侍は勝ち誇ったように言うと、太刀を右手で構えた。示現流《じげん》の「蜻蛉《とんぼ》」の構えのように思われた。示現流は薩摩《さつま》に多く、重く長い刀を用い、「立木打ち《たてぎ》」といって毎日何千回も木刀を振る稽古を続けることで筋肉を極限までに鍛え上げ、破壊力抜群で俊敏な一撃必殺の攻撃を会得する、という流派である。基となる動作が骨の髄にまで染み込んでいるので、たとえ酔っていてもそれが自然と出てくる。侍はかなりの使い手のようで、そういう剣客が泥酔したときほど始末に困るものはない。腕は立つのでまわりを傷つけるのだ。

「雀丸とか言うたな。雀ならばおいの刀で串刺しにして焼き鳥にでもしてやるばい。──ちぇえええええいっ！」

雀丸は跳ね起きようとしたが、腰をしたたか打っていて力が入らない。侍は刀で雀丸と娘を同時に横薙《よこな》ぎにしようとした。雀丸にできることは、娘に覆いかぶさるぐらいしかなかった。おのれの身で少しでも娘への打撃を軽くしようとしたのだが、侍の剣風は空気がちりちりと焼け焦げるほどの凄《すさ》まじさで、雀丸が、

（あ……これはふたりとも死んだかも……）

そう思ったとき、

「あほんだらあっ！」

長脇差を槍《やり》のように構えた渡世人風の男が、侍目がけて突進してきた。侍は、右手に

太刀を持ち、左手に娘を抱えており、その男に対応できなかった。やむなく半身になって、刀でその長脇差を払った。長脇差は地面に叩き落とされたが、渡世人はひるむことなく侍の鳩尾《みぞおち》のあたりに思いきり頭突きをかました。侍の顔色が土気色に変じた。

「む……むむむ……」

泥酔していたところに胃の腑《ふ》を強く押されたのだから侍は娘を放し、刀もその場に放り出して川に走り、尾籠《びろう》な話だが、水面に向かってげろげろと吐きはじめた。渡世人は、

「へっ、酔いたんぼうめ、ざまあみさらせ」

そう言うと雀丸に、

「あんた、立てるか?」

雀丸はようようにして立ち上がったが、腰が痛んで足を踏ん張れない。

「わしの肩貸したる。この隙に逃げるんや!」

三人は高麗橋を東へと渡った。しばらく行くと西町奉行所がある。そのあたりならさすがに侍も刀を往来で振り回すというわけにはいかない。安堵《あんど》した雀丸は、

「痛《い》たたたた……」

腰をさすりつつ、商家の塀にもたれた。

「ほな、わしはこれで……」

渡世人が立ち去ろうとしたので、

「あ、すいません。ちょっとお待ちください。さきほどは危ないところをお助けいただいてありがとうございました。このご恩は一生忘れません」

「へへへ、そんな大仰な……。たまさか通りかかったら頭のおかしい侍が刀を抜いてるのが見えたさかい、思わず飛び込んだだけや。気にせんといて」

「いえ、見ず知らずの他人の難儀を身体を張って助けるなんて、なかなかできません。あなたのおかげで命拾いしました」

「義を見てせざるは勇なきなり、ていうやろ。わしも任俠の道に生きるもんやから、あたりまえのこっちゃ」

「私は横町奉行を務めております竹光屋の雀丸と申します。もし今後なにかありましたらおっしゃってください。かならずお手伝いに参りますので」

「いやいや、気にせんといて。——あのな、お上をはばかる稼業やから、こういうお奉行所の近くは苦手やねん。ほな、去《い》ぬわ」

「ちょ、ちょっと……せめてお名前を……」

渡世人はそれには応えず、松屋町筋《まっやまちすじ》を南へと走り去った。顔かたちに特徴はない。強いて言えば色黒で垂れ目、唇が薄い……というぐらいか。

「では、私も行きます。あなたはひとりで帰れますか？　さっきの悪いやつが逆恨みでもして探していたら困りますから、遠回りして帰ったほうがいいですよ」

そう言って腰をさすりさすり雀丸が歩き出そうとすると、

「あの……うちは船場の糸問屋のひとり娘でさきと申します。助けてもろておおきに」

雀丸は驚いた。てっきりどこかのお店《たな》の奉公人だとばかり思っていたのだ。船場の商人のひとり娘がどうして供も連れずに他出を……と思ったが、いろいろ事情があるのだろうとそこは触れなかった。

「いいんです。私はなにもしていません。したのは今のお方です」

「いいえ、あんたがはじめにあいだに入ってくれたさかい、うちは助かりましてん。命の恩人だす。どこぞでお礼をさせとくなはれ」

「お礼なんてとんでもない。それより早く帰ったほうがいいですよ。ああいう手合いはしつこいですから、見つかったらたいへんです。尾《つ》けてくるかもしれないので、できればおうちまで送りたいのですが、この腰では……」

「うちのために腰までいわして……うちこそお送りせなあきまへん。どうしてもお礼申し上げたいので、そのへんの茶店にでも……」

若い娘と茶店で羊羹《ようかん》など食べているところを世間に見られたら、どんな噂《うわさ》が立つかわからない。雀丸に、ではなく、この娘にだ。

「遠慮させていただきます」

「うちのことが嫌いだすか？」

「そそそんなことはありませんよ」

「ほな、茶店へ……。でないと、うちの気がすみまへん」

侍に唾を吐きかけたりしたほどだから当然とはいえ、かなりぐいぐい来る娘である。

「いやあ、困ったなあ」

「なんも困ることおまへんやろ。そうそう、天神橋を北へ渡ったところの川端をたらっと下ったところに美味《おい》しい桜餅を年中食べさせる茶店がおます」

しかし、雀丸は腰が痛くてどうしようもなく、ていねいにお断りをした。

「そうだすか。残念やわあ……」

さきは下を向いていたが、急にポン！　と手を打ち、

「ほな、こうしまひょ。何日か養生したら腰もようなりますやろ？　そのころにあらためてもう一度お会いしてお礼させていただくというのはどうだす？　それやったらかましまへんやろ？」

「え……うーん……まあ……」

あまりにしつこく断り続けるのも悪いと思って、雀丸が言葉を濁すと、

「わあ、うれしい！　ほたらそれで決まり！　三日後に……そやなあ……さっき言うた茶店で待ち合わせゆうのはどないだす？」

雀丸は、しまったと思った。もっとはっきり断るべきだった。

「いや、その茶店はダメです」

頭をよぎったのは、園《その》のことだった。同心町の皐月《さつき》同心宅からすぐである。

「ほかのお店やったらええ、ゆうことだすな。どこがよろしい？」

こうなったら仕方がない。

「道修町《どしょうまち》の少彦名《すくなひこな》神社の境内に茶店があります」

「神農《しんのう》さんの茶店やったら、なんべんか行ったことあります。ほな、三日後の八つ時分にその茶店で待ってます。うわあ、楽しみやわあ……」

かなり強引に再会の約束を取りつけると、満足そうにさきは行ってしまった。雀丸の頭にだんだんと後悔の念が広がっていった。あの娘を助けたのは明らかに彼ではなくあの渡世人なのだ。自分がお礼をされる筋合いはない。三日しても腰は治らなかったのでまたの機会に、という手紙を送ろうか、とも思ったが、よく考えると、さきの親が営むという糸問屋の名前を聞いていないのだ。

（まあ、いいか。調べればわかるだろう）

この状態ではとても天王寺まで行けない。雀丸は腰を曲げたり伸ばしたりしながら家に向かって歩き出したが、ふと気が変わり、知り合いの医者能勢道隆《のせどうりゅう》を訪ねることにした。道隆の住む樋《ひ》ノ上橋《うえばし》はここからほど近い。雀丸はよたよたと玄関先に入り、大声で案内を乞うたがだれも出てこないので、勝手に上がり込むと道隆は寝ながら焼酎を飲んでいた。

「おお、どうした、雀《じゃく》さん」

道隆は、腰に手を当ててそろそろと動く雀丸の様子に笑いながらそう言った。雀丸は、泥酔した西国武士にからまれていた町娘を助けようとして木に登ったら、その枝が折れて墜落し、腰を打った……という顚末《てんまつ》を話した。

「うわっはっはっはっ……」

案の定、道隆は大笑いした。

「やはり酒はいかんな。わしのようにほんの少しにしておけば百薬の長だが、飲み過ぎると毒になる。——よし、診《み》てやろう。着物を脱いで、ここへうつ伏せに寝ろ」

畳のうえに雀丸を寝かせると、飲んでいた焼酎を口から腰のあたりにぶっかけた。

「先生……汚いです……」

「なにを言う。腰の痛みには酒で湿布するのがまずは第一番の治療法だぞ」

「まことですか」

道隆はしばらく雀丸の腰のあたりを揉みほぐしていたが、

「どうだ、変わらぬか」

「はい。まるで」

「うーむ……そうか……」

道隆は腕組みをしてしばらく考え込んでいたが、

「よし、鍼《はり》を打とう」

「――え？」

雀丸はどきっとした。

「先生、大丈夫ですか」

「大丈夫というのは、鍼の効き目のことか、それともわしの腕のことか」

「どっちもです。先生が鍼を打っておられるところをこれまで見たことがありません」

「ははは……そうだろうな。わしも長いあいだ打ったことはない」

「どれぐらいぶりです？」

「三年……四年……もっとかな……」

「鍼はやめましょう」

「なにを言うか。腰の痛みは鍼にかぎる」

そう言うと道隆は押しいれから鍼の道具を出してきて、そこへ並べた。雀丸は顔を横に向けて、

「せ、先生……なんだか鍼が青く見えるんですが……」

「ああ、長年放置してあったのでちょっと錆《さ》びておるだけだ。気にするな」

「します」

「ごちゃごちゃ言わずに寝ておれ」

道隆は問答無用で鍼を打った。

「うぎゃー、やめ、やめ、やめてください。痛い痛い痛いやめてくれっ」

そして、結果的に雀丸の腰はすっかり治ってしまったのだ。

「どうだ、まだ痛むか」

「いえ……まるっきり元通りです。いや、まえより具合がいいかも」

雀丸は立ち上がると腰をぐるぐる回してみた。なんともない。

「先生、もしかしたら名医ですか」

「わっはっはっはっ、今ごろわかったか！　二日ほどは安静にしておれよ。——ああ、五年ぶりに鍼を打つと疲れるわい」

道隆は焼酎を湯呑みに満たしてぐいとあおった。

「先生、さっきは四年ぶりと……」

「いいからおまえも飲め」

「いただきます」

ふたりは焼酎を酌み交わした。

「ところで雀さん、このまえ鬼御前が来たぞ」

「なんの用件です」

「どうやら近いうちになんとか一家と出入りになりそうだ、双方に怪我人または死人が出るかもしれないが、そのときはみんなここへ大八車で運び込むからよろしく頼む、と菓子折りを持ってきたゆえ、わしも血止め薬や気付け薬、晒《さらし》、生卵に焼酎なんぞを仕入れたところだ。ああいう稼業のものは律儀だのう」

鬼御前の覚悟は本物のようだ。

「私のところにも来ました」

「喧嘩の相手のイモリの石蔵というヤクザは、金時という親方を殺したのは鬼御前だ、証人もいるから間違いない、と言い触らしておるそうだ。鬼御前は、そんな風に言い触らすことこそが向こうがやった証拠だ、と申しておったが、それでは世間は納得すまい」

「イモリの石蔵が言っている証人というのはどこのだれなんでしょう」

「さあ、そこまでは聞かなかったが、西町奉行所のなんとかいう同心も認めているそうだ」

榊原半九郎だな、と雀丸は思った。一度、その同心から話を聞きたいものだが、会えるかどうかはわからない。

「ありがとうございました。これで失礼します」

「うむ。痛みがぶり返したらいつでも参れ。鍼を打ってやる」

「もういいです」

雀丸は医者の家を出たが、以前よりも腰が軽く感じられた。これなら走っても大丈夫そうだ。こうなると、あの娘との約束を反故《ほご》にする理由がなくなってしまった。

(弱ったなあ……会うしかないか)

そんなことを思いながら雀丸は家に戻った。

「遅かったではないか」

加似江がぶすっとした顔で言った。

「はい、ちょっとごたごたしまして……すぐに夕餉の支度をいたします」

「雀丸、ちょっと座れ」

「はあ……」

「先刻、植木屋の松吉《まつきち》が参ってな、高麗橋のたもとでおまえが酔った武士と立ち回りをしたあげく、木から落ちてヤクザものに助けられた、と申しておったぞ」

あちゃー……と雀丸は嘆息した。マッさんに見られていたか。黙っていればいいのに、あの告げ口男め……。

「今は町人とはいえ、かつては代々城勤めの家柄じゃ。それが無様に木から墜落し、醜態を世上に晒《さら》すとはなんたる不始末！　気持ちがゆるんでおるぞ、雀丸」

そう言われると返す言葉がない。

「それにしてもなにゆえ木になど登ったのじゃ。男子ならば真っ向から勝負せよ」

「向こうは示現流の達人で、酔っ払って刀を振り回しておりました。私は刀を持ちませぬゆえ、仕方なく計略を用いたのですが……枝が折れたのです」

「おまえも公儀の禄《ろく》を食《は》んでいた身じゃ。大小は捨てたとはいえ、護身のために短刀《みじかがたな》の一本も差しておったほうがよいのではないか。道中差しや医者の刀などは公儀も認めておる」

「短刀というと、長脇差のことですね。ヤクザじゃあるまいし、そんなものを差すつもりはありません」

「ヤクザといえば、天王寺のあたりで三つ巴《どもえ》の縄張り争いがあるそうじゃな。鬼御前も一枚嚙んでおるというではないか。おまえが『喧嘩を仲裁に行く』とか今日言うておったやつか」

雀丸は、一件が祖母の耳にまで達していることに驚いた。

「どこで聞いたのです?」

「ひね松が言うておった。鬼御前一家とイモリ一家のあいだで血の雨が降るとかで、皆、怖がっておるそうじゃ。なかにはどこが勝つか賭けておるような不届きもおると聞くぞ」

「へー、そうでしたか」

「おまえは鬼御前から聞いて、よう知っておるのじゃろ。どこの一家が勝つと思う?」

「お祖母さまはどちらに賭けたのです」

「もちろん鬼御前……」

そこまで言って加似江は口を押さえ、赤面して叫んだ。

「雀丸、おまえ、わしをたばかったな」

「ひとの生き死にを賭けごとの的にしてはなりません」

「ほう、死人が出そうなほどの出入りかや」

「発端が、ある一家の親方が殺されたことですからね。横町奉行としてはなんとか無事に収めたいところです。鬼御前さんのことも気がかりです」

「そうか……この博打《ばくち》からは降りるとするか。ひね松に申して、賭けた金は返してもらうとしよう。もし、あやつが四の五の抜かしたら、雀丸、横町奉行の権柄ずくでおまえが取り戻すのじゃ。よいな」

「いくら賭けたのです」

「銀一朱じゃ」

「え？　そんなお金がどこに……」

「わしのへそくりじゃ」

雀丸は呆《あき》れた。

「ひね松の話では、鬼御前一家の若い衆が、金時親方を殺したのはイモリ一家だと触れ歩いておるそうじゃ。たしかな証人もおるとか」

おや……？　と雀丸は思った。道隆から聞いた話とは逆ではないか。どちらかが聞き間違えたのか、それともイモリ一家が言い触らしているのを耳にして、鬼御前のほうも負けじと対抗しはじめたのか……。そんなことを雀丸が思ったとき、加似江が鼻をくんくんと鳴らし、

「雀丸、おまえ、飲んでおるな。それも焼酎の匂いじゃ。公衆の面前で情けない思いをしたので、安酒で憂さを晴らしておったのか」

「そうではありません。腰を痛めて歩けなくなったので道隆先生に鍼を打っていただきました。そのときに焼酎を飲まされたのです」

「腰をか。大事《だいじ》ないのか」

加似江ははじめて、孫を心配するような表情を見せた。

「今はなんともありません。ご覧のとおりです」

雀丸が腰を左右に振ってみせると、

「ならば、とっとと夕餉の支度をせよ。献立はなんじゃ」

「飛び魚の干物が……」

「またか。そろそろ食い飽きた。ほかになにかないのか」

「お祖母さまの一朱があれば、なんでも買えたのですが……」

「わかったわかった。飛び魚と茶漬けでよい」

「茄子《なす》がありますので、焼き茄子にしますか？」

「ほほう、茄子は好物じゃ。生姜《しょうが》をすってくれい。ふふふ……焼き茄子ならば、ちと飲めるのう」

舌なめずりをする祖母を見て、雀丸は思った。

（鴻池かあ……）

彼が鴻池の婿養子になれば、加似江はどんな贅沢《ぜいたく》も思いのままだろう。雀丸が城勤めを辞めたばっかりに、こうして飛び魚の干物ばかり食べるはめになり、たまさかの焼き茄子を喜ぶようになっているのだ。

「お祖母さま……」

「なんじゃ」

「いえ……なんでもありません」

と雀丸は言った。

◇

そして三日後の昼食《ちゅうじき》のあと、雀丸は少彦名神社に出かけていった。直前まで迷っていたのだが、腰もあれ以来なんともないので、さきをだますのも心苦しく、結局、会うことにしたのだ。あのご開帳のときほどではないが、境内には大勢の参詣人がいる。さきはすでに来ており、茶店の床几《しょうぎ》に腰かけていた。着ているものは先日と同じだ。

「お待たせしました」

雀丸が腰を折ると、娘は満面の笑みで、

「うん、めちゃくちゃ待ちました」

と言った。こういうときは、今来たところ、と応じるのが普通だと思っていたので雀丸は驚いた。

「腰の具合はどないです？」

「もうすっかりよくなりました」

「ああ、よかった。うちのために痛めはったんやさかい、案じておりました」

「ありがとうございます。さきさんにもご心配をおかけしました」

「さきさん言うのは他人行儀で嫌やさかい、やめとくなはれ。さき、でお願いします」

えーっ！

「き、急に呼び捨ては無理です。さきさんでお願いします」

「ほな、なかを取ってさきちゃんにしとくなはれ」

どうして「なかを取」らねばならないのか。

「雀丸さんは、親しいひとにはなんて呼ばれてはります？」

「そうですねえ……雀さん、かな」

「あ、それええわあ。うちも雀さんて呼んでかめしまへん？」

「え？　あ、まあ、はい」

「お腹すいたわあ。なに頼もかな。雀さんは？」

「私は、草餅をいただきます。さきさ……さきちゃんはなにがお好みですか」

「ほな、うちは串団子にしますわ。——おばちゃん、おばちゃん！」

盆を持った中年女がやってきた。

「ありゃまあ、嬢《いと》はんやおまへんか。今日はお供、ひとりだけだすか」

さきのことを知っているような口ぶりだ。

「このひとはお供やあらへん。うちのええひとや」

「ええひと？　あっはっはっはっ。そういうことにしときまひょ」

「このひとには草餅、うちは串団子。あと、お茶ふたつ。うちの好みは……」

「へえへえ、熱い、苦いお茶だしたな」

「雀さんは、ほんまはお茶よりお茶けのほうがええんとちがいます？」

「いえいえ、まだ昼間ですから……」

ふたりはそれから餅や団子を食べ、茶を飲みながら、なんやかやと世間話をした。しかし、どうも話が嚙み合わない。世間ずれしているのか、していないのかわからないような子だなあ、と雀丸は不思議に思った。茶のお代わりを飲み終えたあと、

「では、今日はこれでそろそろおいとまします。とても楽しかったです」

雀丸がそう言うと、

「え？　もう帰りはりますのん？　まだまだお礼がしたりません」

「もう十分ですよ。ありがとうございました。——すいませーん、お代をここに置きます」

「雀さん、ここはうちが払います」

「そういうわけにはいきませんよ」

「今日は、うちを助けてくれたお礼をしようとお呼び立てしましたんや。雀さんに出していただいてはお礼になりまへん。——おばちゃん、うちが払うさかい」

娘は紙入れを出した。質素な着物と釣り合わない西陣織《にしじんおり》の財布である。そして、そこからつまみ出したのはなんと一朱銀であった。

「お釣りはいらんで」

「まあまあ、いつもおおけに。旦さんとお店ご一統にどうぞよろしゅうお伝えを……」

さきはけろりとした顔で、

「言うとくわ。——雀さん、行きまひょ。つぎはいつ会えますやろ」

えーっ！

「つ、つぎですか。つぎは、えーと……」

「まさかもうお会いでけへん、いうことはおまへんわな。あ、そや、今度は芝居行きゆうのはどうだす？　ゆっくりお弁当食べて、お芝居観《み》て、それから……」

「すいません。ふたりで芝居はちょっと……できればつぎも茶店で団子のほうが助かります」

「芝居行きの費《つい》えはうちが出しますさかい、ご心配いりまへん」

「だから、そうはいかないのです。私に分相応なところで手を打ってください」

雀丸が懇願すると、

「よろしゅうおます。うちは雀さんと会えさえすればそれでよろしいねん」

やられた……と雀丸は思った。うっかりつぎまた会う約束をしてしまったではないか……。

「では、おうちまで送ります」

雀丸が言うと、さきをかぶりを振り、

「それにはおよびまへん。これからちょっと寄り道せなあかんさかい、ひとりで帰ります。どうもおおきに」

さきはにっこり笑ってすたすた帰っていった。雀丸はその後ろ姿を見送っていたが、

（あれ……？）

神農さんの鳥居をくぐるあたりで、ふたりの若い男が左右からすっと近づいてきて、

さきを挟むように歩き出した。

二

そんなこんなで雀丸はさきという娘と幾度か逢瀬《おうせ》を重ねるはめにあいなった。正直、逢瀬というほどのことでもなく、ただ会って茶を飲み、甘味を食べるというだけだが、雀丸はしだいにさきの醸し出す奔放でざっくばらんな空気が心地よくなってきた。はじめは、そのがさつさや自己主張の激しさに辟易《へきえき》していたのだが、今ではその毒っ気がなんともいえない快感に思えるのだ。それに、さきは園よりもまだ若く、雀丸からみると「こども」である。こどもと遊んでいるような感覚なのだ。

三度目に会ったのは、高津《こうづ》さんの絵馬堂の茶店である。

「雀さん、待った？」

「いえ、今来たところです」

ふたりが床几に腰を掛けて茶を飲み、羊羹を食べていると、

「す・ず・め・ま・る・さん！」

耳もとで声が炸裂《さくれつ》した。見ると、園が立っている。顔は紅潮し、目が吊《つ》り上がっている。後ろに、家僕の大七《だいしち》が控えている。

「あ、園さん。まるで気づきませんでした。いつからいらしたのです?」

「さっきからです。お琴のお稽古に行く途中、たまには高津さんにお詣《まい》りしようと思って来てみたら……だれですか、この娘《こ》は!」

「ああ、船場の糸問屋の娘さんでさきさんです」

「ずっといちゃいちゃしてましたよね!」

「いちゃいちゃなんてことはありません。ただ、話をしていただけです」

「横町奉行という重い役目にあるものが、昼間からひと目もはばからずに逢《あ》い引《び》きだなんて、恥ずかしくないのですか!」

「いや、その、逢い引きなんかじゃありませんよ。このまえこの娘さんが酔った侍にからまれているところを助けたので、お礼にお茶をおごっていただいているだけです」

「それを逢い引きというんです。もーお、情けない!」

　さきは園を見上げ、

「雀さん、このひと、だれ?」

「この方は私のネコトモで、園さんという武家の娘さんです」

「ネトコモ?」

「ネコトモ……猫が好きな友だちということです」

「うちのお父ちゃんも猫がえろう好きみたいだす。そういうひと、ぎょうさんいてはりまんのやなあ。——けど、そのネコトモはん、なんかわからへんけど怒ってはるみたい。うちと雀さんが仲良うしてたから焼きもち焼いてはるんかなあ」

　園はカッとしたらしく、

「や、焼きもちですって？　そんなもの焼いてません！」

「けど、頭から角生えてはりまっせ」

「え……？」

　園は思わずおのれの頭を触り、

「なにも生えてません！　だいたいあなたは昨日今日の付き合いのくせに雀丸さんのことを雀さんだなんていかにも親しそうに呼んでらっしゃるけど、それは失礼ですよ」

「うちが雀さんをどう呼ぼうとうちの勝手や。なあ、雀さん」

「きーっ。——不愉快です。私は帰ります」

　園が踵《きびす》を返して高津宮の石段を駆け降りようとしたので、あわてて雀丸は追いかけた。気が上ずって転がり落ちたりしたらたいへんなことになるからだ。雀丸は園の手首を摑み、

「すいません、あの娘さんはまことにただの知り合いなのです。さっきも言いましたが、酔った侍に斬り殺されそうになっていたのを助け……ようとしたのです」

　助けたのは、雀丸ではなくあの渡世人なのだ。

「それを恩義に感じてどうしても礼をしないと気がすまないと言うので、たいそうなことはやめてほしいとお断りすると、それではせめてお茶でも……ということになりまして……」

「何度お茶を飲んだのです」

「え？　あ、ああ……きょ、今日がはじめてです」

雀丸は思わず嘘をついてしまった。

「わかりました。そういうことにしておきます」

園は肩を落とし、

「雀丸さん……私も雀さんとお呼びしてよろしいでしょうか」

「うーん……」

雀丸はしばらく考えたが、

「園さんは『雀丸さん』のほうが似合います。そう呼ばれるほうが私もうれしいです」

「まことですか？」

「はい」

「わかりました。私もじつはそう思っておりました」

園が笑顔を見せたので、雀丸はホッとした。園は、ずっと雀丸と手を握り合っていたことに気づいて顔を赤らめ、

「では、お稽古がありますからこれで失礼します」

園は大七を従えて段を降りていった。石段のうえから見送っていた雀丸は、ふたりの姿が完全に見えなくなってから茶店に戻った。

「あのお姉さん、えらいきいきい言うてはりましたなあ。男はんはああいうのがよろしいのやろか」

「さあ……ひとそれぞれでしょう。そんなことより、そろそろ帰りましょう」

「ええっ、もう？　まだいつもより早《はよ》おまっせ。今日は晩ご飯でもご一緒にと思てましたのに。ねえねえ、よろしいやん、雀さん」

そんなところを見られたらとんでもないことになる。雀丸はきっちりと断った。

「ささきさん、もうこれでお会いするのはやめましょう」

「なんでですのん」

「いやあ……さっきみたいなことがあると困りますから」

「あのお方は雀さんのええひとだすか？」

「ちがいます。ただの友だちです」

「うちも雀さんのただの友だちだっしゃろ。なんで、向こうとはこれからも会うのに、うちとは会えまへんの？　おかしいんとちがいますか」

「うーん……なるほど……」

さきの言うことは理にかなっている。

「わかりました。お会いするのをやめるのをやめましょう」

「わー、うれしい。――けど、もうじき雀さんとは毎日……」

「え？」

「あ、なんでもおまへん。今日はこれで……」

「おうちまで送りますよ」

「よろしいねん。船場から浮世小路までは遠いさかいここでけっこうだす。ほなお先に」

そう言ってさきも石段を降りていった。雀丸がうえから見下ろしていると、段を降りきったあたりで、ふたりの若い男が現れ、さきを守るような姿勢を取った。

◇

雀丸はその足で西町奉行所を訪れた。榊原という同心に会うためだ。横町奉行だと名乗って門番に取次ぎを頼んだが、けんもほろろの応対を受けた。しつこく押し問答を繰り返したがどうにもならず、あきらめた雀丸が門に背を向けてしばらく進んだとき、

「あ、榊原さま、お役目ご苦労さまでござりました」

門番がそう言うのが聞こえた。振り向くと、門のなかからごつごつした顔の同心が出ていくところだった。御用箱を背負った供をひとり連れている。しめた、と思った雀丸

は天神橋のたもとに先回りして同心が来るのを待った。案の定、天満の同心町に向かおうとする同心は、天神橋にやってきた。

「すいません、西町奉行所の榊原さまですね」

同心は不意に現れた職人風の若者をじろりと見やり、

「いかにもそうだが、貴様はなにものだ」

鼻先がまるで朱墨を塗ったかのように赤い。

「横町奉行を務める竹光屋雀丸というものです」

「横町奉行だと？　くだらぬ役目だのう。われら町方に任せておけばよいものを、あれこれいらぬちょっかいを出して台無しにしてしまう。町人のくせにお上を気取るのはわからぬでもないが、邪魔はせんでもらいたいもんだのう」

どうやらこの同心も横町奉行が嫌いのようだが、雀丸は気にせずに続けた。

「榊原さまは、金時の常五郎さんが殺された一件を手掛けておられるそうですが……」

「む……」

榊原は唸《うな》っただけで、そうだともちがうとも言わない。

「私が聞いた話によると、口縄の鬼御前さんは、イモリの石蔵さんのほうが『鬼御前さんが下手人だ』と言い触らしている、と言ってますが、石蔵さんは、まるで逆さまのことを言っているそうです。どちらが正しいのでしょう」

榊原同心は苦い顔をして、

「それは……つまり、どちらも向こうが悪いのだと言いたいのだろう。ヤクザなどというのはそういうものだ」

「でも、噂の出どころというのがあるはずですよね。それをたぐっていけば、なにかが見えてくると思うんです」

「ふん……素人はこれだから困る。噂だのよた話だのはどうでもよいのだ。わしら町奉行所がやるべきことは、鬼御前と石蔵のうち常五郎を殺したほうを召し捕って獄門にかける、それだけだ」

「鬼御前一家と石蔵一家が出入りになったら、怪我人や死人が出るでしょう。それを未然に防ぐのも町奉行所の務めではありませんか？」

「ははははは……世間の鼻つまみもののヤクザ同士が殺し合いをして、どちらも数が減れば、その分皆も助かるというものではないか」

「ヤクザは死んでもいいと言うのですか」

「かまうまい。人間の屑《くず》だ」

「堅気の衆も巻き込まれて迷惑がかかるかもしれません」

「そこまでの面倒は見きれぬ。われらはあくまで常五郎殺しの下手人をあげたいのだ」

めったにないことだが、雀丸はだんだん腹が立ってきた。

「では、その面倒は私のほうで見させていただきます」

「勝手にしろ。ただし、町奉行所の邪魔をしたら、貴様も召し捕るからそのつもりでな」

「はいはい、どうぞ。でも、あなたがたも私の邪魔をしないでくださいね」

榊原は赤い鼻をよけいに赤く染めて、

「——なにい？　貴様、お上に盾突こうというのか」

「さいならー」

これ以上話しても無駄だ、と悟った雀丸はその場を離れ、谷町筋《たにまちすじ》を南へ下り、天王寺に向かった。ついさっきまでさきと会っていた高津宮を過ぎると、下寺町《したでらまち》の名のとおり左右には寺ばかりが並んでいる。そのなかでもっともぼろぼろの寺が要久寺《ようきゅうじ》である。陽《ひ》も西に傾き、石畳や柿の木が赤く染まっている。雀丸が門を入り、本堂に上がり込むと、住職の大尊和尚《だいそんおしょう》は床に大きな紙を敷き、竹ぼうきのように太く長大な筆で字を書いていた。

「揮毫《きごう》ですか」

「檀家《だんか》に頼まれてな」

大尊は大酒飲みの無頼僧だが、字は上手《うま》いのだ。その墨蹟《ぼくせき》を欲しがるものは多い。金がないなら書を売ればいいのに、と雀丸は思うが、大尊は書いたものをタダで渡してしまう。

「すごい筆ですね」

「これか。わしが発明した『万年筆《まんねんふで》』じゃ。この長い軸のなかにすった墨が仕込んであってのう、いちいち穂先に墨を浸けずとも文字《もんじ》が書ける」

「なーるほど、珍しくちゃんとしたからくりですね」

「そう、ほめるな。——せっかく来てくれたのを悪いが、わしは今から出かけねばならぬ」

「どちらまで？」

「酒がなくなったので居酒屋に飲みにいくのじゃ。飲まぬとどうも良い字が書けぬのじゃが、近頃はうちの払いが悪いゆえ酒屋がツケでは売りよらん。小坊主を使いにやっても、金を持ってこいと抜かす。けしからぬことじゃ」

酒屋も商売なのだから当たり前だとは思ったが、雀丸は逆らわなかった。それをよいことに、和尚はなおも続けた。

「世に棲《す》むものたちを上下身分の隔たりなくあまねく教化するのがわしら坊主の務めじゃ。それはもう、損得ではない。生まれ出たときに天から与えられた役目なのじゃ。酒屋も同じであろう。世に棲むものたちを酒という甘露をもってあまねく良い心地にするのが酒屋の天から与えられた役目なのじゃ。まことの酒屋ならば、金などいらぬから飲んでくれ、と向こうから申すべきではないか」

屁理屈《へりくつ》も極まれり、と雀丸は思った。

「で、おまえはなにをしにきた」

「近頃、このあたりでヤクザものの争いがあって、鬼御前さんの一家も巻き込まれているようなんですが、なにかご存知かと思いまして」

「おお、その件か。まあ、わしも近所ゆえ、いろいろと耳には入っておる。じつを言うとな、死んだ金時の常五郎は世間からなにかと後ろ指を差される男ではあったが、ずいぶんまえに彼奴《かやつ》の子方が博打場の喧嘩で殺されたとき、どこの寺も関わり合いを恐れて門を閉ざしよったので、わしが引導を渡し、戒名までつけてやったことがあってのう、以来、昵懇《じっこん》というほどではないが、たまに飲む間柄であったのよ」

「へー、そうでしたか。それは都合がいい。話を聞かせてください」

「聞かせてやってもよいが……どうじゃな、ものは相談じゃが、今から一緒に飲みにいかぬか。そこで一杯おごってくれるならば金時一家のことを話してやろう」

「一杯……ではすまないでしょう」

「うははは。そのとおりじゃ。では、参るかのう」

すっかりひとり決めしている。ふたりは近くにある「小松菜屋《こまつなや》」という居酒屋に入った。ここは大尊和尚行きつけの店で、どんな客が来てもまずは小松菜のお浸しを出す。これはおまけなので無料である。客はそれをアテに飲みながら、なにを注文するか考えるのだ。もちろん最後までその小松菜一品だけで通しても文句は言われない。「小松菜は万病に効く」というのが主《あるじ》の考えらしい。

大尊和尚は店の一番奥の小上がりに席を取り、小松菜には見向きもせず、がぶがぶと飲みはじめた。

「和尚さん、そんなにあわてなくても酒は逃げませんよ」

「いや、せっかくタダ酒にありついたのじゃ。この店を飲み潰してやる」

雀丸が財布の中身に思いをはせたとき、大尊和尚が言った。

「鬼御前が昨日来よってな、近々どうしても大きな喧嘩をしなければならなくなった、もしかしたら自分や身内のものが命を落とすかもしれぬゆえ、そのときは回向《えこう》してほしい、などと珍しくしおらしいことを申して、帰っていったわい。あれはどうも本気のようじゃな」

「そうでしたか……」

喧嘩は不可避らしい。雀丸はため息をつき、

「横町奉行としてはなんとか丸く収めたいのですが、無理でしょうか」

「そのようじゃな。死人が出たあとの回向はわしに任せておけ。おまえは、鬼御前に味方してやるがいい。もとは侍ゆえ、屁のつっぱりぐらいにはなるじゃろう」

「そのことですが……鬼御前さんから、素人衆に助太刀を頼むほど落ちぶれていない、

渡世人の喧嘩は渡世人でカタをつけるのが決まりだ、と釘《くぎ》を刺されました」

「そうか。ま、それがあやつらの生業《なりわい》における筋というものかもしれぬ」

そう言って大尊和尚が湯呑みの酒を立て続けに飲み干したとき、

「邪魔するで」

のっぺりとした顔の、いかにも博打打ちといった風情《ふぜい》の男がふらりと入ってきて入り口付近の床几に座った。すでにかなり酔っている。

「親爺《おやじ》、酒や。肴《さかな》はいらんで」

「へえ、お待たせ」

主が小松菜と酒を出すと、

「おい、肴はいらんて言うたやろ」

「それはどなたはんにかぎらず、うちに来たお客さんには出すことになっとりますねん。お代はいりまへん」

「タダでもいらんのや。わし、昔から青臭いもんは嫌いやねん。引っ込めてんか」

「小松菜は万病を防ぐ妙薬だっせ」

「いらんちゅうたらいらんねん。おまえ、客の言うことがきけんちゅうんか」

「いや……そんなことおまへんけどな」

「親爺、おまえ、金時の常五郎ゆうヤクザの親方が殺されたの知っとるか」

「へえ……知ってますけど……」

「ほな、その常五郎を殺したんはだれか、知っとるか」

「知りまへん」

「教《おせ》たろか」

「けっこうだす。そんなこと迂闊《うかつ》に耳にしてしもたら、とんだ関わり合いになりますさかい……」

「まあ、ええがな。聞けや。金時の親方を殺ったのはな……イモリの石蔵や」

「えっ？　イモリの親方が？　そういう噂は聞きましたけど、まさか石蔵親方が……」

「わしはこの目ではっきり見たんや。石蔵が金時の親方を後ろから刺すところをな」

「へーっ、そうだしたんか。けど、お客さん、そんなことこのあたりで大きい声で言わんほうがよろしいで。だれが聞いてるやわかりまへんさかい」

「かまへんかまへん。わしは石蔵の悪事を皆に聞いてほしいのや」

大尊和尚が小声で雀丸にささやいた。

「ちょっとおかしいのう」

「そうですね。しばらく様子を見ましょう」

男は居合わせた客たちに、イモリの石蔵が金時の常五郎を殺したときの様子を微に入り細にわたってさんざんしゃべったあげく、酒代を置いて出ていった。雀丸はふたり分

の金を親爺に渡すと、

「行きましょう」

　大尊に言うと店を出た。和尚は残った酒と小松菜を大急ぎで平らげてから雀丸に続いた。懐手を決めた遊び人風の男は千鳥足でふらふらと夕暮れの町を歩いている。一町ほども行ったところに「ごま平《へい》」という煮売り屋がある。男は暖簾《のれん》もなにもないその店に入ると、主らしき老爺《ろうや》に、

「酒や、酒くれ。アテはいらん」

「アテなしで飲んだら毒だっせ」

「かまへん。わしは酒飲みや。親指ねぶってでも一升や二升の酒は飲む」

「そうだっか。まあ、うちとしてはアテも取ってもろたほうがもうかりますのやが……」

「じゃかあしい、客の勝手じゃ。ほっといてくれ。それともなにか？　おまえのとこはしょうもないアテに高い値ぇふっかけて、客からボロうちゅうのんか」

　ほかに客は四人ほど。皆、厄介なやつが入ってきた、と下を向いて飲んでいる。

「そんなことはおまへん。酒だけでけっこうだす」

「あったりまえじゃ、ぼけ」

　大尊和尚が店に入ろうとしたので、

「さっきの店で顔を見られてるかもしれませんよ」

「わしらは奥におったゆえその気遣いはない。それにわしはまだまるで飲み足らぬ」

「はいはい」

ふたりは「ごま平」に入り、里芋の煮物に黒ゴマをかけたものと酒を注文して、男のふるまいをうかがった。案の定、男は早速、主に向かって、

「おい、爺さん、金時の常五郎親方を知っとるか」

「へえ……けど、もう亡くなりましたで」

「そや、殺されたのや」

「あんまりその話はこのあたりではおおっぴらにせんほうがよろしで。どこでだれが聞いてるともかぎりまへんさかい」

「かまへんやないか。――わし、だれが下手人か知っとるのや」

「えっ、それやったらよけいに黙ってなはれ。お客さんがしゃべったのがバレたらえらいことになりまっせ」

「ふふん、わしに怖いもんなんかあるかい。殺ったのは、口縄の鬼御前や」

雀丸と大尊和尚は驚いて盃《さかずき》を落としそうになった。

「ほんまや。暗かったけど、派手な衣装の女が長脇差で親方を後ろからずぶっ！　とひと刺しするのをわし、この目ではっきり見たんや」

雀丸と大尊は顔を見合わせた。男は主や客たちに、鬼御前がいかに悪人かをしゃべり

たてると、代金を置いて店を出た。

「行きましょう。――もう、酒は置いといてください」

雀丸は、まだ酒に心が残っているらしい大尊和尚を急《せ》き立てるとすっかり暗くなった通りに出た。男はあっちによろけ、こっちに傾きながらも合邦《がっぽう》が辻《つじ》を西に向かっていく。ふたりはあとさきになりながら男に続く。ときどき男は、だれかに尾けられているのでは、と気にするようにうしろを振り向く。そのたびに雀丸たちは商家や寺院の壁に張り付いたり、木の幹に隠れたり、地面に伏せたりしなければならなかったが、さいわい気づかれることはなかった。

やがて遊び人風の男は、大きな構えの仕舞屋《しもたや》のまえに立つと、左右に目をやり、そのまま黒い暖簾をくぐった。

「そんなことではないか、と思うておった」

大尊和尚が言った。

「ここは、なんです？」

「亡くなった金時の常五郎一家のうちじゃ。今は、常五郎の代貸しをしておった三ツ星の銀五郎とかいう子方が継いでおるらしいがのう」

「では、今の男は……」

「おそらく常五郎一家の身内じゃろう」

雀丸は、なんとなくからくりが見えてきたような気がした。

◇

その夜は大尊和尚に付き合って朝まで飲み、へろへろになって帰宅した雀丸は、二日酔いの頭を薄いお粥《かゆ》と梅干を入れた熱い茶で癒そうとしていた。

「情けないのう、一升や二升の酒で宿酔《ふつかよ》いとは……わしの若い時分などは毎晩浴びるほど飲んだが翌朝はつねにすっきりとした目覚めであった。だらしがないぞ、雀丸！」

「お願いですから静かにしてください。頭にガンガン響いて……」

「おお、そう言えばおまえの留守に鬼御前が来たぞ」

「まことですか」

「イモリの石蔵一家とはあちこちで小競り合いが絶えぬそうじゃ。鬼御前はなんとか丸く収めたいと思うて忍耐を重ねてきたが、どうも無理そうだと申しておった。いつまでも見て見ぬふりをしておるわけにもいかぬし、ここらあたりで決着をつけぬと、任侠の徒としての沽券《こけん》にかかわる……と思いつめた顔で言うておったわ。おまえに最後に会えなんだのがただひとつの心残りだそうじゃ」

「最後に、ですか」

鬼御前は死を覚悟している、と雀丸は思った。たしかに白刃を抜いての喧嘩なのだから、だれが命を落としてもおかしくはない。

「お祖母さま、私、鬼御前さんのところに行って参ります」

だが、加似江はかぶりを振った。

「それはならぬ」

「なにゆえです」

「喧嘩がはじまってしまったならともかく、今、おまえのほうから鬼御前の家に足を運ぶと、おまえがそちら側に加担したように思われ、それがきっかけで喧嘩がはじまるかもしれぬ。また、鬼御前の顔も潰れる」

素人衆に助っ人を頼むほどうちの一家は落ちぶれてまへん……という鬼御前の言葉が頭をよぎった。

「では、どうすればよいのでしょう」

「もともとの喧嘩の火種は、金時の常五郎という親方が殺されたことであろう。それを、あっちの仕業だ、いや、向こうがやった、と罪をなすりつけあって揉めておるのじゃ。おまえにできるのは、まことの下手人を暴き、町奉行所に引き渡すことぐらいじゃ。それがどこのだれであっても、町奉行が公平に裁きを下し、罰を受ければ、それで喧嘩の火種は消える」

「でも、もし下手人が鬼御前さんの一家のものだったら……」

「鬼御前も処罰されるであろうが、それはやむをえぬ。喧嘩になって、大勢が死ぬことは防げるであろう」

「うーん……」

西町奉行所の榊原という同心はどうも信用できなかったが、それしかないだろうか……。雀丸が考え込んだとき、黒紋付きを着た商家の番頭風の男が入ってきた。

「おはようございます。竹光屋雀丸さまのお屋敷はこちらでございますか」

「お屋敷……ではないですが、雀丸は私です」

「わたくしは鴻池善右衛門の使いのもので、五番番頭の佐平次《さへいじ》と申します。主善右衛門が、雀丸さまに今から鴻池本宅までご足労願えんか、とかよう申してございます。もしもお差し支えなければ、ぜひともご来駕《らいが》を賜りとうございますが、いかがでございましょうか」

「え？　ああ……そうですね……」

二日酔いだからと断るわけにもいかない。酒臭い息を悟られないようにと、雀丸は茶をがぶがぶ飲んでから、

「はい、すぐに支度をします」

「それはそれは、さっそくのご快諾ありがとうございます。では、表に駕籠《かご》を待たせておりますので、どうぞそちらへ……」

店を出ると、そこには鴻池家の家紋がついた漆塗りの駕籠が置かれ、これも鴻池の印半纏《しるしばんてん》を羽織った棒のものがふたり控えていた。浮世小路の物見高い連中が、いったいなにごとかと集まっている。雀丸が履物を脱いで乗り込むと、

「では、棒のもの、雀丸さまを本宅までお送り申せ。くれぐれも粗相のないようにな」

「へいっ！」

「そーれ行け、やーれ行け、そーれ行け、やーれ行け」

番頭が掛け声をかける。まるで祭である。雀丸は恥ずかしくて降りたくなったが、駕籠かきたちは矢のような速度で快調に飛ばしていく。普通の町駕籠よりもはるかに速いので雀丸は驚いた。おそらく金にあかして、足自慢の駕籠かきを雇っているのだろう。

「着きましてござります。どうぞお降りを……」

気疲れと、二日酔いなのに駕籠に激しく揺られたせいで体調は最悪だったが、雀丸はなんとかだれの世話にもならずに駕籠からまろび出た。鴻池家の本宅は、思っていた以上に大きかった。門をくぐって玄関まで達するあいだに大きな庭がいくつもある。池や川が林や森を囲み、珍しい鳥などが鳴き交わし、大坂の町なかとは思えない別天地であった。なので、駕籠を降りてから玄関まで行くのにかなりの時間がかかる。敷地内には多くの家屋があり、まるで大名屋敷のようだった。いや、そこいらの大名屋敷よりも大きいかもしれない。猫合わせを行った別宅もすごかったが、本宅は考えられないぐらい

の規模である。

門から玄関まで、左右に丁稚《でっち》や女子衆《おなごし》が並んで道を作り、雀丸を出迎えた。雀丸はそのあいだを通って、母屋の玄関にたどりついた。

「さあさあ、ずずずいとお上がりくだされ」

五番番頭にうながされて雀丸は奥の一室に通された。「書院」といってもいいほどの広い部屋で、そこにたったひとりで善右衛門が座っていた。

「おお、よう来てくださった」

善右衛門は立ち上がると、雀丸を上座に座らせようとした。それを断って、

「今日は急なお呼び立てでしたが、どういうご用の趣きでしょうか」

「はっはっはっはっ……そろそろ決めてもらおうと思てな」

「なにをです？」

「うちの嬢《いと》と一緒になるかどうかやがな」

「そのことなら先日お断り申したはずですが」

「いや、当人と付き合うてみて気持ちが変わったかなあ、と思うてな」

「当人と……付き合う……？」

まさか……。

「そや。さきはわしの娘や。ええ子やろ。器量よしで心根が優しい。甘やかして育てた

もんで、少々おきゃんでずけずけものを言うが、そこがまた可愛《かわい》いやないか」

まさに親馬鹿といった顔つきで善右衛門は言った。

「さきもあんたのことが随分と気に入ったみたいでな、どうしても婿にもろてくれ、と言うとる。わしも、娘の願いやさかいなんとしてでも叶《かな》えてやりたい。――どやろ、入り婿の話、承知してもらえんかいな」

「では、さきさんが襲われていたのも……」

「わはははは……そういうこっちゃ。ちと仕掛けをさせてもろた。さきに無頼漢が因縁をつける。そこへあんたが通りかかり、さきを助ける。あんたとさきがくっつく……そういう筋書きを書いてみたのやが、うまいことといったようやな」

雀丸はため息をつき、

「じゃあ、あの酔っ払った侍も仕込みだったのですね。もうダメかと思いました。真に迫った芝居で、すっかりだまされました……」

「酔っ払った侍？　わしは知り合いのヤクザもんに頼んだのやが、おかしいな……」

「どういうことです」

「金時の常五郎ゆうならず者がおってな、毎日、うちの店にやってきては丁稚や女子衆を怒鳴りつけたり、唾を吐きかけたりする。ときには大事なお客さんにまで乱暴を働きよる。追い返そうとしたら、店に火ぃつけたろか、わしはどうせ三尺高い木のうえで串刺しになる定めやから役人なんぞちいとも怖いことないのや……みたいなことを言いよるさかい、うかつなことはでけん。それで、うちの番頭が『もう来んといてくれ』ちゅうて、ちょいちょい小遣いを渡してたのやが、三日にあげずまた来よる。ダニか毛虫みたいなやっちゃ。一番往生したのは、うちから小遣いをせびりとったことをあちこちで自慢気に言い触らしよるこっちゃ。大坂のお方は、ああ、鴻池ゆうのはえらそうに言うてたかてヤクザもんの脅しには弱いのやな、て軽蔑しはるし、ほかの破落戸《ごろつき》連中が、あいつに小遣い渡しとるんならうちにも寄越せ、て言うてきよるし……」

「たいへんですねえ」

「町奉行所に言うてもどないもならん。町方連中はうわべは金を持ってる商人にへいこらしとるけど、腹のなかでは、なんで町人風情に頭を下げなならんのや、てムカついとるさかい、ええ気味や、ぐらいに思うとる」

「困ったものですね」

「店のもんも家のもんも怖がってしもて、仕事にならん。用心棒も雇うたのやが、これも良し悪《あ》しでな、侍ゆうたかておのれの命が大事や。その命を捨てて遮二無二かかってくるヤクザもんには勝てんのや」

「そういうものですか」

「そういうものらしいわ。——それでわしも思案に困って、まえに相撲興行のことでなんべんか会うたことのある若い博打打ちに相談したら、ふたつ返事で引き受けてくれてなあ、その日から常五郎は一切うちには現れんようになったのや」

「なにをしたのでしょう」

「たずねても答えてくれんかったが、あとで風の噂で聞いたところでは、常五郎が飼《こ》うてた狆《ちん》をな……」

「狆？　犬ですか」

「そや。常五郎はこどもがおらんさかい、狆をわが子のように可愛がってたらしい。その犬の首っ玉を捕まえて、『おのれが極道な所業を続けるなら、この犬がどうなってもええのやな』と啖呵を切ったらしい。常五郎はそれで参ってしもたそや」

　雀丸は、その渡世人のやり方に感心した。

「それからの付き合いでな、博打打ちやがしっかりした考え方を持っとる、あなどれん男やで。あんたもいっぺん会うてみたらええわ。でな、今度のこともそいつに頼んだわけや。うちの嬢《いと》にちょっかいかける役をしてもらえんか、ゆうたら面白がって引き受けてくれたのやが……酔っ払いの侍ゆうのは解せんなあ。あいつが筋書きを書き変えよったんかいな」

　雀丸の心にはなにか引っかかるものがあった。善右衛門が二回手を叩くと、唐紙《からかみ》が開いて、そこにはさきが、三つ指を突いて座っていた。いつもとちがって豪奢《ごうしゃ》な振り袖を

着、髪飾りも高価そうなものばかりを着けている。善右衛門が、

「普段よりおめかしさせといたで。雀丸さん、どやろ、これでもまだうちの婿になるのは嫌か」

雀丸は逃げ出したくなるのをこらえて、さきに言った。

「今、旦那さんに聞いたのですが、あのときのことは仕込みだったそうですね」

さきは顔を上げ、

「ごめーん、雀さん。お父ちゃんが考えた悪巧みですねん。うちは、そんなん嫌やて言うたんやけど、これも親孝行やと思たさかい……堪忍だっせ」

「これ、さき！　ひとまえではちゃんとした口のきき方をせえ、て言うてあるやろ。それに、おまえも『任しとき！　ひとをだますのは得意やねん』て言うとったやろ」

「すんまへーん。けど、なかなか面白かったわ」

悪びれることもなくさきは言った。

「さきさんにおたずねしたいのですが、もとはべつの方がさきさんを襲う役だったそうですね」

「そやねん。えらい手違いで焦ったわあ。お父ちゃんが頼んだ方がうちに襲い掛かろうと待ってるところに、あの酔いたんぼの侍が来よって、うちに絡み出したんだす。そこに雀さんが出てきて侍とうちのあいだに割って入ってくれたんで助かりましたけど、侍

が思いのほか強うて……しゃあないさかいその方は、うちを助けた雀さんを助けるというややこしい役に……」

「じゃあ、あの侍は本ものでしたか。危ないなあ……」

善右衛門がさきをにらみつけて、

「さき、そういうことはわしに知らせなあかんやないか。石蔵にもえらい迷惑かけてしもたわい」

雀丸は耳を疑った。

「え……？　今、なんと言いました？」

「石蔵に迷惑かけた、て言うたのや」

「石蔵というのは……」

「わしが頼んだ博打打ちの名前や。イモリの石蔵ゆうてな、若いけど近頃売り出しの親方らしいで」

「えーっ！」

雀丸は仰天した。

「ま、そんなことはどうでもええ。わしが聞きたいのは、あんたがさきと夫婦《めおと》になってくれるかどうかや。な、な、な……うんと言うてくれ。頼むわ。うんと……」

そのとき、

「旦《だ》さま、お話し中に失礼いたします。番頭の佐平次でござりますが……雀丸さまにお客人でござります」

廊下から声がした。

「私にお客？　こんなところにだれでしょうか」

雀丸が言うと、

「要久寺の大尊和尚さまと申されますご老人でおます。いかがいたしまひょ」

「ああ、知り合いです。――よろしいでしょうか、善右衛門さん」

善右衛門は、

「肝心なところなんやが……まあ、しゃあないな。うちに来るぐらいやからよほど火急の用件やろ。通してあげなはれ」

すぐに大尊和尚がやってきた。年甲斐《としがい》もなく走ってきたらしく、僧衣は乱れ、息を切らせている。

「え、えらいことじゃ。今、一心寺《いっしんじ》横の原っぱで、鬼御前一家とイモリ一家が喧嘩支度でにらみ合うとるぞ」

「町奉行所は？」

「同心がひとりと長吏《ちょうり》や若いものが数人来ておるが、遠巻きにしているだけで止めようとせぬ。このままではえらいことになるぞ」

「それぞれの人数は？」

「どちらも二十人ほどじゃ」

「わかりました。すぐ参ります」

雀丸は立ち上がると、善右衛門に向かって頭を下げ、

「お聞きのとおりです。今日はこれにて失礼いたします」

そう言うと廊下に飛び出した。

「あ、雀さん、うちも行く！」

なぜかさきも続いて駆け出した。

「これ！　さき、おまえはいかん！」

善右衛門があわてて叫んだが、聞くような娘ではない。

「もう……どいつもこいつも勝手ばかりしくさって……」

善右衛門はため息をついた。

◇

雑草が生い茂る野原で、総勢四十人ばかりのヤクザものたちが三間《けん》ほどの距離を置いて対峙《たいじ》していた。陽に向き合っているのが口縄の鬼御前一家で、陽を背にしているのがイモリの石蔵一家である。どちらも晒《さらし》をきつく巻き、裾が足にまとわりつかぬように尻《しり》

端折《はしょ》りを高くしている。鉢巻きに鉄の板を入れたり、鎖帷子《くさりかたびら》を着こんだりしているもの、水に浸けた紙を肌に貼っているものもいる。風が強い。ちぎれた草が巻き上がる。先頭にいるのは双方の頭分だ。鬼御前と石蔵は相手をにらみ殺そうとでもいうような形相である。

「今日は決着つけようやないか」

と鬼御前は言った。

「いつまでもあんたに、金時の親方殺したのはあてとこやて言い触らされて、黙ってるわけにはいかんさかいな」

石蔵は垂れた目を大きく開いて、

「だまれ、おのれのほうこそ、わしらが下手人やて言い触らしよって……もう勘弁ならんのや」

「どうせ、あんたが金時の親方の縄張りを奪うために親方を殺して、その罪をあてとこになすりつけたのやろ」

「なに抜かす。おのれが金時親方を刺してわしを下手人にしたてようとしたのはわかっとるんじゃ」

「どこのどいつがそんなアホなこと言うとんねん」

「西町奉行所の榊原の旦那や。あのお方が、おのれがわしが下手人やて言い触らしとっ

た、て言うてくれたのや」

「なに抜かす。あんたが鬼御前が下手人やて言い触らしとるて、教えてくれはったのは榊原さまやで」

「な、なんやと……んー……なんかおかしいな」

「おかしいことない。とにかくあんたが悪い。——行くで」

「おうっ」

両陣営は一斉に抜刀した。びょう、と横風が吹いて、木の枝が揺れた。だが、だれも動こうとしない。へっぴり腰で刀の切っ先を震わせながら、

「来いや!」

「ぶった斬ったる」

「おらおら、刀の使い方知っとるんか」

声で相手を威嚇するものの、みずからは足を踏み出さない。鬼御前と石蔵はさすがに堂々と向き合っているが、自分から先に手出しするのはためらっているようだ。びょうびょうと風が吹く。野次馬が集まりだしている。町奉行所の手下らしき連中もかなり離れたところで十手を持って見守っている。そのすぐうしろには榊原同心の姿もあるが、懐手をしてにやにや笑っているだけだ。喉がひりつくような緊張が続くなか、タンッ!という乾いた音が野原に響いた。火縄銃だ。イモリの石蔵の左の肩がびくっと跳ね、血

が散った。

「飛び道具か。卑怯もの！」

石蔵が鬼御前に斬りかかった。それが合図だったかのように、双方が斬り合いをはじめた。

「うわあああああっ！」

という悲鳴とも怒号ともつかぬものを発しながら刀を構えて突っ込み、暴れ回る。剣法も策もなにもあったものではない。ただ、度胸の勝るものが勝つ……そんな激突だ。刃と刃がぶつかり合う耳障りな音が方々で響く。

「待てーっ！」

ようやく到着した雀丸は、喧嘩のなかに飛び込んだ。そして、手に持った長い棒のようなものを縦横に振り回す。それは大尊和尚が発明した「万年筆」だった。筆先から大量の墨が飛びまくり、ヤクザたちの衣服や顔面にべっとりと付着した。遅れて駆けつけたさきも、同じく万年筆をびゅんびゅん振って黒い液体を飛ばしている。ここまでの通り道にある要久寺から持ってきたのだ。

「な、なんやこれ！」

「気色悪っ！」

「冷《ちめ》たっ！」

「目に……目に染みる……！」

皆は勢いを削《そ》がれ、戦う気合いが薄らいだ。そこにだれかが大声で、

「あははははは、おまえの顔、真っ黒やで！」

「じゃかあし。おまえこそまんだらやないか！」

それを聞いてまわりのものたちもくすくす笑い出し、ついには大笑いになってしまった。こうなったらもう喧嘩には戻れない。全員刀を下ろしてしまった。さきはまだ筆を振り回しているが、雀丸に、

「もういい」

と言われてやっとやめた。しかし、肩から血を流している石蔵だけは収まらず、

「雀丸さん、あんた、今後なにかあったらかならず手伝うと言うとったけど、わしがイモリの石蔵やとわかって加勢に来てくれたんか？」

「それが……そうじゃないんです。すいません。私は喧嘩を止めに来たんです」

「いらんことせんとってくれ。ほかのもんはいざしらず、わしは鉄砲で撃たれたのや。ひとりだけ大恥かかされて、ここでやめるわけにはいかん。たとえわしひとりでも最後まで戦うつもりや」

「でも、あなたを撃ったのは鬼御前さんじゃないんです」

「かばうつもりか」

「いえ、ちがいます。あなたを撃ったのは……」

雀丸は万年筆を逆さに構え、近くの草むら目がけて振り下ろした。カツーン！　という音がして、頭を抱えたヤクザが立ち上がった。それは、双方の悪口を酒場で言い触らしていた男だった。

「痛いやないか、なにすんねん！」

その顔を見て、イモリの石蔵は、

「お、おまえは金時一家の鮫五郎《さめごろう》！」

雀丸は、

「もうひとりいるはずです。——そこだ！」

万年筆で草むらを槍のように突いた。

「うげえっ」

喉を押さえて現れ出たのは、三ツ星の銀五郎だ。手には火縄銃を摑んでいる。イモリの石蔵が怒りに震える声で、

「そうか……おまえらの仕業か」

雀丸が、

「金時の親方を殺したのも銀五郎さん、あなたでしょう。それなのに、隣にいる鮫五郎さんが、鬼御前さんが下手人だ、いや、石蔵さんだ、と居酒屋で言い触らしているのを

しっかりこの目で見ましたよ」

　鬼御前がこめかみをひくつかせながら、

「おのれの親方殺してその縄張りをいただくだけでは飽き足らんと、あてと石蔵さんを仲違《なかたが》いさせて、おたがい潰し合うのを高みの見物するつもりやったんか」

　石蔵が唾を吐き、

「料簡《りようけん》の汚い野郎やな。三つの一家の縄張りを総取りにしようとしたのやろうが、そうは行くかい。――くたばれ」

　銀五郎は舌打ちして、火縄銃を構えようとしたが、多勢に無勢である。鬼御前一家と石蔵一家の全員の切っ先が彼らふたりにずいと迫った。銀五郎は銃を捨てると、榊原同心のほうに逃げ出した。

「旦那……榊原の旦那！　助けとくなはれ。こいつらを召し捕っとくなはれ！」

「こっちへ来るな、馬鹿！」

「けど、このままやったらわし、殺されますのや。もとはといえば旦那が考え出した企みだっしゃないか。旦那……旦那て！」

「し、知らぬ。あっちへ行け！」

　雀丸は、

「とうとう白状しましたね。黒幕は榊原さまでしたか」

それを聞いた鬼御前一家と石蔵一家は、

「あの同心もグルらしいぞ」

「許せん。やってまえ！」

榊原はあわてふためき、

「ち、ち、ちがう。わしはなにも知らぬのだ。なにもかもこの銀五郎が悪いのだ。――お、おい……」

後ろにいた役木戸《やくきど》らしき男を振り返り、

「銀五郎と鮫五郎に縄打て！」

銀五郎と鮫五郎は、

「えぇーっ？　そりゃあんまりだっせ！」

泣き叫んだが、捕り方たちはふたりに襲いかかり、あっというまに召し捕ってしまった。

「会所《かいしょ》に連れて行け。それではわしも失礼する」

榊原は捕り方たちを引き連れ、大急ぎで帰っていった。

鬼御前とイモリの石蔵は歩み寄った。

「口縄の、よう確かめもせず疑《うたご》うて悪かったな」

「なんの。あてこそあんな連中の嘘にだまされるやなんて、まだまだ修業が足らんわ」

ふたりとも顔は墨で真っ黒である。

「ほな、これで手打ちにしよか。つぎに会うときは笑って会いたいもんや」

「そうやな。——あんた、怪我は大丈夫かいな」

「こんなもん、かすり傷や。唾つけといたら治る」

「鉄砲傷は放っといたらあかんで。道隆先生ゆうてええ医者がおるんや。貧乏人からは金を取らん」

「お、そらええなあ」

すっかりなごやかにしゃべっているふたりを見て、雀丸は肩の荷が下りたような気がした。ついてきていたはずのさきはどこにいるだろうとあたりを見回すと、

「あんたら、喧嘩はもう終わりやで。とっとと帰り。このひとらは見世物やないで！まだ見たかったら、木戸銭払《はろ》うてや！」

見物に向かって声を張り上げているのが、さきだった。鬼御前が、

「雀丸さん、あの子は……？」

「うーん、なんと言えばいいのか……」

鬼御前はさきに近づき、

「あんた、ほんに元気な子やな。うちの一家に入るか？」

冗談でそう言うと、さきはパッと飛びしさり、腰を屈《かが》めて右手をまえに突き出し、

「これはこれは口縄の姉《あね》さんでいらっしゃいますか。うちの生国《しょうごく》は大坂船場、鴻池一家の若いもんで、家が大金持ちのところから、ひと呼んで金満《きんまん》のさきと申します。以後、万端お引き立てのほどよろしゅうお願い申し上げます」

どこで覚えたのかでたらめな啖呵を切ると、鬼御前はさきをすっかり気に入ったらしく、

「あっははは。おもろいやないか。あんた、今度、あてとこ遊びに来ぃ」

「へえ、姉さん」

雀丸は呆れて言葉が出なかった。イモリの石蔵が、すっと雀丸の側《そば》にやってきて、

「雀丸さん、だまして悪かったな。鴻池の旦那の頼みやったのや」

「いえいえ、侍から助けていただいたのはまことのことですから」

「けど、あんた……素人のくせにこれだけの白刃のあいだに入ってきて、落ち着いてあれだけのことができるとは恐れ入った。もし、渡世人になったら、ええ親方になれるで」

そう言うと石蔵は子方たちを連れて帰っていった。

◇

「そうか……喧嘩を丸う治めたか。たいしたもんやな」

「石蔵さんが鉄砲で撃たれただけで、だれも怪我もせんかった」

鴻池家の本宅の奥の間で、善右衛門がさきから話を聞いていた。

「たいした度胸やな。喧嘩を止めるだけやのうて、ほんまの下手人を見つけ出して、その裏にいた黒幕まで暴くとは、なみのもんにできることやない」

「そやろ。うち、ますます雀さんが好きになったわ」

「うーむ……」

善右衛門は腕組みをして、

「わしは諦めんで。どうしてもあの男をうちの婿に欲しい。金では動かんみたいやから、さて、どうするか……」

そのあと、しばらく考え込んでいたが、

「そや。この手があった」

善右衛門はさきの耳もとでなにやらごにょごにょとささやいた。

「どや、これならうまいこといくのとちがうか」

「ほんまや。さすがお父ちゃん、ええこと思いつくわあ」

「おまえのために知恵しぼっとるのや」

そう言ってにっこりと笑う善右衛門であった。

本作に登場する「横町奉行」は、大坂町奉行に代わって民間の公事を即座に裁く有志の町人という設定ですが、これはもともと有明夏夫氏の「エレキ恐るべし」(『蔵屋敷の怪事件』収録)という短編に一瞬だけ登場する「裏町奉行」という存在が元になっています。この「裏町奉行」についていろいろ文献を調べ、大坂史の専門家の方にもおたずねしたのですが、どうしてもわかりません。有明氏の創作という可能性もあるのですが、ご本人が二〇〇二年に亡くなっておられるため現状ではこれ以上調べがつきません。そのため本作では「横町奉行」という名称にしておりますが、これは作者(田中)が勝手に名付けたものであることをお断りしておきます。

なお、左記の資料を参考にさせていただきました。著者・編者・出版元に御礼申し上げます。

『大坂町奉行所異聞』渡邊忠司(東方出版)
『武士の町 大坂 「天下の台所」の侍たち』藪田貫(中央公論新社)
『町人の都 大坂物語 商都の風俗と歴史』渡邊忠司(中央公論社)
『歴史読本 昭和五十一年七月号 特集 江戸大坂捕り物百科』(新人物往来社)
『大阪の橋』松村博(松籟社)
『大阪の町名—大阪三郷から東西南北四区へ—』大阪町名研究会編(清文堂出版)
『図解 日本の装束』池上良太(新紀元社)
『清文堂史料叢書第119刊 大坂西町奉行 新見正路日記』藪田貫編著(清文堂出版)

『清文堂史料叢書第１３３刊　大坂西町奉行　久須美祐明日記〈天保改革期の大坂町奉行〉』藪田貫編著（清文堂出版）
『近世大坂薬種の取引構造と社会集団』渡辺祥子（清文堂出版）
『負けてたまるか―大坂蘭学の始祖・橋本宗吉伝』柳田昭（関西書院）
『猫づくし日本史』武光誠（河出書房新社）
『猫の日本史』桐野作人編著（洋泉社）
『猫の古典文学誌　鈴の音が聞こえる』田中貴子（講談社）
『江戸時代選書４　江戸やくざ研究』田村栄太郎（雄山閣）
『町人文化百科論集　第五巻　浪花のにぎわい』原田伴彦編（柏書房）
『大坂名医伝』中野操（思文閣出版）
『江戸の町医者』小野眞孝（新潮社）
『歴史文化ライブラリー３８９　江戸時代の医師修業　学問・学統・遊学』海原亮（吉川弘文館）
『まるわかり　江戸の医学』酒井シヅ監修（ＫＫベストセラーズ）
『近世風俗志（守貞謾稿）（一）』喜田川守貞著　宇佐美英機校訂（岩波書店）

本作執筆にあたって成瀬國晴、片山早紀の両氏に貴重なご助言を賜りました。謹んでお礼申し上げます。

解　説

瀬　川　貴　次

時は、大坂夏の陣から二百数十年を経た江戸時代後期。支配層たる武家もその衰えを隠せず、代わって町人が活気づいていた頃だ。

しかも舞台は天下の台所・大坂である。ただでさえ元気溌剌《はつらつ》、たくましい商人《あきんど》たちの町で、竹光屋《たけみつや》を営む若者、雀丸《すずめまる》が横町《よこまち》奉行——ざくっと言ってしまえば、市井《しせい》の揉《も》め事解決係りとして、機転と人望と度胸でもって名裁きをくり広げる。

すでに『浮世奉行と三悪人』『俳諧でぼろ儲《もう》け』が上梓《じょうし》され、本書『鴻池《こうのいけ》の猫合わせ』で三冊目となる。どれも一話完結の中編が三編収録されており、本書から読み始めたとしてもなんら差し障りなく楽しめる。

主人公・竹光屋雀丸のところに持ちこまれる事件は、犬も食わない夫婦喧嘩《げんか》だったりと、一見、他愛もないものだ。ところが、それがまったくの別件と意外なところで絡み合い、あれよあれよという間に予想外の方向へと転がっていく。時代物のお楽しみのひとつ、「〇〇、だがその正体は実は××」が存分に生かされているのだ。

それはストーリー面だけでなく、各登場人物にも言えよう。雀丸も色白のあっさり顔、ひょろっとした体軀《たいく》ののんびり屋だが、ただのぼーっとした優男《やさおとこ》ではない。いまでこそ、儲けの少ない竹光作りを生業《なりわい》としているものの、もとは大坂弓奉行付き与力《よりき》の子息、本名は藤堂丸之助《とうどうまるのすけ》。よんどころない事情で武士の身分は棄《す》てたけれども、武芸はなかなかの腕前だったりする。それでいて、勝敗をつけるのが苦手とくるから複雑だ。

横町奉行のお役目を押しつけられた雀丸を手助けしてくれるのが、非常にクセの強い三人。蟇蛙《ひきがえる》そっくりなご面相の廻船《かいせん》問屋地雷屋《じらいや》の主《あるじ》、蟇五郎《ひきごろう》。女侠客《おんなきょうかく》、口縄《くちなわ》の鬼御前《おにごぜん》。ナメク寺ならぬ要久寺《ようきゅうじ》の住職、大尊和尚《だいそんおしょう》。——要するに、悪徳商人と女ヤクザと生臭坊主だ。しかも、彼らが顔を合わせるとすぐに悶着《もんちゃく》が始まる。この三すくみに、お座敷を明るい嘘《うそ》八百で盛りあげる「嘘つき」芸の夢八《ゆめはち》までもが加わる。

正直、誰も彼も全然頼りになりそうにない。ところが、ここでも「〇〇に見えて××」が発動する。いかにも駄目そうな三すくみも、見た目とは違ってけして一筋縄ではいかないのだ。夢八にいたっては「礫《つぶて》の夢八」と異名をとる石投げの名手、かつ、まだまだ裏の顔がありそうな気配を濃厚に漂わせている。

そんな、噛《か》めば噛むほど味の出る人物たちが活躍するこのシリーズには、そこかしこに大坂への愛があふれている。

大坂ならぬ大阪のおばちゃんというと、人類進化の最終形態と謳《うた》われるほど、強烈なまでの生命力に満ち満ちている。常に口が出る、手は出る、飴《あめ》も出る。豹柄《ひょうがら》ファッションに象徴される押し出しの強さも、彼女たちならではだ。

ただでさえ濃い大阪のおばちゃんを、田中氏はさらに露悪的なまでに強調し、『UMAハンター馬子《うまこ》』シリーズ（ハヤカワ文庫JA）の馬子のような烈女を生み出してきた。それはそれでキャラが立っていて大変よろしいのだが、非関西人には彼女の荒っぽさはいささかきついかもしれない。

そこで満を持して登場したのが、本シリーズの隠れヒロイン、雀丸の祖母・加似江《かにえ》さんである。彼女も非常にパワフルな烈女なのだが、もとは与力の奥方だけあって、口の悪さや強欲さのむこう側にほのかな品があり、見ていて安心できる人物となっている。

表向きのヒロインは、同心皐月親兵衛《さつきしんべえ》の娘、園《その》だろう。その点はわたしも異論はない。彼女は雀丸ひとすじでかわいらしく、まさに王道ヒロインだ。或《ある》いは、女侠客の鬼御前を推す読者も多かろう。背中に大蛇の刺青《いれずみ》、奇抜な化粧と出《い》で立《た》ちの鬼御前も、心は乙女そのもの。彼女が第一話「ご開帳は大乱調の巻」で病に倒れたときは、本当にはらはらさせられた。また、第三話「出入りの毎日の巻」で登場する商人の娘、さきも元気いっぱい、おきゃんで愛らしい。若いし、園にとっても鬼御前にとっても強力なライバルとなっていきそうだ。

だが、ここはあえての加似江さんを推させてもらう。四十、五十と歳《とし》を重ねていっても、いつまでも若さと美貌を保つ女性たちを、世間では「美魔女」などと称しているが、わたしはこっそり言いたい。女は六十五歳をすぎてからだろうが、と。

本当は七十すぎてからと言いたいところを、ぐっと世間さまに寄せて、年金支給開始年齢の六十五歳に負けておこう。その年齢を迎えてからこそ、彼女たちは真の意味で輝き始める。重ねた齢《よわい》に、少女の可憐《かれん》さ、若き日の愛と夢、挫折、労苦、至福と諦観とが入り混じり熟成され、極上の美酒となって、ふとした瞬間に驚くほど芳醇《ほうじゅん》な香気を放つのだ。そんな美しき老女たちを、わたしは「美婆《ビーヴァ》」と呼びたい。

加似江さんは間違いなく美婆だ。顔が平家蟹《へいけがに》の甲羅そっくりなどと描写されているが、それは好きな女の子をわざと腐すような、やんちゃな小学生男子を心に宿す田中氏ゆえの照れ隠しである。落語好きの小学生が時をかけて大活躍する『落語少年サダキチ』シリーズ（福音館書店）の作者ならではとも言えよう。

……大坂愛について語ろうとしたら、関西人ではないせいで少々脱線してしまった。では、ここで話を変え、第二話「鴻池の猫の巻」に出てくるUMAについて言及したい。

UMAとは、未確認生物（Unidentified Mysterious Animals）を指す用語で、和製英語である。UFOや超能力、心霊現象などのオカルトブームに日本中が沸いた七〇年代、このUMAも幾度となく話題にのぼった。本書にも取りあげられた怪蛇ツチノコ、ネッシーならぬ鹿児島県の池田湖《いけだこ》のイッシー、広島県の比婆山《ひばやま》で目撃されたヒバゴンなどが有名だ。

田中氏は作中で、UMAに絶妙にも「幽魔」の字をあて、「もしかしたら我々が知らないだけで、いるかもしれない生きもの」と定義している。その通り、妖怪変化や幽霊とはまた異なり、未知の生物の生態に迫れるのではないかといった、知的好奇心をも刺激する罪作りな存在なのだ。そして、UMAが出るからといって、何も昭和の流行《はや》りを時代物に無理やりねじこんだわけではない。江戸時代にもこの手の話が好きな御仁はいて、多くの文人たちが巷《ちまた》に流れる怪談奇談を記録しており、その中にはUMAと呼べそうなモノが散見している。

平戸《ひらど》藩主・松浦静山《まつらせいざん》の随筆『甲子夜話《かっしやわ》』には、当時の社会情勢から身近な出来事までが広く書きとめられる中、狐狸《こり》妖怪の噂《うわさ》や、落雷した場所に突如として現れる謎の獣・雷獣《らいじゅう》についても触れている。旗本で南町奉行だった根岸鎮衛《ねぎしやすもり》の随筆『耳嚢《みみぶくろ》』にも、化け猫などの怪異譚《たん》に交じって、ひとを襲って血を吸う獣が登場する。その正体は、犬ほどの大きさの鼬《いたち》だったそうだが、南米の吸血UMAチュパカブラを連想しなくもない。雪深い越後《えちご》の風土について記した『北越雪譜《ほくえつせっぷ》』には、なんと「猿に似て猿にもあらず」の異獣——ビッグフットかヒバゴンを思わせるような存在が、峻険《しゅんけん》な山道で荷を運ぶのを手伝ってくれたと記されているのである。

書き手がいるなら読み手もいるわけで、東町奉行所与力八幡弓太郎《やはたゆみたろう》が部下の皐月親兵衛に愛読書『化けもの図会《ずえ》』を貸すくだりでは、くすっと笑うと同時に、知るひとぞ知る二十世紀の奇書『日本妖怪図鑑』（佐藤有文著／立風書房／一九七二年刊）を思って嬉《うれ》しくなった。子供向けの図書ではあったが、図版や写真が充実し、情報量も豊富で読み物として大変面白かったのだ。

以前、深夜のテレビ番組に地獄絵を研究する大学教授が登場し、小学生の時に読んだ『日本妖怪図鑑』がこの道に進むきっかけだったと、満面に笑みをたたえて話していた。あのときも「その本、持ってる！　いまも！」と同好の士をみつけて歓喜したが、それと同じ気持ちをここでまた味わわせてもらえようとは。八幡弓太郎に親近感湧きまくりである。

また、本作はグルメ小説としての側面をも備えている。巨漢の大食らい奉行が推理する『鍋奉行犯科帳』シリーズ（集英社文庫）や、大阪B級グルメが炸裂《さくれつ》する『こなもん屋うま子』シリーズ（実業之日本社文庫）でも、読者の食欲をさんざん刺激してくれたものだが、本シリーズにも随所に食事の場面が出てくる。ご馳走《ちそう》ではない、つましい食事が実にうまそうなのだ。

あえて『浮世奉行と三悪人』『俳諧でぼろ儲け』のほうからピックアップしてみると、たとえば、朝陽《あさひ》の中で、昨夜の残りの冷や飯で作った茶粥《ちやがゆ》を何杯もおかわりし、アジの干物をむしったものとひと押しした大根の漬物を咀嚼《そしやく》する加似江さん。冷や飯に大根の醬油《しようゆ》漬け、豆腐の味噌汁《みそしる》の昼餉《ひるげ》を頰張る加似江さん。イワシの塩焼き、厚揚げの煮物、切干し大根、シジミの味噌汁の夕餉をたいらげる加似江さん。酒も甘味も両方いけるクチなんですね加似江さん。特に朝餉の場面は、手っ取り早くコーヒーとトーストで朝を済ませている身にはうらやましい限りだった。想像するだけで荒《すさ》んだ心は癒され、苦いコーヒーを五杯は飲める。

ほかにも、落語を思わせる会話のテンポのよさ、モテ自覚がないのに実はモテモテ雀丸の恋の行方と、大坂を舞台にくり広げられる人情話の中に、多彩なお楽しみどころがちりばめられている。あなたのツボに刺さるのはどこか、このシリーズでじっくり探してみてはいかがだろうか。

（せがわ・たかつぐ　作家）

集英社文庫

鴻池《こうのいけ》の猫合《ねこあ》わせ　浮世奉行《うきよぶぎょう》と三悪人《さんあくにん》

2018年5月25日　第1刷　　定価はカバーに表示してあります。

著　者　田中啓文《たなかひろふみ》

発行者　村田登志江

発行所　株式会社　集英社

東京都千代田区一ツ橋2-5-10　〒101-8050

電話　【編集部】03-3230-6095
　　　【読者係】03-3230-6080
　　　【販売部】03-3230-6393（書店専用）

印　刷　図書印刷株式会社

製　本　図書印刷株式会社

フォーマットデザイン　アリヤマデザインストア　　マークデザイン　居山浩二

ISBN978-4-08-745744-5 C0193